바베트의 만찬

세계문학전집
245

Isak Dinesen : Babette's Feast

바베트의 만찬

이자크 디네센 소설

추미옥 옮김

문학동네

일러두기

1. 번역 대본으로는 *Anecdotes of Destiny*(Isak Dinesen, Penguin Classics, 2001)를 사용했다.
2. 주석은 모두 옮긴이주다.
3. 본문 중 고딕체는 원서에서 이탤릭체 등으로 강조한 부분이다.
4. 성서 인용은 대한성서공회의 공동번역 개정판을 따랐다.

차례

바베트의 만찬 7
템페스트 57
불멸의 이야기 139
진주조개잡이 215
반지 235

해설 | 운명의 일화를 들려주는 천부적 이야기꾼 247
이자크 디네센 연보 255

바베트의 만찬

베를레보그의 자매

노르웨이, 높은 산 사이로 길고 좁은 바다의 지류가 흐르는 피오르 지역에 베를레보그라는 작은 마을이 있었다. 산기슭에 자리잡은 이 마을에는 회색, 노란색, 분홍색 등 갖가지 색깔의 목조 가옥이 옹기종기 모여 있어서 마치 장난감 마을을 보는 듯했다.

육십오 년 전, 이 마을의 한 노란색 집에 나이 많은 두 자매가 살고 있었다. 당시 여자들은 대개 버슬*을 입었는데, 키가 크고 늘씬했던 이 자매도 버슬을 했더라면 더욱 우아해 보였을 것이다. 하지만 그들의 삶에는 유행이라는 것이 파고들 구석이 없었다. 자매는 평생 회색이나 검은색의 단정한 옷차림만 하고 다녔다. 자매의 세례명은 마르티네와

* 여성의 치마 뒷부분을 불룩하게 하기 위해 허리에 대는 것.

필리파였다. 마르틴 루터 목사와 그의 친구 필리프 멜란히톤의 이름에서 따온 것이었다. 자매의 아버지는 그 지역에서 독실한 교파를 일군 목사이자 예언가였다. 훗날 노르웨이 전역에서 인정받게 된 그 교파의 신도들은 이 세상도, 이 세상이 주는 모든 것도 다 환상에 불과하며, 진정한 현실은 그들이 기다리는 새로운 예루살렘에 있다고 믿으면서 세속의 쾌락을 거부했다. 신도들은 욕을 하는 법이 없었으며 대화라곤 '그렇다, 아니다' 정도가 전부였다. 그들은 서로를 형제자매라 불렀다.

늘그막에 결혼한 목사는 세상을 뜬 지 이미 오래였다. 해가 갈수록 신도의 수는 줄어들었고, 남아 있는 사람들은 머리가 세거나 벗어지고 귀가 어두운 노인뿐이었다. 서로 다투는 일도 잦아져서 안타깝게도 신도들 사이에는 알게 모르게 골이 생겼다. 하지만 함께 모여 성경 말씀을 읽고 공부하는 일은 계속 이어지고 있었다. 목사의 딸들을 어릴 때부터 보아온 신도들의 눈에 나이든 자매는 여전히 목사를 대신하는 귀한 소녀들이었고, 신도들은 자매의 노란색 집에서 스승과 함께 있는 듯 평화롭고 아늑한 감정을 느꼈다.

자매에게는 집안일을 돌보는 바베트라는 프랑스 여자가 있었다.

노르웨이의 작은 마을에 사는 이 청교도 여인들에게 프랑스인 가정부는 분명 어울리지 않았다. 사정을 모르는 사람은 고개를 갸웃하겠지만, 베를레보그 사람들은 이 모든 것이 자매의 신앙심과 선한 마음 씀씀이 때문이라는 것을 알고 있었다. 목사의 딸들은 몇 푼 안 되는 수입과 시간을 모두 자선을 베푸는 데 썼다. 슬픔과 괴로움을 안고 자매를 찾아온 사람들 중에 헛걸음하고 돌아가는 사람은 아무도 없었다. 바베트 역시 마찬가지였다. 십이 년 전 자매를 찾아왔을 때, 그녀는 비탄과 공포에 떨며 갈 곳 없이 헤매는 도망자 신세였다.

하지만 바베트가 자매의 집에서 지내게 된 인연은 그보다 훨씬 이전, 마음속 깊은 곳에 자리한 추억으로 거슬러올라간다.

마르티네의 연인

젊은 시절 마르티네와 필리파는 무척 아름다웠다. 꽃피는 과일나무나 만년설을 연상시키는 지고지순한 아름다움이었다. 자매를 무도회나 파티에서 만날 수 없었기에, 이들이 거리를 지나가면 사람들은 모두 고개를 빼고 바라보았다. 베를레보그의 청년들은 통로를 걸어가는 자매의 모습을 보려고 교회에 갔다. 동생 필리파는 특히 목소리가 아름다웠다. 예배 시간이면 그녀의 달콤한 음성이 교회 안을 가득 메웠다. 신도들에게 세속의 사랑과 결혼은 전혀 중요하지 않았다. 그것은 무의미한 환상에 지나지 않았다. 하지만 남자 신도들 가운데는 자매의 아름다움을 천상의 보석보다 높이 사는 사람도 있었고, 그들은 자매의 아버지에게 그런 뜻을 내비치기도 했다. 그럴 때마다 목사는 단호히 못을 박았다. 딸들은 자신이 소명을 수행하는 데 꼭 필요한 수족 같은 존재라고. 그에게서 딸들을 데려가는 것은 그야말로 불가능해 보였다. 게다가 이 고운 여인들은 천상의 사랑이라는 이상만을 추구하며 자랐던 터라, 세상의 열정은 근처에 얼씬도 하지 못하게 했다.

그런데 그런 자매가 베를레보그 바깥세상에서 온 두 남자의 마음을 흔들어놓은 일이 있었다.

로렌스 로벤히엘름이라는 젊은 장교가 있었다. 그는 부대 주둔지에서 방탕한 생활을 하는 바람에 빚더미에 앉게 되었다. 장교의 아버지는 격노하여 아들을 한적한 시골 마을인 포숨에 있는 고모 집에 내려보냈다. 그곳에서 한 달 동안 조용히 반성하고 오라는 뜻이었다. 포숨은 베를레보그에서 가까운 마을이었다. 마르티네가 열여덟 살, 필리파가 열일곱 살이던 1854년의 일이다. 포숨에서 지내던 장교는 어느 날 말을 타고 읍내에 나갔다가 장터에서 마르티네를 보았다. 그는 말 위에서 아리따운 여인을 내려다보았고, 여인은 늠름한 기수를 올려다보았다. 그녀가 자신의 옆을 지나 시야에서 사라지고 나자, 장교는 마치 꿈을 꾸기라도 한 듯 자기가 본 것을 믿을 수 없었다.

로벤히엘름 가문에는 오래전부터 전해내려오는 이야기가 있었다. 옛날 이 가문의 한 신사가 노르웨이의 산의 정령 훌드라와 결혼했다. 훌드라는 주위의 공기가 빛을 발하고 떨릴 만큼 아름다웠다. 그후 그녀의 후손이 된 이 가문 사람들은 가끔씩 남들이 보지 못하는 것을 보곤 했다. 하지만 젊은 로렌스는 이전까지 자기에게 그런 특별한 영적 능력이 있으리라고 생각해본 적이 없었다. 그런데 지금 이 순간 그의 눈앞에 번쩍하고 나타난 것은, 빚쟁이나 독촉장, 부모의 잔소리를 멀리 날려버릴 만큼 순수하고 고결한 삶의 희망이었다. 자신을 이끌어주고 토닥여줄 상냥한 금발 천사를 만난 그 순간, 그의 마음속에 서걱대던 앙금이나 근심이 모두 사라져버린 것이다.

장교는 신앙심 깊은 고모 덕에 목사의 집에 출입할 수 있게 되었다. 보닛을 벗은 마르티네는 더욱 아름다웠다. 사랑으로 가득찬 장교의 시선은 가녀린 마르티네의 움직임 하나하나를 뒤쫓았지만 정작 그녀가 옆에 있을 때면 그는 자신을 혐오할 수밖에 없었다. 그녀를 바로 옆에 두고도 말 한마디 못하는 자신이 너무나 바보 같았다. 그저 놀랍고 당황스러워 무슨 말을 해야 할지 아무 생각도 나지 않았다. "형제자매 여러분, 자애와 진실이 서로 만납니다. 정의와 축복이 입맞춥니다." 그러나 목사의 설교를 듣는 젊은 장교의 머릿속에서는 자신과 마르티네가 입을 맞추었다. 목사의 집을 계속해서 찾았지만, 그럴수록 장교는 자신의 존재가 초라하고 보잘것없고 우스꽝스럽게만 느껴졌다.

어느 날 저녁 고모 집으로 돌아온 장교는 번쩍이는 승마화를 방구석에 벗어 던지고 탁자에 머리를 박고 울음을 터뜨리기까지 했다.

고모 집에 머무는 마지막 날, 장교는 마침내 마르티네에게 자기의 마음을 전하기로 결심했다. 이전에는 예쁜 여자에게 사랑한다고 말하는 것이 전혀 어렵지 않았다. 그러나 이 여인의 얼굴을 마주하고 있노라면 달콤한 말들이 목구멍에 걸려 잘 나오지 않았다. 장교가 신도들에게 작별인사를 하고 나자, 마르티네는 촛불을 들고 문까지 그를 배웅했다. 촛불이 마르티네의 입가를 비추었고 그녀의 긴 속눈썹이 얼굴에 그림자를 드리웠다. 낙담한 장교는 아무 말도 하지 못한 채 발걸음을 떼려다 마지막 순간 마르티네의 손을 붙잡고 입을 맞추었다.

"영원한 작별이오!" 장교는 절규하듯 말했다. "다시는 당신을 보지 못할 것이오! 난 이곳에서 운명은 도저히 거스를 수 없다는 것을, 그리고 세상에는 불가능한 일도 있다는 것을 배웠소!"

장교는 포숨의 고모 집을 떠나 부대 주둔지로 돌아갔고, 이제 모험은 끝났다고 생각했다. 그 일은 더이상 떠올리고 싶지 않았다. 동료 장교들이 연애담을 늘어놓을 때도 그는 묵묵히 듣고만 있었다. 왁자한 젊은 장교들 사이에서 자기의 사랑 얘기는 청승맞게 들릴 게 뻔했다. 그들은 경기병 장교가 어쩌다가 별 볼 일 없는 늙은 목사 집에서 재미라곤 손톱만큼도 없는 신도들에게 찍소리도 못하고 주눅이 들어 왔나 하고 생각할 것이 틀림없었다.

불현듯 그는 두려웠다. 공포가 엄습했다. 가문의 내력인가? 꿈같은 환상이 계속 그를 따라다녔다. 순결하고 성스러운 빛에 감싸인 아름다운 여인의 환상이. 그는 몽상가가 되고 싶진 않았다. 동료 장교들처럼 살고 싶었다.

장교는 자신을 추슬렀다. 베를레보그에서 있었던 일을 잊겠다고, 그 어느 때보다 독하게 마음먹었다. '이제부턴 앞만 보는 거다. 절대 뒤돌아보지 않아. 내 앞날에만 충실할 거야.' 결국 장교는 자신이 속한 상류층에서 두각을 나타내는 인물이 되었다.

장교의 어머니는 포숨의 고모 집에 다녀온 뒤 변화된 아들의 모습에 기뻐하며 고모에게 감사의 편지를 보냈다. 어머니는 아들이 어떻게 해서 정신을 차리게 되었는지 전혀 알지 못했다.

야망에 찬 젊은 장교는 곧 상관들의 눈에 띄었고, 계속해서 출세가도를 달렸다. 프랑스와 러시아에서 복무하고 귀국한 그는 소피아 여왕의 여관女官과 결혼했다. 장교는 사교계에서 품위 있고 여유롭게 지냈고 주위 환경과 자신에게 만족하며 살았다. 세월이 흘러 왕실에서 경건함이 유행하자, 장교는 목사의 집에서 보고 들은 언행을 써먹기도 했다.

그러는 동안, 베를레보그의 노란색 집에서는 갑자기 나타났다 홀연히 사라진 잘생기고 과묵했던 청년 장교가 가끔 화제에 올랐다. 물론 얘기를 꺼내는 사람은 동생 필리파였다. 그럴 때면 마르티네는 표정 하나 흔들리지 않고 동생의 말에 대꾸하면서 슬쩍 다른 이야기를 꺼내곤 했다.

필리파의 연인

로벤히엘름이 다녀가고 일 년 후, 그보다 훨씬 유명한 남자가 베를레보그를 찾아왔다.

그는 파리의 유명한 가수 아실 파팽이었다. 그즈음 그는 스톡홀름의 왕립 오페라극장에서 일주일간 공연했고, 다른 여러 곳에서처럼 많은 청중을 사로잡았다. 어느 날 저녁, 그를 연모하던 궁정의 한 귀부인이 그에게 노르웨이의 광활한 자연경관에 대해 얘기했다. 그 이야기는 아실의 낭만적인 감성을 자극하기에 충분했다. 아실은 노르웨이 해안을 거쳐 프랑스로 돌아가기로 여정을 정했다. 그런데 막상 그 광활한 자연 속에 묻혀 있노라니 자신이 왜소하게만 느껴졌다. 대화 상대도 없이 혼자 있다보니, 자신이 이제 내리막길로 접어든 늙은 가수에 지나지 않는다는 우울한 생각도 들었다. 그러던 어느 일요일, 아실은 특별히 할일도 없고 해서 교회를 찾았다. 그리고 그곳에서 필리파의 노랫소리를 들었다.

그 순간 아실은 모든 것이 이해되었다. 만년설이 쌓인 산꼭대기와 야생화, 북유럽의 백야가 젊은 여인의 음성으로, 그가 이해하는 음악이라는 언어로 다가왔다. 젊은 장교 로렌스 로벤히엘름이 그랬듯, 아실은 환영을 보았다.

'더할 수 없이 위대하신 하느님, 당신의 힘은 끝이 없고 당신의 자비는 구름까지 이릅니다! 파리를 뒤흔들어놓을 프리마돈나가 바로 여기에 있었군요.' 그는 생각했다.

당시 마흔 살이던 아실 파팽은 검은 곱슬머리에 입술이 붉은 아주 잘생긴 남자였다. 그는 여러 나라에서 떠받드는 유명 가수였지만 거드름을 피우는 사람은 아니었다. 그는 마음이 올곧고 스스로에게 정직한 사람이었다.

아실은 곧장 노란색 집을 찾아가서 자신을 소개했다. 목사에게는 그의 이름이 여느 낯선 사람의 이름일 뿐이었다. 아실은 자신이 베를레보그에 요양차 왔으며, 이곳에 머무는 동안 필리파를 가르치고 싶다고 말했다.

그는 파리의 오페라극장에 대해선 아무 말도 하지 않았다. 대신 필리파가 수업을 받으면 하느님의 영광을 더욱더 아름답게 노래할 수 있을 거라고 길게 설명했다.

그는 설득하는 데만 신경을 쓰느라, 목사가 가톨릭교도냐고 물었을 때 그만 사실대로 대답하고 말았다. 로마가톨릭교도를 한 번도 만난 적이 없었던 목사는 안색이 조금 변했다. 하지만 목사는 프랑스의 저명한 루터파 학자 르페브르 데타플의 글을 공부했던 젊은 시절이 떠오르기도 했고, 프랑스어로 말할 수 있는 모처럼의 기회가 반갑기도 했다. 여하튼 아실 파팽은 한번 마음먹은 것은 기어코 해내고 마는 사람이었고, 결국 목사의 승낙을 받아냈다. 목사는 딸에게 말했다. "하느님의 길은 사람의 눈으로는 따라갈 수 없는 바다와 눈 덮인 산도 가로지른단다."

그렇게 프랑스의 유명 가수와 젊은 노르웨이 제자의 노래 수업이 시작되었다. 아실의 기대는 점점 확신으로 굳어졌고, 그 확신은 그를 흥분시켰다. '내가 늙었다는 건 괜한 생각이었어. 내 생애 최고의 걸작이 바로 내 앞에 있잖아! 그녀와 내가 함께 노래 부르는 날, 세상엔 다시 한번 기적이 일어날 거야!'

얼마 후, 아실은 자기의 꿈을 가슴속에 담아두지 못하고 필리파에게 얘기했다.

그는 필리파가 고금을 통틀어 가장 빛나는 디바로 떠오를 것이라고 말했다. 황제와 황후, 왕자, 귀부인, 파리의 예술가들이 모두 그녀의 노래에 눈물을 흘릴 거라고. 평민들도 그녀를 추앙하고, 억울하게 고통받고 억압받는 사람들이 그녀의 노래에서 위로와 힘을 얻게 될 거라고. 그리고 그녀가 스승인 자신의 팔짱을 끼고 파리 오페라극장을 나서면, 사람들은 그녀를 멋진 저녁식사가 준비된 유명한 카페 앙글레로 앞다퉈 모실 거라고도 얘기했다.

필리파는 아실이 한 말을 아버지에게도 언니에게도 하지 않았다. 난생처음으로 그녀에게 비밀이 생긴 것이다.

그가 그녀에게 모차르트의 오페라 〈돈 조반니〉의 체를리나 역을 연습시키고, 자신은 전에 늘 그러했듯 주인공 돈 조반니의 파트를 노래할 때였다.

그는 이제껏 노래하면서 경험해보지 못한 느낌을 받았다. 2막에 나오는 소위 '유혹의 듀엣'이라 불리는 이중창을 부를 때, 아실은 천상의 음과 목소리에 그만 넋을 잃고 말았다. 감미로운 마지막 악절이 끝나자, 그는 필리파의 손을 꼭 쥐며 끌어당겼다. 그리고 제단 앞에서 신랑이 신부에게 하듯 경건한 마음으로 그녀의 손에 입을 맞추고는 그녀를 놓아주었다. 그 순간이 너무나 숭고하여 더이상의 어떤 말이나 몸짓도 할 수 없었기 때문이다. 모차르트가 하늘에서 두 사람을 내려다보고 있는 것만 같았다.

그날 집으로 돌아간 필리파는 아버지에게 노래 수업을 더이상 받지 않겠다며 파팽 씨에게 편지해 그렇게 말해달라고 부탁했다.

목사는 딸에게 말했다. "하느님의 길은 강도 가로지른단다, 얘야."

목사의 편지를 받은 아실은 한 시간 동안 꼼짝 않고 앉아 있기만 했다. '내 탓이야. 내 시대는 끝났어. 위대한 가수 파팽은 이제 없어. 이 빈곤하고 잡초투성이인 세상의 정원은 나이팅게일을 잃고 말았어!'

잠시 후 그는 또 생각했다. '이 여인이 왜 이러는 걸까? 혹시라도 내가 입맞춤한 것 때문일까?'

그리고 결국 생각했다. '입맞춤 한 번에 인생을 날렸구나. 입맞춤에 대한 기억은 털끝만큼도 없건만! 돈 조반니가 체를리나에게 입맞춤한 대가를 아실이 치르다니! 이런 것이 예술가의 운명이로구나!'

마르티네는 일이 생각보다 심각하다는 것을 직감하고 동생의 표정을 살폈다. 잠시 그녀는 로마가톨릭교도인 신사가 동생에게 입맞춤하려 했을지도 모른다는 상상에 살며시 몸을 떨기도 했다. 하지만 동생의 성격을 아는 마르티네는 필리파가 그 일로 그렇게 놀라거나 기겁했으리라고는 생각지 않았다.

아실 파팽은 베를레보그를 떠나는 첫 배를 탔다.

자매는 넓은 바깥세상에서 온 이 손님에 대한 이야기를 거의 입에 올리지 않았다. 그에 대해 무슨 말을 해야 할지 몰랐기 때문이다.

파리에서 온 편지

그리고 십오 년의 세월이 흐른 1871년 6월, 비 내리는 어느 밤이었다. 누군가가 노란색 집의 초인종 끈을 세 차례나 세차게 잡아당겼다. 문을 연 자매 앞에는 몸집이 크고 거무스레한 여인이 사색이 되어 서 있었다. 오른팔에 짐꾸러미를 낀 여인은 자매를 쳐다보며 한 발짝 앞으로 다가오더니 정신을 잃고 문턱에 쓰러졌다. 놀란 자매는 여인을 안으로 들이고 정신이 돌아오도록 응급조치를 취했다. 겨우 몸을 가누고 앉은 여인은 움푹 팬 눈으로 자매를 바라보았다. 그러고는 아무 말 없이 주섬주섬 젖은 옷섶을 뒤져 편지 한 통을 꺼내 자매에게 건넸다.

편지는 자매에게 온 것이 맞았다. 하지만 프랑스어로 적혀 있었다. 자매는 머리를 맞대고 편지를 읽어나갔다.

숙녀분들께!

나를 기억하시겠소? 그대들을 생각할 때마다 내 가슴은 백합이 가득 핀 산골짝이 된다오! 이 프랑스 남자의 정성어린 마음이 한 프랑스 여인의 목숨을 구하게 될까요?

이 편지를 전하는 사람은 바베트 에르상 부인입니다. 아름다운 황후께서 파리를 탈출하셨듯 이 여인 또한 파리에서 벗어나야 했소. 내란이 이곳 거리를 휩쓸고 있다오. 프랑스 민족끼리 서로 피를 흘리고 있소. 인권을 위해 일어선 코뮌 지지자들은 싸움에서 지고 목숨을 잃었소. 에르상 부인의 남편과 아들은 유명한 미용사였는데, 총에 맞아 죽고 말았소. 부인은 페트롤뢰즈(석유로 가옥에 불을 지른 여자를 뜻하오)라 하여 붙잡혔다가, 피에 굶주린 갈리페 장군의 손아귀에서 가까스로 탈출했소. 부인은 가진 것을 모두 잃었고 더는 프랑스에 있을 수 없는 처지라오.

부인의 조카가 크리스티아니아(노르웨이의 수도로 알고 있소만)로 가는 배 '안나 콜비오에른손'의 요리사로 있는데, 숙모의 배편을 마련해줬소. 부인에게는 이것이 세상에서 붙들 수 있는 마지막 지푸라기였던 거요!

부인은 내가 그대들의 멋진 고장에 다녀온 적이 있다는 것을 알고, 내게 와서 노르웨이에 내가 아는 좋은 사람들이 있으면 소개해달라고 간청했소. '좋은 사람들'이라는 이 말에 내 가슴속에 소중히 간직되어 있던 그대들의 모습이 곧장 떠올랐소. 그래서 부인을 그대들께 보내오. 노르웨이 지도를 잊어버리고 가져오지 않아서, 부인이 크리스티아니아에서 베를레보그까지 어떻게 갈지는 나도 모르겠소. 아무튼 이 부인은 프랑스 여인이니 시련 속에서도 재능과 위엄과 절제를 잃지 않을 것이오.

나는 불행을 겪고 있는 이 부인이 오히려 부럽소. 그대들의 얼굴을 보게 될 테니.

부인을 자비롭게 받아주리라 믿소. 내게도 답장을 해주는 자비를 베풀어주길 바라오.

필리파 씨, 지난 십오 년 동안 나는 당신의 목소리가 파리 오페라극장에 울려퍼지지 못한 것을 애석해했소. 하지만 오늘밤 화목한 가족의 품에 있을 그대를 생각하니, 한때 박수와 애정을 보내던 사람들에게 잊혀 외롭고 우울한 지금의 내 처지에 비하면 그대가 더 나은 삶을 선택했다는 생각이 드오. 명성이란 게 뭐겠소? 영광이 또 뭐겠소? 무덤이 우리 모두를 기다리고 있는 것을.

하지만 나의 떠나버린 연인 체를리나, 설국의 소프라노여! 이 편지를 쓰고 있는 지금, 무덤이 종착역은 아니라는 생각이 드오. 천국에서 그대의 목소리를 다시 듣게 될 테니. 그곳에서 그대는 아무런 두려움이나 주저함 없이 하느님께서 그대를 지으신 바 그대로 마음껏 노래할 것이오. 그곳에서 하느님께서 정하신 대로 위대한 예술가가 될 것이오. 아! 그대는 천사들을 사로잡을 것이오.

바베트는 요리를 할 줄 아오.

한때 그대들의 친구였던 이의 경의를 부디 받아주오.

아실 파팽

편지 끝자락에는 돈 조반니와 체를리나의 이중창 곡의 첫 두 소절이 깔끔하게 그려져 있었다.

그때까지는 열다섯 살 난 어린 하녀 하나가 자매의 집안일을 도와주

고 있었다. 자매에게는 경험 많고 나이든 가정부를 들일 만한 돈이 없었다. 하지만 바베트는 파팽 씨의 좋은 친구분들을 무보수로 모시겠다며, 다른 사람들을 위해서는 일하고 싶지 않다고 말했다. 만일 자매가 다른 곳으로 보낸다면 자신은 죽어야 할 거라고 했다. 이렇게 해서 바베트는 지금까지 목사 딸들의 노란색 집에서 십이 년째 지내고 있다.

고요한 삶

바베트가 자매의 집에 처음 왔을 때는 마치 쫓기는 짐승처럼 불안한 눈빛에 초췌한 모습이었다. 하지만 그녀는 따뜻하고 새로운 환경에서 이내 믿음직한 가정부의 자태를 보여주었다. 거렁뱅이처럼 보였던 여인은 알고 보니 당당한 정복자였다. 그녀의 침착한 용모와 그윽한 눈매에는 엄숙함이 배어 있었다. 그녀의 시선이 닿는 곳마다 모든 것이 소리 없이 제자리를 찾아갔다.

그녀가 마님이라 부르는 자매는 과거에 목사가 그랬던 것처럼, 처음엔 가톨릭교도를 집안에 들인다는 사실에 약간 겁을 먹었다. 하지만 지칠 대로 지친 사람에게 교리를 따져 묻고 싶지 않았고, 게다가 프랑스어로 말하는 것도 자신이 없었다. 자매는 모범적인 루터교파의 삶을 보여주는 것이 가정부를 개종시킬 수 있는 최선의 방법이라고 조용히 믿었다. 이렇게 하여 바베트의 존재는 이 집 사람들에게 이를테면 정신적인 자극이 되었다.

프랑스 사람들은 개구리까지 먹는다고 알고 있었던 자매는 바베트가 요리를 할 수 있다는 파팽의 말을 곧이듣지 않았다. 자매는 바베트에게 대구 요리 만드는 법과 맥주와 빵을 넣은 수프를 만드는 법을 가르쳤다. 프랑스 여인은 자매의 요리 시범을 무표정하게 바라보았다. 그후 일주일도 되지 않아 바베트는 대구 요리와 맥주와 빵을 넣은 수프를 베를레보그 토박이 못지않게 요리해냈다.

목사의 딸들이 또하나 걱정한 것은 프랑스인 특유의 사치와 화려함이었다. 바베트를 가정부로 들인 바로 다음날 자매는 바베트를 앉혀놓고, 자기들은 가난하며 사치스러운 음식은 자기들에게 죄스러운 것이라고 얘기했다. 자매가 먹을 음식은 최대한 간소해야 하며, 가난한 이웃을 위한 수프와 빵에 신경쓰는 게 더 중요하다고 말했다. 바베트는 고개를 끄덕였다. 그러고는 자신이 젊은 시절에 성자였던 늙은 신부를 위해 요리했다고 말했다. 그녀의 말에 자매는 그 프랑스인 신부보다 더 금욕적인 삶을 살아야겠다고 마음속으로 다짐했다. 바베트가 집안일을 맡은 지 얼마 지나지 않아 자매는 살림에 드는 비용이 놀랍게 줄고, 이웃을 위해 준비한 수프와 빵이 가난하고 아픈 사람들을 살찌우는 신비로운 힘을 발휘하는 것을 보게 되었다.

마을 사람들도 바베트의 뛰어난 솜씨를 인정했다. 노란색 집에 피난온 이 여인은 제2의 고국이 된 이 나라의 말을 배운 적이 없었지만, 엉터리 노르웨이어를 써가며 베를레보그에서 제일 짜다는 장사치들과도 훌륭하게 흥정했다. 부둣가와 장터 사람들은 그녀를 존중했다.

처음에 이방인 여자를 미심쩍게 바라보던 늙은 신도들은 자매의 생활이 더욱 좋아지는 것을 지켜보며 기뻐했고, 자신들도 그 덕을 보았다. 신도들의 근심 걱정이 사라져가고 적선할 돈이 늘었다. 옛 친구의 비밀스러운 얘기와 고민을 들어줄 여유가 생겼고, 천상의 일에 관해 묵상할 마음의 평화가 찾아왔다. 시간이 지날수록 꽤 많은 신도들이 기도에 바베트의 이름을 올렸으며, 아리따운 두 마리아의 집에 사는 까무잡잡한 마르타*, 말이 없는 이 이방인에 대해 하느님께 감사드렸고, 집 짓는 사람들이 버릴 뻔한 돌이 모퉁이의 머릿돌**이 되었다고 생각했다.

노란색 집의 여인들만이 그들의 모퉁잇돌이 메카, 즉 카바의 검은 돌***과 뭔가 연관되어 있는 듯 신비롭고 놀라운 면모를 지니고 있음을 알아보았다.

바베트는 자기의 과거에 대해 거의 말하지 않았다. 바베트가 온 지 얼마 되지 않았을 때, 자매는 바베트가 잃은 것에 대해 위로한 적이 있었다. 그때 파팽이 말한 바 있는 당당함과 엄정함을 목도했다. 바베트는 어깨를 한번 으쓱하더니 말했다. "어떡하겠어요. 그것이 제 운명인데요."

그러던 어느 날 바베트가 불쑥 말했다. 수년 전 프랑스에서 복권을 구입했는데, 파리에 있는 믿을 만한 친구가 매년 그 복권을 갱신해주고 있으며, 언젠가는 만 프랑짜리 그랑프리에 당첨될 수도 있다고. 이 말에 자매는 자기들의 요리사가 가지고 있는 낡은 천가방이 마치 마술 양탄자처럼 여겨졌다. 언제라도 그녀가 그것을 타고 파리로 날아가버

---

* 신약성서에 나오는 여인. 여기서는 남을 돌봐주기 좋아하는 유형의 여인을 일컫는다.

** 신약성서에 나오는 표현으로, 사람들에게 외면당하지만 하느님께는 특별히 선택된 인물을 뜻한다.

*** 카바는 메카에 있는 이슬람교 제1의 성소로, 이슬람교도는 이 신전에 있는 검은 돌을 향해 하루에 다섯 번씩 절을 하며 예배를 드린다.

릴 것만 같았다.

가끔 바베트는 마르티네와 필리파가 불러도 대꾸하지 않을 때가 있었다. 듣지 못했나 싶어 찾아보면, 그녀는 부엌 식탁에 턱을 괴고 앉아 자매가 평소 가톨릭 기도서일 거라고 여기는 두꺼운 검은 책에 몰두해 있곤 했다. 또 어떤 때는 탄탄한 두 팔을 무릎에 얹고 검은 눈을 크게 뜬 채 세 발 달린 부엌 의자에 앉아 있곤 했는데, 그런 그녀의 모습이 마치 삼각대에 앉아 있는 피티아*처럼 불가사의하고 숙연하게 느껴졌다. 자매는 그런 순간들에서 바베트의 깊은 내면을 느낄 수 있었다. 그리고 그 내면에 자신들은 전혀 알 수 없는 정열과 추억과 열망이 자리하고 있음을 짐작했다.

자매는 살며시 전율을 느끼며 마음속으로 생각했다. '바베트는 정말로 페트롤뢰즈였나봐.'

바베트의 행운

12월 15일은 죽은 목사의 백번째 생일이었다.

그의 딸들은 오랫동안 이날을 기다려왔다. 고인이 된 아버지가 아직 살아서 신도들과 함께 있는 것처럼 생일을 기념하고 싶었다. 무엇보다도 금년 들어 신도들 사이에 불화와 갈등이 고개를 들기 시작해서 슬펐고 어찌할 바를 몰랐다. 자매는 신도들의 화합을 이끌어내기 위

* 고대 그리스 중부의 델포이에 있었던 아폴론 신전의 무녀(巫女). 청동 삼각대 위에 앉아 신의 뜻을 점치면 사제들이 그것을 해석했다.

해 많은 애를 썼지만 별 효과가 없었다. 아버지의 다정하고 훌륭한 성품이 뿌린 열정은 마치 뚜껑 없는 병에 담긴 호프만의 아노다인*이 증발해버리듯 이제는 온데간데없었다. 아버지가 떠난 후, 아버지의 신도들보다 훨씬 어린 자매에겐 생소한 일들이 찾아들기 시작했다. 오십여 년 전 목자를 잃은 양들이 길을 잃고 헤매기 시작하면서부터 불청객들이 신도들을 바짝 따라다니며 자매의 집안에 어두운 그림자와 냉기를 들여놓는 것 같았다. 늙은 형제자매들 사이에는 죄가 싹트기 시작했고, 이들은 치통을 앓듯 뒤늦게 양심의 가책을 느끼곤 했다. 다른 사람에게서 받은 상처는 몸속에 독이 번지듯 깊은 원한으로 뿌리를 내렸다.

신도 중에 개종하기 전 서로를 헐뜯던 두 여인이 있었다. 둘은 상대방의 결혼생활도 망쳐놓고 재산도 잃게 했다. 이제는 늙어 어제 혹은 일주일 전에 무슨 일이 있었는지도 기억이 가물가물한 나이가 되었지만, 사십 년 동안 서로 품어온 앙심은 잊지 않고 계속해서 옛일을 곱씹었다. 두 여인은 서로 물어뜯지 못해 안달이었다. 또 어떤 형제는 사십오 년 전 다른 형제가 거래에서 자기를 속였던 사실을 갑자기 기억해냈다. 마음먹기에 따라서는 없었던 일로 칠 수도 있는 일이 뿌리 깊은 종기처럼 그의 마음을 괴롭혔다. 또 지금은 머리가 희끗희끗해진 정직한 선장과 얼굴에 주름이 팬 신앙심 깊은 과부는, 젊은 시절 과부의 남편이 살아 있을 때 서로 사랑하던 사이였는데, 나중에 그 일을 후회하며 상대에게 잘못을 미루었다. 그들은 자기를 사랑한다고 믿었던 사람 때문에 지은 끔찍한 죄의 대가를 영원히 치르게 될까봐 두려워했다.

---

* 18세기 초 독일의 의학자 프리드리히 호프만이 발명한 진통제.

두 사람은 노란색 집의 예배에서 마주칠 때마다 점점 안색이 굳어졌고 서로의 시선을 피했다.

아버지의 생일이 다가올수록 마르티네와 필리파가 느끼는 책임감은 점점 더 커져갔다. 신앙심이 한결같던 아버지가 딸들을 내려다보며 양들을 제대로 돌보지 못하는 목자라고 말할 것만 같았다. 자매는 이 문제를 심각하게 의논하며 아버지의 말씀을 되새겼다. '하느님의 길은 사람의 눈으로는 따라갈 수 없는 바다와 눈 덮인 산도 가로지른단다.'

그해 여름, 프랑스에서 바베트 에르상 부인 앞으로 편지가 날아왔다. 지난 십이 년 동안 바베트에게 편지가 온 일이 한 번도 없었기 때문에 편지가 왔다는 사실만으로도 놀라웠다. 자매는 편지 내용이 도대체 무엇일까 궁금했다. 그들은 편지를 부엌으로 가져다주고는 바베트가 편지를 개봉해 읽는 것을 지켜보았다. 바베트는 편지를 뜯어서 읽은 뒤 고개를 들고 여주인들의 얼굴을 바라보았다. 그리고 자기가 가진 프랑스 복권이 당첨됐다고 말했다. 바베트가 만 프랑의 당첨금을 받게 된 것이다.

자매는 너무 놀라 한참을 멍하니 서 있었다. 얼마 안 되는 연금도 조금씩 나눠서 받아오던 그들이었다. 만 프랑이라는 거액이 한 번에 들어오는 것은 도무지 상상할 수 없었다. 자매는 바베트의 손을 잡았다. 도리어 그들의 손이 떨렸다. 만 프랑을 가진 사람의 손을 잡아보기는 처음이었다.

얼마 후에야 자매는 이 사건이 바베트뿐 아니라 자신들과도 관련이 있다는 것을 깨달았다. 프랑스라는 나라가 그들의 가정부 앞에 서서히 떠오르고, 자매의 존재는 상대적으로 가라앉는 것 같았다. 만 프랑이 바베트를 부자로 만든 만큼, 그녀가 모시는 집은 더욱 가난해 보일 터였다! 오랫동안 잊고 살았던 근심 걱정이 부엌 구석구석에서 스멀스멀 기어나왔다. 축하한다는 말이 자매의 입에서 사그라졌고, 신실한 자매는 자신들의 침묵이 부끄러웠다.

그후 며칠 동안 자매는 밝은 표정으로 사람들에게 이 소식을 알렸고, 소식을 들은 사람들의 표정이 어두워지는 것을 보며 다소 위안을 얻었다. 바베트를 탓할 사람은 아무도 없었다. 새는 자기 둥지로 돌아가고, 사람은 자기가 태어난 나라로 돌아가는 법이니까. 하지만 믿음직하고 착한 이 가정부는 자기가 베를레보그를 떠나면 늙고 가난한 여러 이웃이 힘들어하리라는 것을 알고 있을까? 자매에겐 병들고 어려운 사람들을 돌볼 수 있는 시간적 여유가 더이상 없었다. 복권은 그야말로 불경한 것이 틀림없었다.

때가 되자, 복권 당첨금이 크리스티아니아와 베를레보그의 관청을 거쳐 노란색 집에 도착했다. 자매는 바베트가 당첨금 세는 것을 도왔고, 돈을 보관할 상자를 내주었다. 자매는 그 불길한 지폐를 만지면서 그것에 익숙해졌다.

자매는 바베트에게 언제 프랑스로 떠나느냐고 물어볼 엄두를 내지 못했다. 감히 12월 15일까지만 같이 있어주기를 바라도 될까?

그때까지 자매는 자기들끼리 하는 대화를 그들의 요리사가 얼마만큼 알아듣는지 잘 알지 못했다. 그래서 9월의 어느 날 저녁, 바베트가 거실로 들어와서 그 어느 때보다 겸손하고 차분하게 부탁했을 때 자매는 무척 놀랐다. 바베트가 목사의 생일에 축하 만찬을 요리하도록 허락해달라고 간곡히 부탁한 것이다.

자매는 만찬 같은 것은 생각도 하지 않았다. 그들은 지금껏 저녁에 손님에게 커피 이상을 대접해본 적이 없었다. 바베트의 짙은 눈은 애원하는 강아지처럼 간곡하고 단호했다. 자매는 바베트에게 하고 싶은 대로 하라고 말했다. 이 말에 요리사의 표정이 환해졌다.

바베트의 말은 여기서 끝나지 않았다. 그녀는 이번 한 번만 진짜 프랑스 요리를 만들고 싶다고 말했다. 마르티네와 필리파는 서로 바라보았다. 프랑스 요리라는 게 정확히 어떤 것인지도 알지 못하는 자매는 이 제안이 부담스러웠다. 하지만 왠지 염려되지는 않았다. 뜻밖의 부탁이긴 했지만, 진짜 프랑스 요리를 하겠다는 걸 반대할 이유도 딱히 없었다.

자매가 허락하자 바베트는 안도의 한숨을 길게 내쉬었다. 그러면서도 자리를 뜨려 하지 않았다. 바베트는 한 가지 소원이 더 있다고 했다. 프랑스식 만찬을 자신의 돈으로 차리도록 허락해달라는 것이었다.

"그건 안 돼, 바베트!" 자매는 기겁했다. 어떻게 그런 생각을? 그녀의 귀한 돈을 먹고 마시는 것에, 아니 자매들을 위해서 쓰도록 허락할 거라고 생각했단 말인가? "바베트, 그건 안 될 말이야."

바베트는 자매를 향해 한 걸음 다가왔다. 밀려오는 파도처럼 바베트의 행동에는 막을 수 없는 뭔가가 있었다. 1871년 바리케이드에 붉은 기를 꽂을 때도 이렇게 단호하게 앞으로 나아갔을까? 바베트는 프랑스인 특유의 우아한 자태로 독특한 노르웨이어를 구사하며 말했다. 그녀의 목소리는 마치 노래하는 것 같았다.

"마님들! 지난 십이 년 동안 제가 한 번이라도 부탁을 드린 적이 있었나요? 없었습니다! 왠지 아세요? 마님들은 매일같이 기도하시죠. 기도할 것이 없는 사람의 마음이 어떤지 상상할 수 있으세요? 바베트가 뭘 위해 기도하겠어요? 아무것도 없어요! 오늘밤 저는 진정으로 기도할 것이 있어요. 그러니 선하신 하느님께서 마님들의 기도를 들어주시듯, 마님들께서 오늘밤 바베트의 기도를 기쁘게 들어주실 순 없나요?"

자매는 한참 동안 아무 말도 하지 못했다. 바베트의 말이 옳았다. 지난 십이 년 동안 바베트가 뭔가를 부탁한 것은 이번이 처음이었다. 그리고 마지막일 것이다. 자매는 곰곰이 생각했다. 그리고 어차피 그들의 요리사는 그들보다 부자이고, 만찬 한번 차리는 것이 만 프랑을 가진 사람에게는 별일 아닐 거라고 결론 내렸다.

결국 자매가 동의하자 바베트는 마치 다른 사람처럼 변했다. 지금 자매의 눈에 보이는 바베트는 젊고 아름다운 여인이었다. 자매는 이제야 자기들이 바베트에게 '좋은 사람들'이 되어준 건가 하고 생각했다. 아실 파팽이 편지에서 말한 것처럼 말이다.

바다거북

11월이 되자 바베트는 여행을 떠났다.

바베트는 준비할 것이 있다며, 자매에게 일주일이나 열흘 정도의 휴가를 청했다. 그녀를 크리스티아니아에 데려다주었던 조카가 아직도 그곳을 왕래하는 배를 타는데, 그를 만나 부탁할 것도 있다고 했다. 바베트는 배 타는 걸 무서워했다. 그녀가 유일하게 배를 탔던 건 프랑스에서 노르웨이로 올 때였는데, 살면서 가장 무서운 경험이었다고 말한 적이 있었다. 그런데 이번에는 아주 차분했다. 자매는 바베트의 마음이 이미 프랑스에 가 있어서 그렇다고 여겼다.

바베트는 열흘 뒤 베를레보그로 돌아왔다.

원하는 대로 준비했느냐고 자매가 묻자 바베트는 그렇다고 대답하며, 조카를 만나 프랑스에서 사와야 할 물건의 목록을 전해줬다고 말했다. 마르티네와 필리파에겐 반갑지 않은 말이었지만 그들은 바베트가 떠나는 것에 대해 굳이 얘기하고 싶지 않아서 더이상 자세히 묻지 않았다.

바베트는 그후 몇 주 동안 다소 상기되어 있었다. 그리고 12월의 어느 날 의기양양하게 자매에게 알렸다. 물건들이 크리스티아니아에 도착했고, 거기서 다시 베를레보그로 보냈는데, 바로 그날 도착한다는 것이었다. 짐수레를 가진 노인에게 부탁해 항구에서 집까지 물건들을 날라오도록 해놓았다고도 덧붙였다.

"그 물건들이란 게 뭐지, 바베트?" 자매가 물었다. "뭐긴요, 마님들. 목사님 생신 만찬 때 쓸 요리 재료죠. 감사하게도 파리에서 여기까지 모두 안전하게 도착했다는군요."

바베트는 이제 요술램프에서 나온 거인처럼 보였고, 자매는 그녀 앞에서 자신들의 존재가 상대적으로 작아지는 것처럼 느꼈다. 자매는 성격과 규모를 예측할 수 없는 프랑스 만찬이 성큼 다가온 것을 직감했다. 하지만 한평생 약속을 어겨본 적 없는 자매이기에 요리사에게 모든 것을 맡겼다.

얼마 후 마르티네는 한 수레나 되는 술병이 부엌으로 들어가는 것을 보았다. 마르티네는 술병들을 만지다 그중 하나를 집어들었다. "이

병에 든 게 뭐지, 바베트? 포도주는 아니지?" 마르티네가 나지막하게 물었다. "포도주는요, 마님! 아니에요. 그건 1846년산 클로드부조*예요!" 그리고 바베트는 덧붙였다. "몽토르게유가**의 필립이 만든 거죠!" 마르티네는 포도주에 이름이 있을 거라고는 상상하지 못했기 때문에 아무 대꾸도 하지 않았다.

그날 늦은 저녁 마르티네는 초인종 소리에 문을 열었다. 술병을 나르느라 노인이 지쳤는지 이번엔 뱃일을 하는 붉은 머리 소년이 수레를 끌고 왔다. 소년은 수레에서 뭔지 알 수 없는 큰 물건을 들어 보이며 마르티네를 보고 빙긋 웃었다. 등불에 비친 그 물건은 초록빛을 띤 거무스름한 돌 같았다. 그러나 부엌 바닥에 내려놓자 그 돌에서 갑자기 뱀 같은 머리가 쑥 나오더니 이쪽저쪽으로 천천히 움직였다. 마르티네는 거북 그림을 본 적이 있었다. 어릴 때 새끼 거북을 기른 적도 있었다. 하지만 이렇게 거대하고 생김새도 흉측한 건 본 적이 없었다. 그녀는 아무 말도 못하고 부엌에서 나와버렸다.

마르티네는 자기가 본 것을 동생에게 차마 말하지 못했다. 그녀는 그날 밤을 꼬박 새우다시피 하며 아버지를 생각했다. 하필이면 아버지 생일에 자신과 동생이 아버지의 집을 마녀의 잔칫집으로 만드는 게 아닌가 싶었다. 결국 잠은 들었지만 악몽을 꾸었다. 바베트가 나이든 신도들과 필리파와 자신에게 독이 든 음식을 먹이는 꿈이었다.

다음날 새벽 일찍 잠을 깬 마르티네는 회색 망토를 걸치고 어둑어둑한 밖으로 나갔다. 그녀는 집집마다 다니며 형제자매들에게 사실을

* 1110년경 시토 수도원의 수도사가 만들었다는 부르고뉴 부조 지방의 포도주 이름.
** 파리 중심가인 레알 부근의 거리 이름.

털어놓고 잘못을 고백했다. 그녀와 동생이 나쁜 뜻으로 그런 것은 아니라고 말했다. 단지 가정부의 소원을 들어주려 한 것뿐으로 어떤 일이 닥칠지 몰랐다고, 그런데 이제 아버지 생일에 손님들이 먹을 음식이 어떤 것이 될지 알 수 없다고 말했다. 마르티네는 바다거북 얘기는 하지 않았지만, 그녀의 표정과 어조에는 그것에 대한 두려움이 충분히 담겨 있었다.

노인들은 마르티네와 필리파가 망가진 인형을 놓고 울음보를 터뜨리던 어린 시절부터 그들을 보아온 사람들이었다. 마르티네의 눈물에 그들의 눈에도 눈물이 고였다. 신도들은 그날 오후에 모여서 이 문제에 대해 의논했다.

신도들은 헤어지기에 앞서 한 가지 약속을 했다. 그날, 자매를 위해 음식에 관한 말은 일절 꺼내지 않기로 한 것이다. 앞에 놓인 음식이 개구리 요리든 달팽이 요리든, 그에 대해선 한마디도 하지 않기로 했다.

하얀 턱수염을 기른 한 형제가 말했다. "어쨌든 혀란 신체에서 작은 부분이지만, 큰 자랑을 말하는 것이기도 하죠. 누구도 혀를 마음대로 할 수는 없어요. 그 악함이 제멋대로이며, 치명적인 독이 가득한 것도 혀예요. 우리 스승님의 생신날, 우리 혀에서 모든 미각을 씻어내고 모든 쾌감과 불쾌감을 없앱시다. 오로지 고결한 찬양과 감사만 올릴 수 있도록 혀를 지킵시다."

이제껏 살면서 특별한 일이 없었던 베를레보그의 형제자매들은 이 순간 깊이 감동받고 고무되었다. 신도들은 맹세의 표시로 서로 악수했고, 마치 스승 앞에서 약속하듯 마음을 다졌다.

일요일 아침 눈이 내리기 시작했다. 흰 눈이 하염없이 내려 수북이 쌓여갔다. 노란색 집의 작은 창들도 눈으로 뒤덮였다.

이날 아침 일찍 포숨에서 한 마부가 자매에게 전갈을 가지고 왔다. 로벤히엘름 부인은 여전히 시골집에 살고 있었다. 이제 아흔의 나이에 이른 부인은 귀가 먹고 냄새나 맛도 구분하지 못했다. 하지만 목사의 초기 후원자였던 부인에게는 목사를 기리는 일이라면 아무리 기력이 쇠해도, 아무리 눈길이 험해도 힘들 것이 없었다. 부인은 자매에게 보낸 편지에서, 마침 조카 로렌스 로벤히엘름 장군이 소식도 없이 자신을 찾아왔는데 목사에 대한 존경심이 깊다면서 동행해도 되겠느냐고 물었다. 조카가 기분이 다소 처져 있는 듯한데, 노란색 집에 다녀오면 도움이 될 것 같다고 했다.

마르티네와 필리파는 이 집을 드나들던 젊은 장교 로렌스의 모습을 떠올렸다. 행복했던 옛 시절에 대한 얘기를 나누다보니 눈앞의 근심이 잠시 잊혔다. 자매는 로벤히엘름 장군을 환영한다고 답장했다. 그러고는 바베트에게 만찬의 손님 수가 열둘로 늘었다고 귀띔해주며, 추가된 손님은 파리에서 수년간 산 적이 있다고 덧붙였다. 바베트는 그 말에 반가운 기색을 보이며 음식은 충분할 거라고 말했다.

자매는 거실에서 나름대로 간소하게 준비를 했다. 부엌에는 아예 들어가볼 엄두도 나지 않는데다, 바베트가 항구에서 용케 찾아낸 어느 배의 조리사 보조가 부엌일을 돕고 있었기 때문이다. 마르티네가 보니, 조리사 보조는 며칠 전에 바다거북을 가지고 온 소년이었다. 소년은 바베트를 도와 식사 시중도 들기로 했다. 까무잡잡한 여인과 붉은 머리 소녀은 마치 마녀와 요정처럼 부엌을 점령하고 있었다. 무엇을 굽는지, 새벽부터 끓고 있는 솥에는 뭐가 들었는지, 자매는 전혀 알 수 없었다.

냅킨과 접시는 놀랍도록 깨끗하게 다림질되고 닦여 있었고, 바베트 말고는 어디에서 왔는지 아무도 모르는 잔과 술병이 준비되어 있었다. 목사의 집에는 식탁용 의자가 열두 개가 안 되었기 때문에 거실에 있던 말털 덮개를 씌운 긴 소파를 식당으로 가져갔다. 가뜩이나 허전했던 거실은 소파를 치우고 나니 더욱 썰렁해 보였다.

마르티네와 필리파는 자기들의 몫인 거실을 최대한 꾸미느라 애썼다. 다른 건 몰라도 손님들을 추위에 떨게 할 수는 없었다. 자매는 하루종일 키 큰 낡은 난로에 자작나무 장작을 땠다. 벽에 걸린 아버지의 초상화에는 향나무 가지를 둥글게 엮어서 두르고, 초상화 아래에 있는 어머니가 쓰던 작은 탁자에는 촛대를 올려놓았다. 그리고 향나무 가지를 태워 거실에 은은한 향이 감돌게 했다. 그러는 와중에 자매는 오늘 같은 날씨에 포숨에서 여기까지 썰매마차가 무사히 올 수 있을까 걱정했다. 준비를 마친 자매는 오래되어 낡은 옷들 중에서 가장 나은 검은 드레스를 입고 의식용 금십자가를 걸었다. 자매는 나란히 앉아서 손을 무릎에 얹고 하느님에게 기도했다.

이윽고 하나둘씩 도착한 늙은 형제자매들이 경건한 몸가짐으로 천천히 집에 들어왔다.

아무것도 깔려 있지 않은 맨바닥에 가구도 거의 없는, 천장 낮은 이 방은 목사의 신도들에게 소중한 장소였다. 창밖은 완전히 다른 세상이었다. 창턱에 줄지어 세워둔 화분의 분홍색, 파란색, 빨간색 히아신스가 방에서 내다보이는 하얀 겨울의 바깥세상과 아름다운 경계를 이루었다. 여름에 창을 열어두면 바람결에 부드럽게 흔들리는 흰 모슬린 커튼이 넓은 바깥세상을 액자처럼 감쌌다.

이날 밤, 손님들은 문 앞 계단을 오르며 온기와 향기로운 냄새를 느꼈다. 신도들은 상록수 화환에 둘러싸인 사랑하는 스승의 얼굴을 들여다보았다. 신도들의 마음이 추위에 언 손가락과 함께 녹았다.

나이 지긋한 한 형제가 잠시 흐르던 침묵을 깨고 떨리는 목소리로 스승이 만든 찬송가 한 구절을 선창했다.

"예루살렘, 즐거운 나의 집
그 이름 내겐 언제나 소중하네……"

다른 신도들이 모두 따라 불렀다. 가늘게 떨리는 여자들의 음성과 오래전 뱃사람이었던 형제들의 굵은 저음, 그리고 그 사이로 필리파의 맑은 소프라노 음성이 흘렀다. 세월이 흘러 음색은 약간 변했지만 필리파의 목소리는 여전히 천상의 아름다움을 간직하고 있었다. 신도들은 어느새 서로 손을 맞잡고 노래했다. 사람들은 찬송을 끝내기가 아쉬운 듯 계속해서 다른 곡을 이어 불렀다.

"근심 많은 자여,
먹을 것과 입을 것을 걱정하지 마라……"

자매는 3절의 가사에서 다소나마 위안을 얻을 수 있었다.

"먹을 것을 구하는 자식에게
돌이나 뱀을 주겠는가?……"

이 구절은 마르티네의 가슴에 바로 와닿아 희망의 불을 환하게 밝혀 주었다.

찬송가를 부르는 도중에 바깥에서 썰매 종소리가 들려왔다. 포숨의 손님들이 도착한 것이다.

마르티네와 필리파는 밖으로 나가 손님들을 거실로 안내했다. 로벤히엘름 부인은 늙어서 체구가 훨씬 작아지고, 얼굴은 혈색을 잃어 양피지 같은데다 표정이 없었다. 부인 옆에 화려한 제복을 입은 훤칠하고 건장한 로벤히엘름 장군이 서 있었다. 훈장을 잔뜩 단 가슴을 쭉 편 채 큰 걸음으로 들어서는 장군은 마치 검은 까마귀와 갈까마귀의 조용한 무리 가운데서 걸음을 옮기는 황금색 꿩 혹은 공작 같았다.

로벤히엘름 장군

포숨에서 베를레보그로 오는 동안 로벤히엘름 장군은 야릇한 기분에 젖었다. 지난 삼십 년 동안 밟지 않았던 이곳. 궁정의 번잡한 생활에서 벗어나 쉬러 왔지만 마음은 편치 않았다. 튀일리궁과 겨울궁전에서 지내온 그에게 포숨의 옛집은 애처로울 정도로 아담하고 평화로웠다. 하지만 그곳에는 그의 마음을 불편하게 하는 존재가 있었다. 그 집의 방으로 걸어들어갔던 젊은 시절의 로벤히엘름 중위였다.

로벤히엘름 장군은 잘생기고 늘씬한 그 존재가 자기 곁을 스쳐지나가며 미소 짓는 것을 보았다. 젊은이가 노인을 보고 짓는 당당하고 거만한 미소였다. 장군도 웃을 기분만 되었다면, 노인이 젊은이에게 보내는 친절하면서도 약간은 슬픈 미소로 답했을 것이다. 하지만 장군은 그의 고모가 편지에 썼던 대로 우울했다.

장군은 인생에서 원하던 모든 것을 손에 넣었다. 모든 사람이 그에게 존경과 부러움의 시선을 보냈다. 하지만 정작 장군은 자신의 화려한 삶과 조화를 이루지 못하는 뭔가를 느꼈다. 장군은 행복하지 않았다. 뭔가 잘못되었다. 장군은 어딘가 깊이 박혀 있어 눈에 보이지 않는 가시를 찾듯 자기의 내면을 찬찬히 살폈다.

장군은 왕실의 총애를 받았고, 자기가 맡은 일에서도 뛰어났으며, 인맥도 두터웠다. 이 부분에는 가시가 없었다.

아내는 총명하고 예뻤다. 모임이나 파티 때문에 가정을 약간 등한시하기는 했다. 집안 하인들을 삼 개월마다 바꿨고, 장군의 식사를 제때 챙겨주지 않는 날도 있었다. 좋은 음식을 귀하게 여기는 장군은 가끔 소화불량에 걸릴 때면 은근히 아내를 원망하곤 했다. 하지만 여기에도 가시는 없었다.

로벤히엘름 장군에게 이상한 일이 생긴 것은 최근 들어서였다. 장군은 어느 때부턴가 자신의 영혼에 관해 생각하게 되었다. 그럴 만한 특별한 계기가 있었던 것은 아니다. 그는 왕과 아내와 친구들에게 신의를 지키는 도덕적인 사람이었고, 모든 이에게 모범이 되는 사람이었다. 하지만 세상이 도덕이 아닌 알 수 없는 신비로운 힘에 이끌려 움직이는 것처럼 생각될 때가 있었다. 그는 거울 앞에 서서 자기 가슴의 훈장들을 물끄러미 바라보다가 한숨을 내쉬며 혼잣말을 했다. "헛되다, 헛되다, 모든 것이 헛되다!

포숨에서 젊은 시절의 자신과 마주친 장군은 자기 인생을 돌아보지 않을 수 없었다.

벌과 나비가 꽃을 탐하듯 젊은 장교 로렌스 로벤히엘름에게는 꿈과 화려함이 따라다녔다. 그는 그런 것으로부터 자유로워지려고 안간힘을 썼다. 하지만 그가 도망가면 그것은 그의 뒤꽁무니를 쫓아왔다. 장교는 집안에 내려오는 훌드라 전설을 두려워했고, 산의 정령 훌드라의 손짓을 모르는 체하며 남이 보지 못하는 것을 보는 능력을 강력히 거부했다.

나이든 로렌스 로벤히엘름 장군은 작은 꿈 하나를 소망했다. 밤이 되기 전 저녁 어스름께 회색 나방이 자신을 찾아와주길 바랐다. 눈먼 사람이 앞을 보고 싶어하듯, 남이 보지 못하는 것을 볼 수 있기를 간절히 소망했다.

오랫동안 수많은 나라에서 이룬 승리의 총합이 결국은 인생의 패배라는 것인가? 로벤히엘름 장군은 젊은 로벤히엘름 중위의 야망을 성취했다. 젊은 그의 야심을 다 채우고도 남을 만큼 성공했다. 세상을 다 얻었다고 해도 지나친 말은 아니었다. 그런데 이제 당당하고 세상 물정에 밝은 노인이 된 그가 젊은 시절의 순진했던 자신을 찾고 있는 것이다. 그는 젊은 자신에게 엄숙하게, 아니 비통해하며 물었다, 자기가 얻은 것이 무엇인지. 어디에서인지는 알 수 없지만, 분명 그는 뭔가를 잃었다.

늙은 로벤히엘름 부인은 조카에게 목사의 생일에 대해 얘기했다. 장군은 고모를 따라 베를레보그에 가기로 마음먹었다. 장군에게 이 일은 단순한 만찬 초대 이상의 의미로 다가왔다.

장군은 이날 저녁 젊은 로벤히엘름과의 못다 한 계산을 청산하기로 결심했다. 목사의 집에서 숙맥 같았던 젊은 장교 로벤히엘름, 결국 승마화에서 노란색 집의 먼지를 떨어내며 그곳을 잊기로 했던 그였다. 장군은 젊은 자신에게 확실히 인정받고 싶었다. 삼십일 년 전 자신의 선택은 옳았다고. 천장 낮은 방, 대구 요리와 물잔만 놓인 식탁. 젊은 로렌스 로벤히엘름은 그곳의 그 모든 것을 조금도 견딜 수 없었다고 증언해야 하리라.

장군의 생각은 아주 먼 곳에 가 있었다. 오래전, 파리의 승마대회에서 우승해 프랑스의 고위 기병대 장교와 왕자, 공작들에게 축하받던 일이 떠올랐다. 파리에서 제일가는 레스토랑에서 그를 위한 만찬이 베풀어졌다. 그때 장교의 맞은편 자리에는 그가 오랫동안 구애해왔던, 아름답기로 소문난 귀족 여인이 앉아 있었다. 여인은 자기의 샴페인잔 위로 아름다운 짙은 색 눈을 올려뜨며 그를 행복하게 해주겠다는 무언의 약속을 보냈다. 그런데 그 순간, 그의 눈앞에 마르티네의 얼굴이 떠올랐다. 그는 황급히 그 환영을 떨쳐냈다. 썰매를 타고 달리는 지금, 갑자기 그 순간이 떠올랐다. 딸랑거리는 썰매마차 종소리에 한참을 귀 기울이던 장군은, 오래전 젊은 로벤히엘름이 꿀 먹은 벙어리처럼 앉아 있었던 바로 그 자리에서, 오늘밤 자신이 대화를 주도할 것이라는 생각에 미소를 지었다.

굵은 눈발이 줄기차게 내리며 썰매가 지나간 자리를 메웠다. 로벤히엘름 장군은 높이 세운 외투 깃에 턱을 묻고 고모 옆에 꿈쩍도 않고 앉아 있었다.

바베트의 만찬

바베트의 붉은 머리 조수가 식당 문을 열어주었다. 손님들은 천천히 식당 문턱을 넘으며 잡고 있던 손을 놓고 조용히 침묵을 지켰다. 하지만 그들의 영혼은 아직 손을 잡고 노래하던 터라, 그들 사이에는 조용함 속에서도 정겨움이 흘렀다.

바베트는 식탁 한가운데에 촛대들을 나란히 세웠다. 작은 촛불들이 검은 외투와 드레스, 그리고 주홍색 제복을 비추었고, 맑고 촉촉한 눈동자들 속에서 환히 빛났다.

로벤히엘름 장군은 촛불에 비친 마르티네의 얼굴에서 삼십 년 전 헤어질 때의 모습을 다시 보았다. 베를레보그에서 삼십 년이라는 세월은 그다지 강한 힘을 갖지 못했는지, 마르티네의 금발은 희끗희끗해지고 꽃처럼 화사했던 혈색은 사라졌지만, 단정한 이마와 신실함이 담긴 평화로운 눈, 선부른 말은 절대 뱉지 않을 듯한 순수하고 사랑스러운 입술은 그대로였다.

모두 자리에 앉자, 가장 나이 많은 신도가 목사의 말씀을 인용하여 기도했다.

"내가 먹은 음식으로 내 몸을 지탱하고
내 몸으로 내 영혼을 지탱하며
내 영혼으로 말과 행동에서
주께 모든 감사를 드리게 하소서."

'음식'이라는 말에 신도들은 모은 손에 고개를 더 깊숙이 숙이며 그 주제에 대해 일절 얘기하지 않기로 한 약속을 다시 한번 새겼다. 아예 생각조차 하지 않기를! 신도들은 신의 은총이 포도주잔에 가득 넘치던 가나의 혼인 잔치*에 모인 하객들처럼 경건하게 앉아 있었다.

바베트의 조수 노릇을 하는 소년이 사람들 앞에 놓인 작은 잔 하나 하나에 포도주를 채웠다. 손님들은 서로의 다짐을 확인하듯 엄숙하게 잔을 입에 가져다댔다.

로벤히엘름 장군은 포도주를 미심쩍은 듯 바라보다가 한 모금을 마시고는 깜짝 놀라 잔을 코로 가져갔다. 그러고는 다시 잔을 들어올려 포도주를 살폈다. 그는 놀란 표정으로 잔을 내려놓았다. '거참 놀랍군!' 장군은 고개를 갸웃했다. '아몬티야도** 아닌가! 그것도 내가 마셔본 것 중 최상품 아몬티야도야.' 잠시 후 장군은 자기 입맛이 잘못됐나 싶어 작은 스푼으로 수프를 떠먹어봤다. 그러고는 놀란 표정으로 한 술 더 떠먹어보고서야 스푼을 내려놓았다. "정말 놀라운 일이로군!" 그는 혼잣말을 했다. "이건 틀림없는 거북 수프야. 맛도 기가 막힌걸!"

---

* 신약성서에 등장하는 이야기로, 이 혼인 잔치에서 포도주가 모자라자 예수가 물을 포도주로 변하게 했다.

** 식전주로 많이 마시는 셰리주의 일종.

장군은 뭔가에 사로잡힌 듯한 기분으로 잔을 비웠다.

베를레보그 사람들은 식사할 때 거의 말을 하지 않았다. 하지만 오늘 저녁에는 웬지 사람들의 혀가 풀린 듯했다. 한 나이든 형제는 자기가 목사를 처음 만난 때에 관해 얘기했다. 또다른 형제는 육십 년 전 자신을 개종하게 만든 목사의 설교에 대해 얘기했다. 마르티네가 음식에 대한 고민을 가장 먼저 털어놓았던 늙은 여인은, 신도들이 어떤 어려움 속에서도 서로 짐을 나누곤 했던 지난 시절을 얘기했다.

저녁식사에서 대화를 주도하겠다고 벼르던 로벤히엘름 장군은 목사의 설교집을 왕비가 애독했다는 얘기를 꺼냈다. 그런데 다른 요리가 나오자 그는 그만 입을 다물었다. "믿을 수가 없어!" 그는 또 혼잣말을 중얼거렸다. "이건 블리니 드미도프*잖아!" 장군은 놀란 눈으로 주위 사람들을 둘러보았다. 사람들은 놀라거나 수긍하는 기색도 없이 하나같이 묵묵히 블리니 드미도프를 먹고 있었다. 마치 지난 삼십 년간 매일 그래왔던 것처럼.

건너편에 앉은 자매가 목사가 살아 있을 때 있었던 놀라운 일들, 기적이라고도 할 수 있는 일들에 관해 얘기하기 시작했다. 자매는 형제자매들에게 물었다. 목사가 피오르 건너편 마을에 가서 크리스마스 설교를 하기로 했던 때를 기억하는지. 당시 보름 전부터 궂은 날씨가 계속되는 바람에 뱃사람이고 어부고 할 것 없이 피오르를 건널 엄두를 내지 못하고 있었다. 마을 사람들이 모두 단념하고 있는데, 목사는 배를 타고 갈 수 없다면 파도 위를 걸어서라도 가겠다고 말했다. 그런데

* 러시아에서 유래한 요리로, 빵에 캐비어와 사워크림을 얹은 것.

어떻게 되었던가! 크리스마스를 사흘 앞두고 폭풍이 멎더니 매서운 서리가 내리기 시작했다. 그리고 이쪽 해안에서 건너편 해안까지 바닷물이 얼어붙었다. 사람들이 기억하는 한 피오르가 얼어붙기는 처음이었다!

소년이 다시 잔을 채웠다. 신도들은 거품이 이는 것을 보고, 이번에는 포도주가 아니라 레모네이드 같은 것이겠거니 하고 마셨다. 그런데 이 레모네이드가 신도들의 들뜬 마음을 기분좋게 흔들어 더 높고 순수한 곳으로 띄워올렸다.

로벤히엘름 장군은 다시 잔을 내려놓고, 오른쪽에 앉은 신도를 돌아보며 말했다. "이것은 1860년산 뵈브 클리코*가 틀림없습니다!" 옆 사람은 장군을 바라보며 담담하게 미소 지어 보이고는 날씨 얘기를 꺼냈다.

바베트의 조수는 손님들의 잔을 한 번씩만 채우라고 지시받았지만, 장군의 잔이 비자 곧 다시 채워주었다. 장군은 연이어 순식간에 잔을 비웠다. 제정신인 사람이 자기의 감각을 믿지 못할 때는 차라리 술에 취하는 편이 나을지도 모른다.

베를레보그 사람들은 잘 차린 음식을 먹을 때면 분위기가 진지했다. 그런데 오늘밤은 달랐다. 먹고 마실수록 몸과 마음이 점점 더 가벼워졌다. 사람들은 더이상 자기들이 했던 약속을 일부러 상기할 필요가 없었다. 그들은 음식에 대해 잊는 것뿐만 아니라 먹고 마신다는 생각 자체를 버리면 올바른 마음가짐으로 식사할 수 있다는 것을 알게 되었다.

---

* 마담 클리코가 17세기 초에 만든 유서 깊은 샴페인의 이름.

로벤히엘름 장군은 뭔가에 홀린 듯 식사를 멈추고 가만히 앉아 있었다. 썰매마차를 타고 오면서 추억했던 파리의 만찬으로 되돌아간 것만 같았다. 더할 나위 없이 정성스럽고 맛있는 어떤 요리의 이름을 함께 식사하던 갈리페 대령에게 물었던 기억이 떠올랐다. 대령은 '카유 앙 사르코파주'*라고 알려주었다. 그러고는 덧붙였다. 그 레스토랑의 주방장이 개발한 요리로, 그 주방장은 파리 전체를 통틀어 당대 최고의 천재 요리사로 이름난 사람이라고. 더욱 놀라운 것은 그 요리사가 여자라는 사실이었다. "이 여인은 카페 앙글레의 저녁을 일종의 사랑으로 탈바꿈시키고 있다네. 육체적 욕구와 정신적 희열 사이의 경계를 느낄 수 없는 고귀하고 낭만적인 사랑이지! 나는 이전에 아름다운 여자를 두고 결투한 적이 있네만, 이보게, 파리의 어떤 여자에게도 이보다 기꺼이 내 피를 바칠 순 없을 걸세!" 갈리페 대령은 당시 그렇게 말했다. 로벤히엘름 장군은 자기 왼쪽에 앉은 사람을 돌아보며 말했다. "이 요리는 카유 앙 사르코파주입니다!" 기적에 관한 이야기를 듣고 있던 그 사람은 장군을 멍하게 바라보다가 고개를 끄덕이며 대답했다. "그럼요, 물론이죠. 아니면 뭐겠습니까?"

식탁의 화제는 스승의 기적에서 스승의 딸들이 일상에서 베푼 친절과 자선에 관련된 작은 기적들로 옮겨갔다. 찬송가를 선창했던 형제가 스승의 말을 인용했다. "우리가 이 세상에서 가지고 가는 것은 오로지 우리가 이 세상에서 베푼 것일지니!" 손님들은 미소 지었다. 이 가난하고 소박한 여인들은 다음 세상에서 아주 큰 부자가 되리라!

---

* 메추라기를 페이스트리 반죽으로 싸서 여섯 가지 이상의 소스를 끼얹어 먹는 요리.

로벤히엘름 장군은 이제 놀라지도 않았다. 얼마 후 포도와 복숭아와 신선한 무화과가 나오자 그는 마주앉은 손님을 향해 웃으며 말했다. "훌륭한 포도입니다!" 마주앉은 사람이 대답했다. "에스골 골짜기에 이르러 포도 한 송이를 꺾어서 막대기에 꿰어 둘러메고.*"

장군은 자기가 얘기할 때가 되었다고 생각했다. 그는 자리에서 일어나 똑바로 섰다.

그날 저녁식사 중에 일어나서 얘기를 한 사람은 없었다. 나이든 손님들은 고개를 들고 기대에 찬 눈으로 장군을 올려다보았다. 그들은 뱃사람이나 부랑자가 독한 싸구려 진에 취해 나자빠져 있는 것에는 익숙했지만, 왕을 모시는 장군이 최고급 포도주를 마시고 취기가 오른 것은 전혀 눈치채지 못했다.

로벤히엘름 장군의 연설

"여러분, 자애와 진실이 서로 만났습니다. 정의와 축복이 입맞춤할 것입니다."

장군은 왕실 복도를 은은히 울렸던, 단련된 맑은 목소리로 말했다. 하지만 말하는 태도는 자기가 느끼기에도 평소와 달랐다. 무언지 모를 감동이 가슴속에서 일어 그는 잠깐 말을 멈춰야 했다. 장군은 평소 자

* 구약성서 「민수기」 13장 23절. 이스라엘 백성이 이집트를 탈출해 가나안 땅으로 가는 도중 모세가 가나안 땅을 탐지하러 사람을 보내며 그 땅의 실과를 가져오도록 했고, 이에 정탐자들은 포도와 석류, 무화과를 가지고 돌아왔다.

기가 말하고자 하는 목적을 잘 살리기 위해 늘 조심스레 계산하곤 했다. 그런데 이날은 달랐다. 가슴에 훈장을 달고 이 소박한 신도들 가운데 서 있는 지금, 그는 자신이 당연히 전해야 할 말을 하는 대변인에 지나지 않는 것처럼 느껴졌다.

"인간은 나약하고 어리석습니다. 만유에서 은총을 찾을 수 있다고들 합니다만, 어리석고 멀리 보지 못하는 우리 인간은 거룩한 은총이 유한하다고 생각합니다. 이 때문에 우리는 떨게 되고……" 장군은 지금까지 떨었다는 말을 해본 적이 없었다. 그는 자기 입에서 그 말이 나왔다는 것에 스스로 적잖이 놀랐다. "우리는 인생의 중대한 선택을 할 때 떨고, 선택을 하고 나서도 잘못한 것이 아닐까 두려워 다시 한번 떱니다. 하지만 우리의 눈이 번쩍 뜨이는 순간이 있습니다. 은총이 무한하다는 것을 깨닫는 순간입니다. 여러분, 은총은 우리가 그것을 믿고 기다리며 감사하는 마음으로 받아들이기만을 바랍니다. 형제 여러분, 은총은 조건을 달거나 어느 누구를 특별히 선택하지도 않습니다. 은총은 우리 모두를 품에 안으며 죄를 용서합니다. 우리는 우리가 선택한 것을 얻었고, 우리가 거부한 것까지도 우리에게 왔습니다. 우리가 거부한 것이 오히려 우리에게 풍요롭게 쏟아졌습니다. 자애와 진실이 서로 만났고, 정의와 축복이 입맞춤했기 때문입니다!"

형제자매들은 장군의 연설을 완전히 이해하지는 못했다. 하지만 침착하면서도 고양된 그의 표정과 그들에게 익숙한 귀한 말들이 그들의 마음을 사로잡았다. 삼십일 년이 지난 이날, 로벤히엘름 장군은 목사 집의 저녁식사에서 대화를 주도하는 데 성공했다.

그후에 일어난 일은 정확하게 알 수 없다. 손님들도 정확하게 기억하지 못한다. 마치 수많은 작은 후광이 하나로 합쳐져 거룩한 광채를 발하기라도 한 듯 천상의 빛이 집안을 가득 메웠다는 것 외에는. 말수가 적은 노인들은 말문이 틔었고, 수년간 거의 듣지 못했던 귀가 열렸다. 시간은 영원 속으로 녹아들었다. 자정이 훨씬 지난 시각, 창문이 황금처럼 빛나고 아름다운 노래가 바깥의 겨울 공기 속으로 흘러나갔다.

한때 서로를 욕했던 두 늙은 여인은 앙숙 같은 사이가 되기 훨씬 이전, 둘이 함께 견진성사를 준비하고 손을 맞잡고 끝도 없이 노래를 부르며 베를레보그 거리를 다니던 소녀 시절로 돌아가 있었다. 한 늙은 형제는 사내아이들이 치고받듯 옆에 있는 형제의 옆구리를 툭 치며 소리쳤다. "네놈이 나랑 목재 거래할 때, 그때 날 속였지!" 이 소리를 들은 형제는 거의 고꾸라질 정도로 배꼽을 잡고 웃으며 눈물을 흘렸다. "그래, 그랬다, 이 친구야. 내가 그랬어." 할보르센 선장과 오페고르덴 부인은 어느새 방 한구석에 다정하게 서 있었다. 두 사람은 젊은 시절의 비밀스러운 사랑에서 도망치느라 못다 나눈 긴 입맞춤을 했다.

목사의 오랜 신도들은 겸손한 사람들이었다. 훗날 이날 저녁을 떠올릴 때, 그들이 그토록 고귀한 존재가 되었던 것은 자신들이 지닌 가치 때문이라는 사실을 전혀 깨닫지 못했다. 신도들은 단지 로벤히엘름 장군이 말한 무한한 은총이 그들에게 허락되었다고 생각했고, 항상 소망하던 것이 이루어진 거라고 당연하게 받아들였다. 그들은 이 땅의 헛된 환상이 연기처럼 녹아 사라지고 만물이 참모습을 드러내는 것을 보았다. 신도들에게 허락된 복된 한 시간이었다.

로벤히엘름 부인이 가장 먼저 자리를 떴다. 조카는 부인을 부축했고, 자매는 등불을 들고 배웅에 나섰다. 필리파가 부인의 옷을 하나씩 입히고 겹겹이 여며줄 때, 장군은 말없이 마르티네의 손을 붙잡고 오랫동안 서 있었다. 그리고 마침내 입을 열었다.

"나는 매일 당신과 함께했었소. 그랬다는 것을 아시오?"

"네, 그러셨다는 걸 알아요." 마르티네가 말했다.

"내게 남은 나날 역시 당신과 함께할 거요. 오늘밤처럼, 매일 저녁 나는 당신과 저녁을 먹겠소. 육신이 아니라 영혼으로. 어차피 육신은 의미가 없으니. 소중한 자매여, 오늘밤 나는 이 세상에서 그 어떤 것도 가능하다는 것을 배웠소."

"그래요, 형제님. 이 세상에서는 그 어떤 것도 가능해요."

두 사람은 헤어졌다.

손님들이 모두 밖에 나와 섰을 때 눈은 이미 그친 뒤였다. 마을과 산은 이 세상 것이 아닌 듯한 순백의 광채 속에 잠들어 있었고, 수많은 별이 하늘을 밝히고 있었다. 길에는 걷기 힘들 정도로 눈이 쌓여 있었다. 노란색 집의 손님들은 발을 잘 내딛지 못해 비틀거렸고, 갑자기 주저앉거나 무릎과 손을 짚고 앞으로 고꾸라지며 눈에 처박혔다. 그들은 마치 자신의 죄를 양털처럼 하얗게 씻어내는 듯했고, 순결한 새 옷을 입은 어린 양처럼 장난치며 뛰었다. 어린아이가 된 듯한 기분을 느끼다니, 모든 이에게 축복과도 같은 일이었다. 언제나 심각했던 나이든 형제자매들이 천상이 허락한 유년 시절로 되돌아간 것을 바라보는 일 역시 복된 농담과도 같았다. 노인들은 넘어졌다가 다시 일어나고, 걷다가 다시 그 자리에 멈춰 서고는 했다. 사람들은 몸도 마음도 하나가 되어 마치 다함께 춤을 추는 듯했다.

"복 받으세요, 복 받으세요." 그들이 건네는 소리가 화음을 이루는

합창처럼 사방으로 울려퍼졌다.

마르티네와 필리파는 오랫동안 집밖 돌계단에 서 있었다. 자매는 추위를 느끼지 못했다. "별들이 가까이 내려왔어." 필리파가 말했다.

"매일 밤 내려올 거야." 마르티네가 조용히 말했다. "이젠 눈이 안 올 것 같네."

하지만 그 말은 틀렸다. 한 시간쯤 지나자 다시 눈이 내리기 시작했다. 베를레보그에서 일찍이 보지 못한 폭설이었다. 다음날 아침, 사람들은 쌓인 눈 때문에 문을 여는 데 애를 먹었다. 집집마다 창문에 눈이 두껍게 얼어붙어 많은 선량한 사람들이 날이 밝는 줄도 모르고 해가 중천에 오르도록 늦잠을 잤다는 말이 그후로 수년간 전해졌다.

위대한 예술가

마르티네와 필리파는 문을 잠그면서 바베트를 떠올렸다. 순간 훈훈하면서도 미안한 마음이 들었다. 바베트 혼자만 이날 저녁의 축복을 누리지 못했기 때문이다.

자매는 부엌으로 들어갔다. 마르티네가 바베트에게 말했다. "아주 훌륭한 만찬이었어, 바베트."

자매는 온통 고마운 마음뿐이었다. 손님들은 음식에 대해 단 한마디도 하지 않았다. 자매 역시 저녁에 먹은 것들을 기억해내려 해도 생각이 나지 않았다. 마르티네는 바다거북에 생각이 미쳤다. 바다거북은 식탁에서 보이지도 않았고, 그것에 대해 걱정했던 일이 지금은 아주

까마득하게 여겨졌다. 어쩌면 그저 악몽을 꾼 것인지도 몰랐다.

바베트는 도마에 걸터앉아 있었고, 그녀 주위에는 기름기 밴 검은 냄비들이 널려 있었다. 자매는 그렇게 많은 냄비를 처음 보았다. 바베트는 이곳에 처음 찾아와 문 앞에서 실신했을 때처럼 녹초가 되었고 얼굴은 백지장처럼 창백했다.

바베트는 한참 후에야 자매를 쳐다보며 말했다. "저는 카페 앙글레의 요리사였어요."

마르티네가 말했다. "다들 저녁식사가 좋았다고 했어." 바베트는 대꾸하지 않았다. 마르티네가 말을 이었다. "바베트가 파리로 돌아간 후에도 우리는 모두 오늘 저녁을 오래 추억할 거야."

"저는 파리로 돌아가지 않아요."

"파리로 돌아가지 않는다고?" 마르티네가 놀라서 물었다.

"안 가요. 제가 파리에서 뭘 하겠어요? 그곳엔 아무도 없어요. 제가 아는 사람들은 이제 없어요, 마님."

자매는 바베트의 남편과 아들에 생각이 미쳤다. "저런, 불쌍한 바베트."

"네, 다 갔어요. 모르니 공작, 드카즈 공작, 나리슈킨 왕자, 갈리페 장군, 오렐리앙 숄, 폴 다뤼, 폴린 공주, 모두 떠났어요!"

자매는 바베트가 잃었다는 사람들의 생소한 이름과 직위를 도통 알 수 없었다. 하지만 바베트의 말에는 헤아릴 수 없이 깊은 비애감이 배어 있어서, 자매는 마치 자기들이 그들을 잃은 것처럼 눈물을 글썽였다.

또다시 침묵이 길게 흐른 뒤 바베트가 자매에게 살며시 미소를 지어 보이며 말했다. "게다가 제가 어떻게 파리로 돌아가겠어요, 마님? 돈

한푼 없는걸요."

"한푼도 없다고?" 자매는 동시에 큰 소리로 물었다.

"네."

"하지만 만 프랑은?" 자매는 너무 놀라 간신히 물었다.

"만 프랑은 다 썼어요." 바베트가 말했다.

자매는 자리에 앉았다. 그리고 일 분이 족히 지나도록 아무 말도 하지 못했다.

"만 프랑을 다?" 마르티네가 낮은 목소리로 천천히 물었다.

"그럴 수밖에요." 바베트에게서는 위엄이 흘렀다. "카페 앙글레에서는 12인분 저녁식사 재료비가 만 프랑이에요."

자매는 다시 아무 말도 하지 못했다. 자매는 바베트의 말을 하나도 이해할 수 없었다. 하지만 이날 저녁에 있었던 일 중 이해할 수 없는 게 이것만은 아니었다.

마르티네는 아프리카에 선교사로 갔던 아버지 친구에게 들은 이야기가 떠올랐다. 그 선교사가 그곳 추장이 아끼는 아내의 목숨을 구한 적이 있었다. 추장은 감사의 뜻으로 그에게 진수성찬을 대접했다. 한참 지난 뒤에야 선교사는 자신의 흑인 하인을 통해 놀라운 사실을 알게 되었다. 훌륭한 기독교 주술사를 위해 추장이 대접한 것이 추장의 통통한 어린 손자였음을. 그 이야기를 떠올리며 마르티네는 새삼 소름이 돋았다.

하지만 필리파의 마음은 사르르 녹아들었다. 잊지 못할 저녁이 다 끝나가나 했는데, 한 사람의 충심과 희생이 남아 있었던 것이다.

"바베트, 우리를 위해 가진 돈을 모두 쓰다니." 필리파가 부드러운 목소리로 말했다.

바베트는 필리파를 한참 바라보았다. 낯선 눈빛이었다. 측은해하는 눈빛 같기도 하고, 재미있어하는 눈빛 같기도 했다.

"마님들을 위해서라고요? 아니에요. 저를 위해서였어요."

바베트는 도마에서 일어나 자매 앞에 섰다.

"저는 위대한 예술가예요!"

바베트는 잠시 후 한번 더 말했다. "위대한 예술가라고요, 마님."

부엌에는 다시 깊은 침묵이 흘렀다.

마르티네가 말했다. "그러면 이제 평생 가난하게 살려고, 바베트?"

"가난하다고요?" 바베트는 혼자만 아는 듯한 미소를 지었다. "아니에요, 절대로 가난하지 않아요. 저는 위대한 예술가라니까요. 위대한 예술가는 결코 가난하지 않아요, 마님. 예술가에겐 다른 사람들은 알 수 없는 것이 있어요."

언니가 말을 잇지 못하는 사이 필리파는 가슴속 깊이 오랜만에 맛보는 감동을 느꼈다. 필리파는 오래전에 카페 앙글레에 대해 들은 적이 있었다. 또 바베트가 말한 사람들의 이름도 들은 적이 있었다. 필리파는 일어서서 가정부에게 한 발짝 다가섰다.

"하지만 바베트가 말한 그 사람들, 그러니까 그 왕자며 파리의 귀족들 말야, 그들은 바베트가 맞서 싸운 사람들이잖아. 바베트는 코뮌 지지자였고! 바베트가 말한 장군은 바베트의 남편과 아들을 총살한 사람이잖아! 왜 그 사람들을 잃은 것 때문에 슬퍼하지?"

바베트의 검은 눈동자가 필리파의 눈과 마주쳤다.

"맞아요. 저는 코뮌 지지자였어요. 그랬었죠! 그리고 마님, 제가 말한 그 사람들은 모두 사악하고 냉혹한 인간들이었어요. 그들은 파리 시민을 굶주리게 했고 가난한 사람들을 부당하게 억압했어요. 저는 바리케이드를 딛고 일어섰어요. 동지들을 위해 총을 들었어요! 그래요. 하지만 마님, 제가 말한 그 사람들이 이제 그곳에 없기 때문에 전 파리로 돌아가지 않아요."

바베트는 생각에 빠져 꼼짝 않고 서 있었다.

잠시 침묵을 지키던 그녀가 다시 입을 열었다. "마님, 그들은 제 손안에 있었어요. 그들은 모두 제 사람들이었죠. 그들은 마님들이 상상하기도 어려운 큰돈을 써가며 제가 얼마나 훌륭한 예술가인지를 아는 능력을 키웠어요. 제겐 그들을 기쁘게 할 수 있는 힘이 있었죠. 제가 최선을 다할 땐 그들에게 완벽한 기쁨을 줄 수 있었어요."

바베트는 잠깐 말을 멈추었다.

"그건 파팽 씨도 마찬가지였죠."

"파팽 씨라고?" 필리파가 물었다.

"네, 마님, 파팽 씨요. 그분이 제게 말씀하셨죠. '예술가로서 최선을 다할 수 없는 상황에 몰리거나, 최선을 다하지 않고도 박수를 받는 일만큼 참을 수 없는 것은 없다'고요. 또 말씀하셨죠. '예술가가 세상을 향해 부르짖는 것은, 최선을 다할 수 있도록 나를 내버려두라는 외침뿐이다.'"

필리파는 다가가서 바베트를 품에 안았다. 요리사의 몸은 대리석 같았지만 필리파는 머리에서 발끝까지 전율을 느꼈다.

필리파는 한참 동안 아무 말도 못하다가 속삭였다.

"그래, 아직 끝나지 않았어! 바베트, 난 알아. 이게 끝이 아니라는 걸. 하느님께서 바베트를 지으신 그대로 천국에서 바베트는 위대한 예술가로 남을 거야! 오!" 필리파의 두 뺨에 눈물이 흘러내렸다. "그래, 바베트는 천사들을 사로잡을 거야!"

템페스트

『템페스트』를 꿈꾸다

쇠렌센이라는 나이든 배우이자 연출가가 있었다. 그는 젊은 시절 코펜하겐의 연극무대에서 활동했는데, 왕립극장에서 아담 욀렌슐레게르*의 비극 『소크라테스』의 아리스토파네스 역을 연기하기도 했다. 자립심이 강한 쇠렌센은 자기만의 세계를 구축하며 살아왔다. 어렸을 때 노르웨이에 있는 어머니의 친척집에서 살았던 그는 황량한 고지대가 많은 그 땅을 항상 가슴 깊이 그리워했다. 하늘 높이 솟아 거센 바람에 맞서는 그곳을 『호콘 백작』**의 무대나 맥베스와 오시안***의 스코틀랜드 배경으로 떠올리곤 했다. 노르웨이 시인 베르겔란의 시를 읽고, 노

---

* 19세기 초 덴마크의 대표적 시인이자 극작가.

** 아담 욀렌슐레게르가 쓴 역사 비극.

*** 18세기 중반 스코틀랜드 시인 제임스 맥퍼슨이 발표한 서사시들의 작중 서술자.

르웨이 사람들이 훌륭한 예술을 갈망한다는 얘기를 들으면 그의 마음은 들떴다. 갖가지 환상과 목소리가 그의 머리를 가득 채웠다. 왕관이 머릿속에 떠올랐고, 그는 북쪽으로 가라는 자신의 소명을 받아들였다. 노년에 접어든 그는 비옥한 코펜하겐 땅을 떠나 돌투성이 땅에 뿌리를 내리기로 문득 결심했다. 증기선이 노르웨이 해안을 정기적으로 다니기 시작했던 때이므로 약 백 년 전의 일이다. 쇠렌센은 작은 극단을 이끌고 피오르 지역 마을들을 유랑하기 시작했다.

코펜하겐에 있는 그의 옛 친구들은, 왕년의 코펜하겐 왕립극단 배우가 경험도 별로 없는 배우들을 데리고 무식한 시골 사람들 앞에서 공연하는 처지가 되다니 안됐다고들 말했다. 하지만 쇠렌센은 구속받지 않는 삶이 즐겁기만 했다. 바람과 파도 속에서, 나무판자로 엉성하게 만든 분장실에서, 외풍 속에서, 쇠기름 등불들 사이에서 그의 존재는 꽃을 피웠다. 축제의 밤에는 높은 이들에게 인정받고 훈장과 왕실의 호의로 빛나는 손님이었지만, 그렇지 않은 때는 좁은 선실에서 극심한 뱃멀미로 홀로 신음하는, 고된 시련을 당하는 그들의 선지자, 고래 뱃속의 요나였다. 하지만 언제 어디서나 그의 직분은 선택받은 자였고 방랑자였다.

쇠렌센은 이중적인 사람이어서 주변 사람들을 혼란스럽고 헷갈리게 했지만 그 자신은 용케 조화로운 방식으로 존재했다. 그는 기민하고 빈틈없으며 지칠 줄 모르는 사업가였다. 뒤통수에도 눈을 달고 다니며, 돈냄새를 잘 맡고, 공식석상이나 사람들 앞에서는 완전히 사무적인 얼굴로 행세했다. 한편, 자신의 예술에서는 충실한 하인이었다. 마치 "주여, 저는 자격이 없나이다"라는 말을 가슴에 새긴 겸손한 늙은 사제 같았다.

그는 계약할 때 한푼의 돈도 꼼꼼히 챙겼다. 이 빠진 뿌연 거울 앞에서 가면을 쓰다가도 남을 앞지를 묘안을 떠올리곤 했다. 그는 품위 없는 소극笑劇에도 여러 번 출연했다(당시에는 소극을 포센이라고 불렀다). 관중들은 그의 공연을 보며 마음껏 웃고 소리치고 얼굴을 찡그렸고, 쇠렌센은 가슴에 손을 얹고 더할 수 없이 상냥한 미소를 머금으며 우레와 같은 박수에 감사를 표했다. 그리고 저녁이 되면 어김없이 머릿속으로 그날의 장부를 조목조목 정리했다.

그러나 늦은 밤, 작은 잔의 독주를 곁들인 소박한 저녁식사를 즐긴 뒤 한 손에 초를 들고 새장 사다리처럼 좁고 가파른 계단을 올라갈 때 그는 자신이 야곱의 사다리를 오르는 나이든 천사 같다고 느꼈다. 침실에서 그는 에우리피데스와 로페 데 베가와 몰리에르, 그리고 자기 나라 최고의 시인들과 함께 둘러앉았고, 무엇보다 인간의 체온을 가장 진하게 느낄 수 있는 윌리엄 셰익스피어와 함께 자리했다. 불멸의 존재인 그들은 그의 형제였으며, 그가 그들을 이해하듯 그를 이해해주었다. 그들과 함께 있을 때 쇠렌센은 자신을 전부 드러낼 수 있었고, 자유롭고 기뻤으며, 내면 가장 깊은 곳의 눈물까지도 쏟아낼 수 있었다.

쇠렌센은 사업관계로 아는 사람들 눈엔 뻔뻔한 투기꾼으로 비쳤지만, 불멸의 예술가들 앞에서는 정숙한 여인 같았다.

몇몇 친한 친구들만이 그의 지론을 알고 있었다. 그의 지론은 사람들이 시로 말하는 데 익숙해지기만 한다면 인간사에서 무가치한 것 대부분을 피할 수 있다는 것이었다. "반드시 운을 맞출 필요는 없어. 사실 운이라는 것 자체가 시의 정수를 얄팍하게 깎아내리는 것이지. 무운시無韻詩로 우리의 감정을 표현하고 다른 이들과 소통하면 되는 거야. 이 약강 오보격의 시는 다듬어지지 않은 우리의 본성을 부드럽게 흔들어 고결하게 하고, 말이라는 보석에서 수다와 허풍과 험담을 걸러내니까." 쇠렌센은 중요한 순간에는 약강격에 맞춰 생각하곤 했다.

쇠렌센이 자기가 죽으면 두개골을 깨끗이 닦아 먼 훗날 연극무대에서 요릭*의 해골로 써달라는 항목을 유언장에 추가했다는 사실을 아는 사람은 코펜하겐의 호적등기소장—그는 이 아이디어에 공공연히 반대했다—이 유일했다.

한 해가 저물어 장부를 정리하던 쇠렌센은 마지막 분기의 수익이 다른 때보다 많았다는 것을 알았다. 하늘이 어여뻐 봐준 것이라 여긴 그는 뭔가 보답해야겠다고 생각했다. 그래서 평생의 숙원을 실행에 옮기기로 결심했다. 그건 다름 아닌 『템페스트』를 연출하는 것이었다. 그리고 그 자신이 프로스퍼로** 역을 맡기로 했다.

쇠렌센은 결심이 서자 곧바로 침대에서 일어나 옷을 갈아입고 밖으로 나가 오랫동안 밤길을 산책했다. 그는 하늘의 별들을 바라보며 자기가 남다른 길을 걸어왔다고 생각했다. "평생 동안 열망하며 찾아온 날개가 드디어 나에게 주어졌어. 그리고 이제 그 날개를 펼칠 때가 되었어! 그동안 나를 지켜주었고, 여전히 나를 지켜주는 분들께 감사하나이다."

---

* 셰익스피어의 희곡 『햄릿』 5막 1장에서 햄릿이 들고 독백하는 해골의 주인. 죽기 전 왕실의 광대였다.

** 셰익스피어의 희곡 『템페스트』의 주인공. 추방당한 밀라노의 대공이자 위대한 마법사다.

배역

쇠렌센은 단원들의 배역을 정하느라 여러 밤을 뜬눈으로 새웠다. 체스의 말을 움직이듯 머릿속으로 배우들의 배역을 이리저리 맞추었다. 마침내 한 역할만 제외하고 모든 배역을 정한 그는 만족했다. 정하지 못한 배역은 에어리얼*이었다. 그는 자신의 무능을 탓하며 머리를 쥐어뜯었다. 최고의 배우들을 한 명 한 명 그 역과 맞춰봤지만 번번이 답답한 심정으로 고개를 저었다. 그러던 어느 날, 입단한 지 얼마 되지 않은 앳된 배우가 눈에 들어왔다. 작은 역할을 두어 번 맡아 그럭저럭 박수를 받은 신참이었다.

'세상에 이럴 수가!' 쇠렌센은 그 배우를 보고 속으로 탄성을 질렀다. '내가 눈을 어디다 달고 다닌 거지? 지금까지 쓸 만한 정령을 보내달라고 하늘에 얼마나 간청해왔던가! 모든 희망을 잃고 포기하려는 찰나였는데! 이렇게 훌륭한 에어리얼을 코앞에 두고도 알아보지 못했다니!' 그는 너무나 기쁜 나머지 그 단원이 여자인지 남자인지도 신경쓰지 못했다.

쇠렌센은 그 어린 배우에게 말했다. "너는 『템페스트』에서 에어리얼을 연기해야 해."

"제가요!" 그녀가 소리쳤다.

"그래."

쇠렌센이 말을 건넨 소녀는 크고 담대해 보이는 맑은 눈에, 쉽게 드

* 『템페스트』에서 푸로스퍼로의 심부름을 하는 공기의 정령.

러나지는 않지만 자신만의 우아함을 지니고 있었다. 쇠렌센은 어린 여배우들에게 코펜하겐 왕립극단 수준의 고상한 몸가짐을 본받도록 했는데, 그런 그에게 이 여배우는 다가가기 어려워 보인다는 이유 하나 때문에 종종 눈에 띄곤 했다. 그녀는 예쁜 소녀였고, 그 얼굴에는 쇠렌센같이 기사도 정신이 있는 사람의 마음을 끌고 동정을 자아내는 뭔가가 있었다. 하지만 천재적인 안목을 가진 한 사람을 제외하고는 연극계의 어느 누구도 그녀가 에어리얼 역에 어울릴 거라고는 생각하지 못했을 것이다.

쇠렌센은 생각했다. '좀 야위긴 했어. 제대로 못 먹고 가난하게 살았으니까. 하지만 골격의 생김새에 품위가 있어. 이제는 고인이 되신 코펜하겐 연출가 선생님이 내게 하신 말씀이 맞다면, 여자가 남자의 짝이듯 시는 산문의 짝이니, 우리가 날마다 마주치는 여자들은 크게 낭송되는 시가 아닌가. 그녀들은 멋지게 낭송되어 귀를 즐겁게 하기도 하고 엉터리로 낭송되어 귀를 아프게 하기도 하지. 하지만 이 잿빛 눈을 가진 소녀는 노래로구나.'

쇠렌센은 자신에게 허락한 유일한 사치인 두툼한 시가에 불을 붙이며 말했다. "자, 이제 우리 둘이 함께 작품을 시작할 거야. 본격적으로. 우리는 이제부터 에이번강의 백조,* 셰익스피어의 종이야. 우리 자신은 잊어버려야 해. 우리는 없어. 그를 위해 모든 것을 잊을 준비가 되었나?"

그녀는 곰곰이 생각한 뒤 얼굴을 붉히며 말했다. "제가 너무 크지만

---

* 셰익스피어는 에이번강 근처의 마을에서 태어났다. '에이번강의 백조' '에이번강의 시인'이라는 필명을 쓰기도 했다.

않다면요."

쇠렌센은 그녀를 머리부터 발끝까지 주의깊게 살펴보고 확실히 하기 위해 그녀 주변을 한 바퀴 돌기까지 했다.

그러더니 불쑥 내뱉었다. "뭐가 크다는 거야. 되레 더 컸으면 좋겠는데. 너는 바람을 불어넣을수록 더 높이 올라가는 풍선처럼 가벼워. 게다가 셰익스피어는 중력의 법칙 같은 구닥다리 원리 따위는 무시할 수 있는 분이야.

그리고 나를 봐. 나 역시 무미건조한 일상 속에서는 이 작은 체구로 걸어다니지. 하지만 프로스퍼로의 외투를 걸친 뒤에도 그럴 것 같나? 그때는 무대가 나 하나를 감당하기에도 좁을걸. 다른 배우들이 설 자리도 없을 거란 말이야. 재봉사가 무대에 선 나를 본다면, 새 의상을 맞출 때 옷감이 더 필요하겠다며 가격을 올려 받을 거라고!"

쇠렌센은 한동안 침묵을 지키다가 진지한 어조로 말했다. "무대감독 중에는 무대 양쪽에 줄을 연결해 에어리얼이 공중에서 내려오게 하는 작자도 있지. 하지만 그건 말도 안 돼! 나는 그런 짓을 혐오해. 에어리얼을 날게 하는 것은 바로 시인의 언어야. 셰익스피어의 종인 우리가 그의 고결한 시어가 아닌 철삿줄에 의지해야겠나! 내 눈에 흙이 들어가기 전에는 이 무대에서 그런 일은 있을 수 없어!

자네는 움직임이 조금 느려. 하지만 그게 딱 적당한 속도야. 에어리얼은 쏜살같아도, 분주해서도 안 돼. 그는 프로스퍼로의 부름에 이렇게 답하지.

대기를 가르며 날아서

주인님의 맥박이 두 번 뛰기도 전에 돌아오겠습니다.

사람들은 에어리얼을 믿지. 믿고말고. 그러나 그가 민첩하게 움직이겠거니 생각해서 그를 믿는 건 아니야. 관객들을 단 한순간도 의심하게 해서는 안 돼. 그들은 바로 그 순간 기쁨에 전율하며 이렇게 외쳐야 하니까. '이런 마법 같은 일이!'"

자기 생각에 흠뻑 취한 쇠렌센은 잠시 후 말을 이었다. "한 가지 가르쳐줄까? 날개를 가진 소녀가 이 세상에 왔다고 상상해봐. 상상은 자유니까. 그 소녀가 나한테 와서 역할 하나를 달라고 간청한다면 나는 이렇게 말할 거야. '시인의 작품에는 인간의 모든 자식들이 맡을 수 있는 역할이 있으니, 그런고로 너 역시 역할 하나쯤은 얻을 수 있겠지. 사실 살만 조금 빼면 요즘 하는 희극들에서 화려한 여주인공이 되는 것도 힘든 일은 아니야. 운만 좋으면 너도 그런 역할을 맡을 수 있겠지. 하지만 에어리얼, 너는 이미 날개가 있으니 연극을 할 수 없어. 너는 이 삭막한 현실 세계에서 시 없이도 날 수 있으니까!'"

사랑 속에 태어난 아이

에어리얼 역을 맡은 소녀는 자신이 배우가 되리라는 것을 오래전부터 예감하고 있었다.

어머니가 작은 피오르 마을에서 숙녀용 모자를 만들 때, 딸은 그 옆에 앉아 가슴속에서 넘실거리는 파도를 탔다. 때로는 그 파도에 너무

현기증이 나 죽을 것만 같았다. 하지만 그녀는 바다의 파도만큼이나 가슴의 두근거림에 대해서도 아는 바가 없었다. 그녀는 파리한 얼굴로 골무와 가위를 들었다.

아버지 알렉산더 로스는 스코틀랜드 배의 선장이었다. 이십 년 전 리가로 가던 그의 배가 파손되는 바람에 그는 이 마을 항구에서 여름을 나야 했다. 전 세계를 항해했고 한때 남극 탐험대의 일원이었던 이 건장하고 잘생긴 남자는 그해 여름 마을을 떠들썩하게 했다. 그는 저돌적이고 급한 성격 그대로 마을에서 가장 예쁜 여인과 사랑에 빠졌다. 세관원의 딸로 열일곱 살이었던 그녀는 감미롭고 혼란스러운 감정 속에서 자신을 잃지 않으려고 애썼지만, 어느새 로스 부인이 되어 있었다. "내게 사랑을 데려다준 것은 바다요." 그는 아내에게 특유의 어설픈 노르웨이어로 사랑스럽게 속삭였다. "파도가 멈추면 내 심장도 멈출 거요."

여름이 끝나갈 무렵 배 수리가 마무리되자 선장은 젊은 아내를 껴안으며 입을 맞추었다. 그러고는 탁자 위에 금화 한 더미를 올려놓으며 크리스마스 전에 돌아와 스코틀랜드로 데려가겠다고 약속했다. 아내는 남편이 준 동인도회사제 숄을 걸치고 부두에 서서 그가 떠나는 모습을 바라보았다. 그녀와 하나였던 그가 이제는 배와 하나가 되어 있었다. 그날 이후 아무도 그의 소식을 들을 수 없었다.

겨우내 가슴 저미며 기다렸던 젊은 아내는 이듬해 봄이 되어서야 남편의 배가 침몰했다는 것을 알았고, 자신이 과부가 되었음을 깨달았다. 하지만 마을 사람들은 로스 선장이 처음부터 돌아올 심산이 아니었다고 수군거리기 시작했다. 선장 밑에 있던 선원이 한 말이라며, 그는 고향 스코틀랜드에 이미 아내가 있었다는 소문이 나돌았다.

사람들은 아무것도 모른 채 선불리 외국인 선장의 품에 안긴 여자를 나무라는가 하면, 이 버림받은 노르웨이 여자를 불쌍히 여기며 위로하기도 했다. 그러나 그녀는 그들의 도움과 위로 속에서 자신이 바라지 않는, 참을 수 없는 뭔가를 느꼈다. 그녀는 아이가 태어나기도 전에 사랑하는 그이가 떠나면서 준 돈을 몽땅 털어 모자가게를 냈다. 쓰지 않고 남겨둔 돈은 태어날 아이에게 아버지의 유산으로 물려줄 1파운드짜리 금화 하나뿐이었다. 그때부터 그녀는 가족이나 아는 사람들과 떨어져 지냈다. 그들을 원망해서가 아니라 그 사람들 틈바구니에서는 알렉산더 로스를 추억할 여유가 없을 것 같아서였다. 피오르에 푸른 잎이 돋아나는 계절이 다시 찾아왔을 때 그녀는 딸을 낳았고, 딸이 언젠가는 자신의 일을 도와줄 거라고 생각했다.

로스 부인은 딸의 세례명을 말리라고 지었다. 남편이 흠잡을 데 없이 곱다는 스코틀랜드 소녀에 관한 노래를 불러준 적이 있는데, 그 소녀 이름이 말리였다. 하지만 가게에 놓아둔 요람에 누워 있는 아이를 뚫어지게 바라보는 손님들에게는 말리가 남편 쪽 가문에서 쓰는 이름이며 시어머니 이름도 말리라고 얘기했다. 그리고 그녀 자신도 그렇게 믿어버렸다.

남편을 기다리던 몇 달 동안, 애간장이 녹아내리고 깊은 좌절에 빠지려 할 때 뱃속의 아기는 그녀에게 그가 살아 있다는 믿음을 심어주었다. 아기는 뱃속에서 무럭무럭 자랐고 그녀의 배를 발로 차기도 했다. 죽은 사람의 아이라고는 믿기지 않았다. 남편에 관한 소문이 귀에 들어온 후로 아기는 그녀에게 서서히 남편이 죽었다는 증거가 되어갔다. 그토록 건강하고 아름다우며 순한 아이가 사기꾼이 남긴 선물일 리 없었다. 어머니가 말로 표현한 적도 없고, 표현할 수도 없었지만, 말리는 커가면서 온화하고 외로운 어머니에게 자신이 얼마나 신비롭고도 큰 힘인지, 슬픔과 동시에 끝없는 행복을 주는 존재인지 알게 되었다. 그렇게 두 사람은 세상과 동떨어진 그들만의 조용한 삶 속에서 아주 행복하게 지냈다.

아이는 자라나 사람들 속에 섞이면서 아버지에 대해 듣게 되었다. 아이는 눈치가 빨라서 말의 속뜻을 금방 알아차렸다. 그래서 사람들이 로스 선장이라는 이름을 어떻게 인식하는지 곧 깨달았다. 그러나 아이가 그것에 대해 어떻게 느끼는지는 아무도 알지 못했다. 아이는 시간이 갈수록 세상에 열렬히 맞서서 어머니의 편을 들었다. 마치 보초병처럼 어머니를 지켰으며, 나이답지 않게 영리하고 침착하게 자라났다. 말리는 남들이 자신의 행동을 보고 어머니가 나쁜 남자의 꼬임에 넘어간 게 틀림없다고 생각하는 일은 절대 없게 하겠다고 어린 나이에 무의식적으로 결심했다.

그러나 혼자 있을 때면 키 크고 멋진 아버지에 대해 즐거운 상상을 했다. 그녀에게 아버지는 모험가였고, 전시에 활약한다는 민간 무장선의 선장이거나, 심지어 해적이었다. 차분한 말리의 성격 이면에는 쾌활하면서도 자존심 강한 본성이 숨어 있었고, 마을 사람들에 대한 그녀의 경멸에는 어머니를 이해하는 마음이 배어 있었다. 어머니를 누구보다 잘 아는 사람은 그녀 자신과 알렉산더 로스가 아닌가.

로스 부인은 말 잘 듣고 사려 깊은 아이가 자랑스러웠지만, 마을 사람들 눈에는 그것이 괜한 자식 자랑처럼 보였다. 마을에는 한 세대 전 로벤스키올 남작네 딸들의 가정교사로 이곳에 왔다가 눌러앉아 결혼도 하지 않고 늙어버린 여자가 있었는데, 로스 부인은 이 늙은 여인에게 딸이 영어를 배우도록 했다. 깡마른 매부리코의 영국 여인이 살고 있는 잡화점 위층의 조그마한 방에서 말리는 아버지의 언어를 배웠다. 그곳에서는 이따금 모임이 열렸는데, 이 모임이 소녀의 운명을 바꿔놓았다. 어느 날 영국 여인이 셰익스피어의 작품을 읽어준 것이다. 영국 여인은 떨리는 목소리로 눈물까지 글썽이며 자기가 사랑하는 음유시인의 글을 소녀에게 낭독해주었다. 이국땅에서 온 여인은 이렇게 자신의 혈통과 재산을 확고히 알렸고, 모자가게 딸에게 고국의 고귀하고 훌륭한 동포들의 세계를 소개했다. 그때부터 말리는 자신의 영웅 알렉산더 로스를 셰익스피어적인 영웅으로 여겼다. 그녀의 가슴속에 필립 폴컨브리지*의 외침이 메아리쳤다.

"부인, 아버지는 훌륭한 분이십니다.
이 세상에서 어떤 잘못들은 죄가 될 수 없어요,
부인에게도 그럴 겁니다……"

말리는 제 또래 아이들보다 키는 컸지만 여자로 성숙해가는 속도는 느렸다. 열여섯 살이 되어 견진성사를 받을 때도 비쩍 마른 사내아이 같았다. 하지만 성년이 되자 그 누구보다 아름다웠다. 예쁘지도 않고 사내아이 같았던 말리는 단 몇 달 만에 아름다운 여인으로 성장했다.

* 셰익스피어의 희곡 『존 왕』의 등장인물.

아무나 경험하지 못하는, 실로 엄청난 변화였다. 그것은 찬란한 충격이었고, 오랜 소망의 실현이었으며, 마땅히 주어질 선물이었다. 멈춰 있던, 아니 폭풍 속에서 비틀거리던 배는 이제 흰 돛을 활짝 펼치며 바다를 향해 기지개를 켰다. 배는 흔들림 없이 나아갔다.

뱃머리에 키를 잡고 선 로스 선장처럼 말리는 자신의 높고 웅장한 항로를 대담하고 당당하게 항해했다. 거리를 지날 때면 청년들이 고개를 돌려 그녀를 바라보았다. 그녀가 처지상 남자에게 쉽게 넘어갈지도 모른다고 생각하는 사람도 있었다. 하지만 그것은 그들의 착각이었다. 이 여인은 해적의 딸이라는 지위는 기꺼이 받아들여도, 해적의 노획물이 될 생각은 털끝만큼도 없었다. 어린 시절엔 상냥한 아이였지만 이제 당찬 여인이 된 말리에게 자비란 없었다. "아니, 그들이 내 제물이 될 거야." 그러나 익숙지 않은 감탄의 눈길, 새로운 공격과 방어가 처음엔 혼란스러웠다. 말리의 이야기를 읽은 독자라면, 그녀가 프랑스어로 '윈 리온une lionne', 즉 암사자 같은 인물이 되지 않을까 상상할 수도 있을 것이다. 하지만 이 이야기에서 그녀는 새끼 사자에 지나지 않으며, 움직이는 모습이 강아지 같기도 하고, 마지막 장에 이를 때까지 자신이 지닌 힘이 어느 정도인지 확신하지 못한다.

로스 부인

어느 날 저녁, 말리는 마을의 작은 극장에서 쇠렌센 극단의 연극을 보고 있었다. 바로 그 순간, 수년 동안 그녀 안에 억제되어 있던 열정과 열망이 드디어 밝은 빛 속에 분명히 드러났다. 마치 신의 화살에 가슴을 정통으로 맞은 것 같았다. 공연이 채 끝나기도 전에 말리는 굳게 결심했다. 배우가 되리라.

극장 문을 나와 집으로 돌아가는 내내 사방이 빙빙 돌며 출렁이는 것 같았다. 조그마한 자기 방에 들어와 책들을 꺼내놓자, 방안은 어느덧 별빛 아래의 베로나*와 그곳의 교회당 지하가 되었다. 그런가 하면 녹음이 우거진 아든 숲**에서 들려오는 아름다운 노래와 음악 소리가 가득 울려퍼졌으며, 깊은 지중해의 푸른 파도가 키프로스섬*** 주위로 넘실거렸다. 얼마 지나지 않아 말리는 마치 운명의 날을 맞이한 사람처럼 떨리는 가슴을 안고 아무도 모르게 쇠렌센이 묵고 있는 작은 호텔로 발걸음을 옮겼다. 그리고 쇠렌센이 보는 앞에서 혼자 연습한 몇 대목을 선보였다.

쇠렌센은 조용히 그녀의 연기를 보고 듣고, 다시 한번 그녀를 바라보더니 "뭔가 있긴 하군!" 하고 혼잣말을 했다. 쇠렌센은 그녀를 놓치고 싶지 않았지만, 일단 석 달만 지켜보기로 했다. '무대 분위기에 익숙해질 때까지 지켜보자.' 말리는 이제 어머니에게 자신의 결심을 알렸고, 소식은 곧 이웃들에게도 전해졌다.

마을 사람들에게 여배우라는 직업은 아주 낯설고 수상쩍은 것이었다. 게다가 말리는 가혹한 편견이나 조롱을 사기 쉬운 처지였다. 하지만 그녀의 결심은 이미 굳건했다. 마을 사람들이 무슨 생각을 하는지

* 셰익스피어의 희곡 『로미오와 줄리엣』의 공간적 배경.

** 셰익스피어의 희곡 『뜻대로 하세요』의 공간적 배경.

*** 셰익스피어의 희곡 『오셀로』의 공간적 배경.

지금까지 늘 정확히 파악했던 그녀는 그들의 시선을 아예 무시했다. 정작 그녀를 당황케 한 것은 자기의 포부를 털어놓았을 때 실망한 어머니의 모습이었다.

로스 부인은 지금껏 딸의 행동을 제약할 필요가 없었고, 단 한 번도 다른 어머니처럼 권위를 내세우지 않았다. 그런데 이렇게 딸과 갈등하게 되자 그녀는 불안과 슬픔으로 어쩔 줄 몰랐다. 딸은 딸대로 조금도 굽히려 들지 않았다. 거친 말다툼이 두 차례쯤 벌어지고 나자 둘 중 하나가 바다에 뛰어들기라도 해야 갈등이 끝날 것 같았다.

그런데 바로 이때 말리는 뜻하지 않은 데서 지원병을 얻었다. 죽은, 혹은 실종된 아버지가 그녀 편이 되어준 것이다.

로스 부인은 남편을 사랑했으며, 완전히 이해하지 못하면서도 믿었다. 그런데 바로 지금, 웃어야 할지 울어야 할지 모를 일이지만, 부인은 자기가 이해할 수 없는 대상을 다시 한번 영원히 사랑하고 믿어야 할 상황에 놓이게 되었다. 말리의 의도를 조금이라도 헤아릴 수 있었다면 그에 맞설 방법을 찾았을 것이다. 부인은 이 종잡을 수 없는 사태 속에서 달콤하면서도 묘한 추억과 연상에 사로잡혔다. 딸이 미쳐 있는 것에 맞서 싸우면서, 짧았던 결혼생활을 다시 체험하는 듯한 기이한 느낌을 받았다. 그때의 놀람과 감정이 하루하루 되살아났다. 한때 부인을 휩쌌던 낯설고 풍요로우면서 황홀한 힘이 다시 그녀를 휘감았다. 말리는 이십 년 전 부인의 연인이 그랬던 것처럼 조금씩 그리고 교묘하게 사람을 끌었다. 로스 부인은 강인하고 잘생긴 뱃사람이 자기 앞에 무릎을 꿇고 속삭이던 말이 떠올랐다. "여기 눕게 해주시오. 이곳이 내게 가장 편한 곳이오." 부인은 그때 남편과 사랑에 빠졌던 것처럼 딸과 사랑에 빠졌고, 그동안 흘러간 세월과 그 세월 속에 머리가 희끗해졌다는 것도 잊었다. 부인은 딸과 함께 있으면 얼굴이 환해졌다 창백해졌다 했고, 딸이 없을 때는 조용히 몸을 떨었다. 딸의 눈빛과 목소리 앞에서 무력해졌고, 이 무력함 속에서 꿈같은 행복이 되살아나는 것을 느꼈다.

눈물까지 쏟아낸 격렬한 마지막 말다툼 끝에 부인은 딸에게 허락을 내리면서 마치 다시 결혼하는 듯한 기분을 느꼈다. 이제 부인은 마을 사람들이 생각하는 것처럼 슬퍼하거나 두려워할 수 없었다. 말리가 쇠렌센 극단과 함께 떠나던 날, 모녀는 충만한 애정 속에서 서로 이해하며 헤어졌다.

스승과 제자

말리가 에어리얼의 대사를 모두 외울 때쯤 쇠렌센은 말리의 연기를 다듬는 일에 착수했다. 쇠렌센은 그녀를 한시도 편히 쉬게 내버려두지 않았다. 말리의 표정연기며 말투를 잔인하게 비꼬고 험한 말로 꾸짖었다. 그녀의 가는 팔을 멍이 들 정도로 꼬집고, 심지어 뺨을 후려치기도 했다.

다른 단원들은 수줍음 많은 소녀가 갑자기 부상하는 것을 보고 놀라고 질투할 법도 했지만 오히려 그녀를 동정했다. 극단의 주연급 여배우로 미랜더* 역을 맡은 긴 검은 머리의 미녀 일렌은 말리의 편에 서서

* 『템페스트』에서 푸로스퍼로의 딸.

두어 번이나 과감하게 단장에게 항의했다. 한편 쥔 프리미에*인 금발에 훌륭한 다리를 지닌 청년은, 리허설을 마치고 비틀거리며 무대에서 나오는 이 신참 배우를 위로해주기 위해 무대 끝에서 그녀를 조용히 기다렸다. 그렇지만 단원들은 무대에서도, 무대 밖에서도 쇠렌센의 불쌍한 희생양에게 가까이 다가가지 않았고 자기들끼리도 그녀에 대해 별로 얘기하지 않았다. 그건 그녀를 동정하지 않아서가 아니었다. 단지 파키르**의 주문에 따라 자라나는 어린 나무를 관찰하는 사람들처럼, 눈앞에서 벌어지는 일에 대해 뭐라고 단정지을 수 없을 뿐이었다. 이런 관계는 존경을 불러일으킬 수도 있고, 불편한 감정을 불러일으킬 수도 있다. 즉 한마디로 정의하기도 곤란하고, 비난하기도 곤란한 관계였다.

그러나 연기 수업이 거듭되면서 쇠렌센은 제자의 연기를 점점 흐뭇해했다. 말리도 스승이 거품을 물고 화를 내는 것이 자신을 위해서이며, 그의 질책이 사랑의 매라는 것을 알았다. 한번은 말리가 어느 대목을 연기하는데, 버럭버럭 화를 내던 이 노배우가 제자를 뚫어져라 쳐다보았다. 그러고선 부드럽고 겸손하게 "다시 한번 해봐" 하고 청했다. 말리는 그 부분을 되풀이했다.

"내가 너희를 미치게 만들어버렸다.
그와 같은 만용은 인간을 목매달게 하고

---

* 연인 역을 맡은 배우라는 뜻의 프랑스어. 여기서는 미랜더의 상대역인 퍼디넌드를 가리킨다.

** 이슬람교의 고행자.

물에 몸을 던지게 만드는 법이다."

쇠렌센은 자기의 눈과 귀를 믿지 못하겠다는 듯 잠시 멍하니 있었다. 그리고 마침내 숨을 깊게 들이쉰 뒤 푸로스퍼로의 대사로 자신의 감정을 표현했다.

"하피* 역을 멋지게 해냈구나, 나의 에어리얼."

쇠렌센은 그녀에게 고개를 끄덕이고 수업을 계속했다.

그는 아주 흐뭇해하며 아버지처럼 말리의 등을 토닥거리기도 했고, 말리에게 들려준다기보다는 혼잣말로 여성의 아름다움에 대한 자신의 이론을 전개하기도 했다.

"세상에 머리 긴 여자가 얼마나 많나? 발끝까지 머리를 기른 여자도 있지! 말리, 네 녀석은," 그는 시가를 입에 문 채 쾌활하게 덧붙였다. "다리가 길어! 네 발은 너를 아래로 끌어당기는 것이 아니라 곧고 품위 있는 기둥처럼 너를 받쳐주고 있어. 네가 어디를 가든 어디에 서 있든, 작고 흠 없는 너의 영혼을 하늘을 향해 당당히 받쳐주고 있지!"

어느 날 쇠렌센은 손으로 머리를 치며 외쳤다. "이 아이에게 프랑스제 비단 슬리퍼를 신기려 했다니! 내가 왜 그렇게 바보 같았을까! 이 아이에게 맞는 건 저 긴 다리에 어울리는 일곱 리그 부츠**인데 말이야!"

---

* 그리스신화에 나오는 괴물. 얼굴과 몸은 인간 여자의 모습이고, 새의 날개와 발톱을 가졌다.

** 유럽 민담에서 이 부츠를 신으면 한 걸음에 7리그(약 28킬로미터)를 갈 수 있다.

폭풍우

날이 갈수록 말리는 에어리얼에 가까워졌고, 쇠렌센은 푸로스퍼로가 되어갔다. 크리스티안산에서 있을 〈템페스트〉의 첫 공연일이 3월 15일로 잡혔다. 그런데 뜻밖의 운명적인 사건이 쇠렌센과 말리와 극단 전체를 덮쳤다. 그 사건은 〈크리스티안산 데일리 뉴스〉의 1면을 장식했고, 아주 먼 곳에서까지 화제가 될 정도로 세상을 놀라게 했다. 기사의 내용은 이렇다.

> 헤로인
>
> 지난주 해안의 기상 악화로 이 고장에서 재난 사고가 발생했다. 하늘의 도우심과 결정적인 순간에 한 여인이 취한 용감한 행동 덕분에 처참한 인명 피해와 연안 증기선의 손실을 막을 수 있었다. 독자들을 위해 극적이었던 사건의 전말을 요약한다.
>
> 3월 12일 수요일, 여객선 '소피 호세빙켈' 호는 아레날을 출발해 크리스티안산으로 향했다. 눈과 강한 동남풍으로 한 치 앞도 보이지 않는 상황이었다. 오후가 되자 바람은 더욱 거세졌고, 이 지역에서 보기 힘든 궂은 날씨가 계속되었다. 소피 호세빙켈 호에 탄 승객은 모두 16명으로, 그중에는 크리스티안산에서 공연하기 위해 배를 탄 명망 있는 극단주 발데마르 쇠렌센 씨와 그의 단원들이 포함되어 있었다.
>
> 여객선이 천신만고 끝에 크바세피오르까지 갔을 때 폭풍은 더욱 본격적으로 불어닥치기 시작했다. 배는 더이상 나아갈 수 없는 상황

이었지만 란순 바깥쪽의 암초 지대까지 겨우 접근할 수 있었다. 그러나 안개 때문에 앞이 보이지 않는데다 파도가 끊임없이 선체를 뒤덮어 상륙할 수 없었다.

저녁 여덟시, 물속에 잠겨 있던 바위들이 배 앞뒤로 보였다. 집채만한 파도가 바위 위로 부서졌다. 다행히 소피 호세빙켈 호는 가장 바깥 쪽의 바위를 지나 파도가 덜한 작은 바위섬의 후미진 곳으로 갈 수 있었다. 그러나 그곳에 이르렀을 때 보이지 않는 암초에 부딪혀 배 안으로 엄청나게 많은 물이 들이닥쳤다. 폭풍우 속에서 선장과 선원 두 명이 부상을 입었다. 항해사 혼자서 선내 질서를 유지하기는 힘든 상황이었다. 배에 있던 구명보트 하나가 파도에 부서졌지만, 용감한 선원들은 다른 구명보트를 무사히 바다에 띄웠다. 이 구명보트는 20명을 실을 수 있었다. 몇 명의 승객과 노를 젓는 데 필요한 수의 선원만 섬으로 가기 위해 보트를 탔다. 그중 쇠렌센 씨 극단의 단원인 19세의 로스 양만은 고귀한 여성의 용기를 발휘해, 부상당한 선원 중 한 명에게 자신의 자리를 양보하고 배에 남겠다는 의사를 밝혔다.

애초의 계획은 항해사가 다시 구명보트를 타고 배로 돌아와 남아 있는 사람들을 육지로 데려가는 것이었다. 그러나 약한 보트가 섬에 상륙하면서 산산조각나고 말았다. 보트에 탔던 사람들은 모두 무사히 상륙했지만 배에 남은 사람들을 데려올 수 없게 되었다. 섬으로 대피한 사람들은 이제 날리는 눈발과 파도 속에 희미하게 떠 있는 배를 언뜻 볼 수 있을 뿐이었다. 곧이어 배는 세찬 파도에 부딪혔고, 암초 기슭에서 떨어져나갔다. 이제는 모든 것이 끝인 듯했다.

남은 사람들도 곧 배에 물이 찰 것이고, 침몰이 임박했음을 알고 있었다. 배에 남은 10명의 선원들은 공포에 질려 폭풍과의 싸움을 포기하기 직전이었다. 그들은 살아남기 위한 최후의 수단으로, 바람에 맞서 나아가 가능한 한 섬 가까이 배를 몰고 가는 방법을 생각했다. 그러나 짙은 어둠 속에서 그것은 저승으로 가는 직행로일 수 있었다.

바로 이때, 고난에 빠진 배에 남은 유일한 여성이었던 로스 양은 마치 하늘의 부르심을 받은 듯 용감하게 앞장서 선원들에게 용기를 불어넣었다. 아직 앳된 이 여인은 맨 먼저 기관실로 내려가 일등기관사와 화부들에게 증기를 최대한 다시 살리도록 설득했다. 그녀도 펌프를 돌리는 위험한 일을 도왔다. 다음에는 배가 파도 속에서 꼼짝 못한 채 점점 가라앉는 와중에 교대로 키를 잡는 조타수들 옆을 지칠 줄 모르고 밤새 지켰다.

어려운 고비에서 한 여인이 불굴의 정신을 발휘해 고군분투하는 선원들을 설득하고 그들에게 힘을 불어넣었다는 것은 있을 수 있는 일이다. 하지만 바다생활도 해보지 않은 나이 어린 여성이 그런 놀라운 힘을 가졌다는 것은 도무지 믿기지 않는 일이다. 퍼디넌드 스케렛이라는 젊은 예비 선원도 소개해야겠다. 그는 처음부터 로스 양과 폭풍 속에 나란히 서서 밤새도록 그녀의 지시를 하나하나 따랐다. 궂은 날씨가 만들어내는 요란한 소음 위로 그녀가 목청껏 그의 이름을 부르는 소리가 계속 울려퍼졌다.

3월 13일 목요일, 새벽이 가까워지면서 폭풍이 다소 잦아들었고, 동이 틀 무렵 소피 호세빙켈 호는 크리스티안산 피오르를 통과해 오데르섬 해안의 갯벌에 닿을 수 있었다. 배는 침몰하기 직전이었지만 승객들은 별 어려움 없이 구조되었다. 이 기사가 활자화되고 있을 즈음이면, 선원들의 아내와 어머니뿐 아니라 여객선의 주인인 덕망 높은 우리 이웃 요쿰 호세빙켈 씨도 배의 구조에 대해 하느님 다음으로 이 용감한 여인에게 진심으로 감사하고 있을 것이다.

용기

〈크리스티안산 데일리 뉴스〉에서 기사화한 폭풍우가 몰아친 바로 그 밤, 시장 광장의 멋진 노란색 목조 가옥 1층에는 방마다 불이 훤히 밝혀져 있었다. 선주인 요쿰 호세빙켈의 집이었다.

선주는 이 방 저 방 옮겨다니다가 멈춰 서서 잠시 폭풍우 소리에 귀를 기울이고는 다시 걸음을 옮기곤 했다. 선주의 생각은 온통 바다에 나가 있는 배들에 쏠려 있었고, 그중에서도 아레날에서 오고 있는 소피 호세빙켈 호가 가장 걱정됐다. 그 배의 이름은 그가 아끼던 여동생의 이름에서 따온 것이었다. 여동생은 몇십 년 전 열아홉의 나이로 죽었다. 아침이 되자 선주는 탁자 옆에 놓인 할아버지의 의자에 앉아 잠들었다. 그리고 잠이 깼을 때는 배에 대한 희망을 접었다.

그때 별채에 사는 아들 아른트가 들어왔다. 부두에서 곧장 달려온 그는 머리며 옷에 온통 하얀 눈을 뒤집어쓰고 있었다. 그는 소피 호세빙켈 호가 오데르섬에 정박해 있다고 말했다. 날이 밝아올 무렵 한 어부에게 소식을 들었다는 것이다. 요쿰 호세빙켈은 탁자 위에 엎드려

두 손에 얼굴을 묻고 흐느껴 울었다.

아른트는 배가 구조된 경위를 자세히 설명했다. 다 듣고 난 늙은 선주는 너무나 기뻐 선박업계의 친구들에게 당장 이 소식을 전하지 않고는 배길 수 없었다. 그는 아들을 데리고 부두로 나갔다가 다시 마을을 한 바퀴 돌았다. 가는 곳마다 사람들은 그 소식을 듣고 놀라고 또 기뻐했다. 사건의 자초지종을 몇 번이고 얘기하는 동안, 배의 구조와 로스양의 건강을 위해 축배도 여러 번 들었다. 요쿰 호세빙켈은 영원히 끝나지 않을 것 같던 그 끔찍한 밤이 지난 뒤 수년 만에 처음으로 마음과 머리가 가벼워지는 것을 느꼈다. 그는 집에 있는 아내에게 그 훌륭한 여인이 마을에 도착하면 집으로 데려와 동생 소피의 방에 묵게 하겠다고 전했다.

저녁 무렵, 조난당했던 사람들을 태우고 오데르섬을 출발한 어선이 크리스티안산 항구에 들어섰을 때 이 고장 사람들의 절반이 부두에 나와 있었다. 사람들은 기쁜 얼굴로 선주를 대했다. 요쿰 호세빙켈의 집안에 내려오는 이야기를 알고 있는 사람들이 그를 맞이하는 인사에서는 경건함에 가까운 분위기가 느껴졌다.

들뜨고 소란스러운 저녁이었다. 눈은 그쳤지만 하늘에는 구름이 잔뜩 끼어 있었다. 수평선 너머로 희미한 빛이 가물거렸다. 해가 지자 바다에는 구릿빛 물결이 출렁거렸고, 부둣가에 서 있는 많은 사람들의 얼굴은 그 빛을 받아 밝게 빛났다.

마을 사람들은 해양국가에서 바다의 영웅을 맞이하듯 어선을 환영했다. 사람들의 시선은 소피 호세빙켈 호를 구한, 모두가 천사의 모습일 거라고 상상하는 그 여인을 찾고 있었다. 사람들은 그녀를 금방 알아보지 못했다. 그녀가 자신의 젖은 옷 대신에 어부들이 입는 스웨터와 바지를 입고 장화를 신고 있었기 때문이다. 헐렁한 옷을 입은 그녀는 배에서 일하는 사내아이처럼 보였다. 천사를 찾고 있던 군중들 사이에 잠시 실망과 초조함이 감돌았다. 바로 그때 배에서 체구가 건장한 한 남자가 그녀를 들어올려 보이며 부두에 있는 사람들을 향해 소리쳤다. "여기 당신들이 찾는 보석이 있습니다!" 찾고 있던 천사가 자신들의 가족처럼 어린 뱃사람의 차림새로 눈앞에 나타나자 사람들의 마음은 하나가 되었다. 사람들은 우레와 같은 환호성을 질렀고, 모자를 벗어 높이 흔들었다. 어선을 향해 큰 소리로 웃는 사람도 있었고, 눈물을 흘리는 사람도 있었다.

여인의 몸이 높이 들리면서 쓰고 있던 방수모자가 벗겨졌다. 바닷물과 눈 때문에 헝클어지고 뻗친 머리칼이 저녁해를 받아 후광처럼 빛났다. 그녀가 몸을 제대로 가누지 못하자 한 청년이 그녀를 품에 안고 나왔다. 선주의 아들 아른트 호세빙켈이었다. 말리는 그를 바라보며 이렇게 아름다운 얼굴은 처음 본다고 생각했다. 그가 말리의 얼굴을 바라보았다. 그녀는 창백한 얼굴에 눈이 움푹 패고 입술을 떨고 있었다. 아른트는 꺼끌한 옷에 싸인 말리의 몸을 자기 품속에서 느끼고, 입으로 들어오는 그녀 머리칼의 짠내를 맡았다. 그녀가 바다에서 곧바로 그의 품안으로 뛰어든 것 같았다.

말리는 왜 자기 앞에 군중이 까맣게 모여든 건지 알 수 없었다. 그녀는 옅은 색 눈을 동그랗게 뜨고 아른트의 눈을 바라보았다. 다음 순간 그녀의 이름을 외치는 소리가 공중에 울려퍼졌다. 말리는 사람들에게 시선을 던졌다. 그 한 번의 아찔하고 너른 응시와 움직임에 온몸의 피가 큰 파도를 일으키며 얼굴로 쏠렸다. 그 순간 그녀는 사람들에게 자신을 완전히 내맡겼고, 그들만큼이나 큰 기쁨과 흥분을 느꼈다. 아른트는 그녀의 빛나는 얼굴을 자기 얼굴에 가까이 대고 입을 맞추었다.

사람들은 늙은 선주가 지나가도록 길을 비켜주었다. 머리가 벗어진 선주는 몹시 격앙되고 우렁찬 목소리로 여인과 군중에게 몇 마디 인사말을 전했다. 아른트는 웃으며 말리를 안으려고 둘러싼 크리스티안산 주민들에게서 그녀를 보호했다. 사람들은 선주가 말리를 그의 집으로 데려가기로 한 것을 알고, 말리와 선주에게 환호를 보내며 집까지 따라갔다.

환호하는 군중의 마음속에 말리 옆에서 멋진 드라마를 만들어낸 인물로 각인된 젊은 선원 퍼디넌드는 마을에서 홀어머니와 함께 살았다. 그는 사람들의 목말을 탄 채 집으로 돌아갔다.

구명보트를 타고 섬에 무사히 상륙했던 사람들도 곧이어 도착했고, 마을은 축제 분위기를 이어갔다. 그러나 쇠렌센만은 금방 자신의 자리로 돌아왔다. 그는 자기가 겪은 고난을 더이상 생각하지 않았다. 대신 어린 제자의 영광을 생각하며 미소 지었다. 그는 자신이 그녀를 창조했고 따라서 그녀는 자신의 것이라고, 그 특유의 권위적이고 강렬한 태도로 확신했다. 그는 그것 외에는 아무것도 선명하게 기억할 수 없었다. 주위에서 무슨 일이 일어나는지 도무지 관심 밖이었다. 그날 그는 목이 심하게 쉬어 말을 할 수 없는 지경이었다. 조난사고 후 며칠간 그는 목에 털목도리를 둘둘 감고 아무 말도 하지 않았다. 폭풍우가 몰아쳤을 때 로스 양에 대한 걱정으로 그의 머리가 하얗게 셌다는 소문이 마을에 돌았다. 그러나 사실은 그가 구명보트에 탔을 때 쓰고 있던 밤색 가발이 날아가 파도에 휩쓸린 것이었다. 그는 점잖게 대처했다. 일시적인 소유와 영원한 경험을 맞바꿨다고 생각했다. 뭍에 닿으면 여행가방 속에 있는 가발을 꺼내 쓰면 그만이었다.

곧이어 다른 단원들도 부두에 내렸다. 창백하고 기진맥진한 상태였지만 하나같이 당당했다. 보트에서 일렌 양은 검고 긴 머리칼을 망토처럼 몸에 감싸고 있었다. 금발의 남자 주연배우는 구조된 다음날 북풍에 대한 송시頌詩를 썼고, 그 시는 곧 신문에 실렸다. 기상에 밝은 독자들은 그 시를 읽고 시인이 남다른 방향감각까지 가질 수는 없다는 사실을 알게 되었다.

연극 공연은 당분간 연기할 수밖에 없었다. 대신 하르모니엔 호텔의 작은 강당에서 몇몇 배우가 공연할 작품의 몇 구절을 뽑아 맛보기 무대를 선보였다. 호텔 주인은 특별한 상황임을 감안해 극단 단원들의 숙박비를 할인해주었다. 또한 배우들의 의상과 무대 소품이 배에 밀려든 바닷물에 파손되었다는 사실이 알려지자 극단을 위한 모금운동이 벌어졌다. 꽤 많은 돈이 모였다. 쇠렌센은 목이 잠긴 채 침대에 누워, 예술가의 노력과 그의 삶에 대한 대중의 평가를 곰곰이 생각했다.

시장 광장의 멋진 집은 말리에게 그 문을 열어주었고, 그 집의 배 한 척을 위해 생명의 위험을 무릅쓴 의로운 여인을 진심으로 감사하며 반겼다.

바다와 함께 사는 사람들에게는 현실과 환상이 묘하게 맞닿아 있다. 말리가 그 집에 온 뒤 며칠 동안 그녀를 대하는 집안사람들의 얼굴에는 경외의 표정이 역력했다. 사람들은 영원히 존재하며 영원한 수수께끼인 바다가 그녀를 정말로 놓아준 것인지 확신하지 못했다. '부두에

묶인 그 배를 그토록 높이 들어올렸던 커다란 파도가 다시 그녀를 데려가지는 않을까? 그래서 어느 날 그녀의 방에 가보면 그녀는 없고 마치 바다의 유령이 왔다 간 것처럼 바닥에 검은 바닷물 자국과 해초만 남아 있는 건 아닐까?' 하지만 며칠이 지나자 집안사람들은 그녀의 존재를 더욱 확실히 실감하게 되었다. 그녀는 이제 그 집에서 바다에서 시련을 겪은 소피 호세빙켈 호의 상징이었으며, 한때 집안 곳곳에 꽃을 피웠던 어린 소녀 소피 호세빙켈의 상징이기도 했다.

말리는 지금까지 이처럼 멋진 집에 들어와본 적이 없었다. 그녀는 천장의 크리스털 샹들리에와 레이스 커튼, 벽에 걸린 금테 액자 속의 가족 초상화, 녹나무 옷장을 보면서 그 모든 것에 무릎 꿇고 인사해야 할 것처럼 느꼈다. 말리는 또한 이 집에서 많은 것을 대접받았다. 커피와 빵이 침대까지 배달되었고, 대야 옆에는 제비꽃향이 나는 비누가 준비되어 있었다.

말리는 수줍음이 많고 말이 거의 없었다. 자신의 눈부신 활약에 대해서도 다른 사람들이 묻는 말에만 대답하는 정도였다. 그러나 그녀는 행복했고 얼굴에는 미소가 떠나지 않았다. 집안사람들은 말리를 맞은 다음날 그녀의 예쁜 얼굴을 보고 놀랐다. 처음 왔을 때 핼쑥하고 꾀죄죄한 얼굴에 볼품없는 옷을 입고 있던 그녀가 이 집의 품안에서 하루가 다르게 점점 예뻐졌고, 그녀 스스로도 거울에 비친 자신의 모습이 변하는 것을 느꼈다. 이 유서 깊은 집에 사는 사람들은, 처음에는 평범해 보였던 말리가 실은 아름다운 여인이었다는 사실에 흐뭇했다. 말리는 이 집이 어느 정도 편해지자 한 발짝 앞으로 나와 집안사람들을 둘러보기 시작했다.

말리가 가장 편하게 느끼는 사람은 늙은 선주였다. 말리는 자기가 오랫동안 아버지를 그리워했기 때문에 남자들을 편하게 느끼는 것이라고 생각했다. 또한 자신의 눈빛과 몸짓과 목소리에는 남자들과 맞는 면이 많다고 느꼈다. 한편 안주인 앞에서는 조심스러웠다. 위엄 있는 호세빙켈 부인은 언제나 검은 비단 가운을 입었고, 가슴에는 긴 금시계 목걸이를 둘렀다. 부인의 넙데데한 얼굴은 희면서 살짝 분홍빛이 돌았다. 말리는 부인이 『악셀과 발보르』*에 등장하는 토라 여왕 같다고 생각했다. 토라 여왕이 아들에게 건네는 대사는 "하느님이 너를 용서하시길!"이라는 단 한마디뿐이지만, 관중은 여왕을 온화하고 위엄 있으며 극에 등장하는 다른 귀족들의 안녕을 바라는 인물로 느끼기 때문이다. 이 집안의 아들인 아른트에 대해서는 그가 부두에서부터 그녀를 안고 왔을 때 그의 얼굴이 무척 아름다웠다는 것만 기억할 뿐이었다.

광장의 집

요쿰 호세빙켈과 그의 아내는 하느님을 경외하는 사람들이었다. 마을에서 가장 화려한 집에 사는 이 부부는 가난한 사람들에게 좋은 일도 많이 했다. 그들은 일찍 결혼해 행복하게 살았지만 오랫동안 아이가 없었다. 호세빙켈 집안사람들은 대대로 주일 예배건 아침저녁으로 하는 기도건 신의 섭리에 존경을 표했을 뿐 개인의 소망을 빌지 않

---

* 아담 욀렌슐레게르가 1808년경에 쓴 낭만 비극.

왔고, 절제되고 올바른 생활을 통해 신의 뜻에 다가가고자 했다. 그러나 부부의 마음 한구석에는 늘 한 가지 의문이 따라다녔다. '신께서는 이 일을 못 보고 계신 걸까?' 그런데 결혼한 지 십팔 년째 되던 해에 기도에 올리지도 않았던 소망이 이루어졌다. 부부가 아들을 낳은 것이다. 그들은 감사의 기쁨을 스스럼없이 내보였다. 아이의 세례식이 있던 날, 아른트 요쿰 호세빙켈의 이름으로 기부가 이루어졌고, 그때부터 그 집은 자선을 후하게 베풀었다.

그러나 해가 가면서 선주와 선주의 부인은 자신들이 받은 복에 대해 의구심을 품었다.

그들의 아들은 갓난아기일 때부터 너무나 사랑스러워서 한번 본 사람은 걸음을 멈추고 넋이 나간 듯 가만히 바라보곤 했다. 아이는 자랄수록 총명해지고 배우는 것도 빨랐으며, 또래 사내아이들보다 씩씩하고 의젓했다. 청년이 된 후 선박업을 배우기 위해 뤼베크와 암스테르담에 갔을 때도 명석한 두뇌와 상냥한 태도, 그리고 바른 몸가짐으로 어디서나 윗사람의 신뢰와 애정을 얻었다. 그는 스물한 살의 나이에 아버지 회사의 동업자가 되어 선박과 선박업에 관한 해박한 지식을 십분 발휘했다. 그가 손댄 일은 항상 좋은 결과를 맺었고, 선원과 사원은 모두 그의 밑에서 일하는 것에 만족했다. 그는 또한 음악을 좋아했고, 연주와 노래도 잘했다.

그런데 지난 몇 년 사이에 그의 부모의 행복에 어두운 그림자가 드리웠다. 아른트 호세빙켈이 결혼할 생각이 없어 보였기 때문이다. 호세빙켈 가문에는 세상의 때를 묻히기에는 너무 아까운 듯 결혼도 하지 않은 채 요절한 사람이 꽤 있었다. '이 가문의 마지막 아이, 늦게 얻은

이 귀한 아이도 혹시 같은 운명일까?' 하지만 노부부는 불필요한 걱정을 접어두었다. 크리스티안산의 어느 여인이 보아도 예의바르고 씩씩한 아들이니 때가 되면 자기가 원하는 신붓감을 고를 수 있을 터였다.

아른트 호세빙켈을 본 사람은 누구나 무의식중에 기쁨을 느꼈다. 사람들은 그의 아름다움과 씩씩함, 매력적인 몸매, 놀라울 정도로 완벽한 이목구비, 시원시원하면서 사려 깊은 성품을 지긋이 감상하면서 크리스티안산의 이 젊은이가 사람으로서 바랄 수 있는 모든 것을 가지고 태어난 보기 드문 이라고 여겼다.

사실 아른트에게는 사람들이 아는 것 이상의 뭔가가 있었다. 그는 감수성이 풍부하고 사색적이었으며, 살면서 쌓아온 자신만의 경험이 있었다.

아른트가 열다섯 살 때, 바트네에서 온 어부의 딸 구로가 하녀로 들어왔다. 그녀는 아른트보다 한 살 위였다. 부富와 많은 이들의 총애를 후광처럼 달고 다니는 잘생긴 이 집 아들은 교양과 거리가 먼 소녀의 가슴에 뜨거운 불을 댕겼다. 그녀는 열정을 감추지 못했고 둘은 어느새 연인이 되었다. 아른트는 죄의식을 느끼기에는 너무 어렸다. 살아오면서 자신이 본능적으로 원하는 것이 품위 있는 생각이나 행동과 충돌할 수 있다는 것을 두려워한 적이 없었고, 또 그럴 이유도 없었다. 그와 구로 사이에 이전에는 몰랐던 달콤함과 욕망, 은밀하기에 더 큰 기쁨을 주는 놀이가 깊어져갔다. 그들은 서로에게 미소 지었고 마음 깊이 서로를 위했다. 아른트는 어쩌다 부모를 떠올릴 때면 '부모님은 이해 못하실 거야'라고 생각했다. 그는 부모가 노인으로만 여겨졌다. 활기 넘치고 결단력 있는 자신과 달리 부모는 언제나 정적이고 정체되어 있는 사람들로 보였다. 그는 자기 부모도 한때 똑같은 놀이를 할 줄 알았던 사람들이라고는 미처 생각하지 못했다.

이 은밀한 사랑놀음은 육 주 동안 지속되었다. 그러던 어느 봄날 밤 구로는 애인의 목을 감싸안고 눈물을 쏟으며 울부짖었다. "아른트, 난 당신을 만나 당신 얼굴을 본 죄로 길을 잃었어요!" 그녀는 다음날 사라졌고, 이틀 뒤 피오르에서 시신으로 발견되었다.

아른트는 시신이 되어 집에 실려 온 그녀를 바라보았다. 그녀는 백지장처럼 하얗고 얼음처럼 차가웠다. 옷과 머리에선 바닷물이 흘러내렸다. 그녀가 그런 극단적인 행동을 한 이유가 곧 밝혀졌다. 구로는 임신중이었다. 그후 사흘 동안 아른트는 구로의 불행과 죽음을 야기한 장본인이 자신이라고 생각했다. 그러나 가족들은 곧 이 여인이 이 집에 발을 들여놓기 전부터 문제가 있었다는 것을 알게 되었다. 그녀는 고향 바트네에 애인이 있었지만 그에게 버림받았다. 애인은 마음을 고쳐먹고 두 번이나 그녀를 찾아와 결혼해달라고 청했다. 하지만 구로는 더이상 그에게 미련이 없었다. 주인 부부는 자기네 지붕 아래 숨어 있던 이 어둡고 슬픈 이야기가 너무나 당혹스러워 어린 아들이 있는 곳에서는 절대로 그 일을 입에 올리지 않았다. 하지만 아주 간략하게나마 아들에게 사실을 말해주지 않을 수 없었다. 그리고 죄의 대가에 대해 엄숙하게 몇 마디 가르침을 주었다.

아른트는 아버지와 어머니로부터 구로에 관한 이야기를 전해 듣고 자신의 죄책감을 말끔히 씻어낼 수 있었다. 하지만 죄책감뿐 아니라 다른 모든 것도 다 씻어내서 그의 속은 텅 비어버렸다. 이제 그에게 남은 것은 그후로 오랫동안 그의 마음을 쥐어뜯은 갈망뿐이었다. 그가 갈망하는 것은 구로나 구로가 그에게 가져다준 행복이라기보다는, 그가 그녀와 그 행복에 대해 가졌던 믿음이었다. 삶의 은밀한 기쁨이 그에게 나타나 그 존재를 증명해 보이는가 싶더니 어느 순간 스스로를 부인하고 그 존재 자체가 환상이 되었다. 그를 만나 그의 얼굴을 본 것이 불행이었다던 구로의 마지막 말이 마치 운명적인 예언처럼 그의 귓가에 맴돌았다. 그는 그 마지막 인사에도 축복을 빌어줬었다. '난 당신을 만나 길을 잃었어요!' 그녀는 눈물 젖은 얼굴을 그의 얼굴에 맞대고 울부짖었다. 이 모든 일이 불과 몇 달 사이에 아무도 모르게 그의 삶을 스쳐갔다. 애정어린 시선을 한몸에 받던 그가 철저히 혼자가 되어 이 세상의 모든 것을 알아버린 느낌이었다.

십이 년 전의 일이다. 그후로 그는 세상을 여행하면서 많은 사람들을 만나고 많은 일을 겪었다. 여러 나라에 친구를 두었고, 바트네에서 온 어부의 딸만큼이나 아름답고 헌신적인 여자도 여럿 만났다. 이제 그의 머릿속에서 그녀는 지워졌고, 자기 때문에 길을 잃을까봐 사람들을 멀리하려 했던 기억도 희미해졌다.

크리스티안산의 무도회

마을 사교계의 신사숙녀들이 말리에게 인사하기 위해 광장의 집에 모였다. 사람들은 그녀를 위해 하르모니엔 호텔의 연회장에서 무도회를 열기로 했다. 그때까지 이 부유한 집에서도 단 한 벌뿐인 소박한 드레스만 입고 지냈고 무도회 같은 것은 전혀 생각해보지 않았던 말리에게 무도회용 드레스가 있을 리 없었다. 하지만 호세빙켈 부인이 자기 집에 머물고 있는 이 젊은 손님을 위해 재빠르게 손을 썼다. 자신의 옷을 만들어주는 재봉사에게 젊은 손님이 무도회에서 입을, 장식띠와 주름을 넣은 망사드레스를 서둘러 마련하게 한 것이다. 무도회 날 저녁, 부인은 모자가게 딸에게 화려한 드레스가 아주 편하고 멋지게 어울리는 것을 보고 놀랐다. 그리고 자신과 마을 사람들이 영웅이나 다름없는 이 여인을 행여 장난감처럼 대하는 건 아닌지 걱정되었다. 하지만 그다지 걱정할 일이 아니었다. 다른 여인 같았으면 그런 대우에 기분이 상했을 테지만, 이 여인은 장난감 대접을 받아도 그것을 감사히 여길 줄 알았다. 또 한편으로 그녀는 마을 전체, 그러니까 부두와 거리와 마을 회관과 마을 사람들을 자기 놀이터쯤으로 여길 수도 있는 이였다.

말리는 무도회에 갔지만 춤을 출 줄 몰랐기 때문에 흥겹지는 않았다. 무도회를 주도한 부인이 그녀에게 춤 대신 노래를 부탁했다. 말리는 기꺼이 노래를 불렀고, 모든 사람들이 그녀의 맑고 고운 목소리를 즐겁게 경청했다. 카드 게임을 하던 나이 지긋한 신사들도 젊은 시절에 불렀던 뱃노래가 들려오자 음료수잔을 들어 그녀에게 인사를 건넸다. 한 여인이 춤출 수 있는 곡을 불러달라고 청했다. 말리는 살짝 물러섰다가 오랫동안 감춰왔던 기쁨을 터뜨리며 마치 나무에 앉은 새처럼 에어리얼의 노래를 불렀다.

"여기 금빛 모래사장으로 와서
손을 잡아라.
너희의 인사와 입맞춤에

성난 파도가 잠잠해진다.

여기저기 사뿐히 밟으며 춤춰라.

귀여운 요정들아, 후렴구를 불러주렴."

사람들은 말리의 노래에 맞추어 춤을 추었다. 그녀는 반짝이는 무도회장 한가운데 서서 사람들이 자신의 박자에 맞춰 이리 돌고 저리 도는 것을 바라보았다.

퍼디넌드도 무도회에 초대되었기 때문에, 폭풍우가 몰아치던 밤 이후 그를 보지 못한 말리는 그를 만나 얘기를 나눌 수 있으리라 기대했다. 하지만 퍼디넌드는 올 수 없다는 소식을 전해왔다. 이제 노래하는 말리의 눈은 아른트 호세빙켈에게 고정되어 있었다.

늙은 상인들과 얘기를 나누던 아른트는 말리가 노래를 시작하자 찬찬히 그 노랫소리를 들었다. 말리가 춤곡을 노래할 때는 그도 춤을 추었다. 아른트의 멋진 춤 솜씨를 본 말리는 그가 이 무도회장에서, 그리고 이 마을에서 어떤 존재인지, 무도회에 춤추러 온 아리따운 여인들이 그를 어떻게 생각하는지 단번에 알 수 있었다. 하지만 자기 목숨을 건 대가로 난생처음 무도회라는 곳에 오게 된 이 평범한 여인이 마을의 제일가는 젊은이의 춤추는 모습을 보며 깨달은 것은 그뿐만이 아니었다. 그녀는 생각했다. '어쩜! 무얼 저렇게 갈망하는 걸까!' 그리고 그녀는 생각했다. '내가 도울 수 있어. 내가 그를 도울 수 있어. 그를 구할 수 있어!'

말리는 집에 돌아온 뒤에도 잠자리에 들지 않았다. 그녀는 얇은 가운을 걸친 채 촛불을 밝히고 거울 앞에 오래도록 앉아 있었다. 아른트 호세빙켈 역시 잠들지 않고 오랫동안 집밖을 산책했다. 밤에 부두까지 나가 창고에 들르거나 더 멀리 피오르를 따라 거니는 것은 그에게 흔치 않은 일이었다.

인사

말리는 몸이 아픈 쇠렌센 씨를 찾아가보고 싶었다. 아른트 호세빙켈은 그녀에게 호텔까지 가는 길도 가르쳐주고, 그녀와 함께 소피 호세빙켈 호에서 고초를 겪은 사람에게 인사도 할 겸 동행했다.

쇠렌센은 자리에서 일어나 안락의자에 앉아 있었지만 여전히 말은 거의 하지 못했다. 이 노인과 여인의 관계는 철저히 연극으로 맺어진 터라 이들의 만남은 곧 무언극으로 탈바꿈했다. 말을 잃은 늙은 스승이 이제 귀까지 멀기라도 한 듯. 오랜만에 만난 스승과 제자는 서로를 보고 얼굴이 밝아졌다. 말리는 스승이 아른트의 아름다운 외모에 무척 감탄하고 있다는 것을 금세 알아차렸고, 그가 무슨 생각을 하는지도 알 수 있었다. '저런 사람이 첫사랑이라면!' 하지만 말리는 스승이 동시에 그녀의 외모를 보고 놀라서 이런 생각을 하고 있다는 것은 눈치채지 못했다. '이 꼬맹이의 가슴이 잠깐 동안에 어쩌면 저렇게도 커졌지?' 말리는 스승에게 자신이 그동안 얼마나 친절한 대접을 받았는지 얘기했다. 몸짓 하나하나가 여성스럽고 부드러웠다.

말리와 아른트가 떠날 시간이 되자 쇠렌센은 힘을 내서 말리의 손을 꼭 잡고 기어들어가는 소리로 식식거리며 말했다. "내 소중한 에어리얼! 네가 보고 싶을 거야!" 말리가 대꾸했다. "저도요!" 그녀는 큰 소리로 울먹였다. 이별이라는 말은 전혀 오가지 않았는데도.

그후 혼자가 된 쇠렌센은 며칠 동안 뭔가에 마음을 빼앗겨 들떠 있었다. 그는 어린 제자를 얼핏 본 것만으로 그녀의 몸짓 하나하나를 헤아릴 수 있었고 또 그것에 감탄했다. 실로 엄청난 일이었다. 현실이, 평범한 일상이 연극과 하나가 되었다. '윌리엄 셰익스피어, 이제 안방이 당신의 무대가 되었습니다!' 현실에서, 쇠렌센의 눈앞에서 셰익스피어의 에어리얼이 날개를 펴고 날아오른 것이다. 불현듯 과거의 기억이 떠올라 묘한 기분이 들었다. 그 자신도 젊은 혈기에 배우로서 그런 이상을 꿈꾼 적이 있었다. 쇠렌센은 말리가 다녀간 다음 이삼일에 걸쳐 비슷한 꿈을 꾸었다. 말리와 함께 연기하는 꿈이었다. 꿈속에서 그는 한번은 딸과 사위를 보러 나폴리에 가는 푸로스퍼로였고, 또 한번은 호세빙켈의 집에 사는 광대였다. 하지만 잠에서 깬 뒤에는 머릿속에서 꿈을 지워버렸다. 그는 긴 세월을 살아오면서 경험과 통찰력을 얻었고, 경험과 통찰력이 있는 사람이라면, 아니 사랑에 빠진 젊은 여배우를 제외하곤 누구든, 일상생활을 무대에 올려놓는 것은 모순이며 불경한 짓임을 알았다. 그것은 무대가 일상을 한 차원 승화시키기보다 일상이 무대를 한 차원 끌어내리는 것이기 때문이다. 그리고 세상은 온통 뒤죽박죽이 되고 말 것이다.

쇠렌센은 이제 자신의 에어리얼을 잃게 되었다는 데 생각이 미쳤다. 그것은 곧 그의 평생의 숙원도 무산된다는 뜻이었다. 마음 아픈 일이었다. '왜 하필 그 끔찍한 크바세피오르의 폭풍이 셰익스피어의 『템페스트』 한가운데로 밀어닥쳤단 말인가? 혹시 이 천하무적의 겁없는 아

이가 폭풍우를 부른 건 아닐까?'

늙은 연출가는 목소리를 어느 정도 되찾자, 곧바로 특별히 마련한 옅은 라벤더색 장갑을 끼고 선주의 집에 인사하러 갔다. 그 장갑은 낡은 외투와 챙이 닳은 모자에 대비되어 두드러져 보였지만, 그의 마차나 목소리 톤과는 제법 잘 어울렸다. 너무나 정중하고 깍듯한 그의 태도에, 겸손한 사람을 많이 접해보지 못한 호세빙켈 부인은 수줍어했다. 쇠렌센은 계속해서 고개 숙여 인사하면서 그 집에 있는 모든 것을 빼놓지 않고 칭찬했다. 혹시 하나라도 못 보고 지나친 것이 있으면, 창문 사이사이에 있는 긴 거울이나 광장의 전망에 눈이 가 미처 보지 못했다고 고개 숙여 사과했다.

쇠렌센은 탄성을 질렀다. "정말 훌륭하고 멋진 것들을 가지고 계시는군요. 이 유럽 골동품들의 가격은 감히 상상이 안 됩니다. 중국과 동인도제도의 귀중품까지! 샹들리에도 아주 멋집니다! 위풍 있는 배 그림도 정말 훌륭하군요!"

쇠렌센과 말리는 잠시 거실에 단둘이 남았다. 쇠렌센은 손가락을 자기 입술에 갖다대며 말리에게 가볍게 키스를 보냈다. 그리고 엄숙하게 말했다. "얘야, 넌 행운의 여신의 총애를 받고 있구나!" 말리가 초롱초롱한 눈으로 그를 지그시 쳐다보자, 쇠렌센은 눈길을 돌려 외투 주머니에서 낡은 실크 손수건을 꺼내 이마를 닦았다. 그리고 다소 차분해진 어조로 그녀보다는 자기 자신에게 마저 얘기했다.

"내 페가수스는 꾸물거리고

틈만 나면 늑장을 부리지!

하지만 기다려라, 늙어빠진 말아,

네 주인은 나다.

(네 주인이 누군지 보여주겠다.)"

쇠렌센이 거듭 정중하게 인사하고 떠날 때, 말리는 창가에 서서 그의 뒷모습을 물끄러미 바라보았다. 그는 성큼성큼 당당하게 광장을 가로질러 멀어져갔고, 점점 작아지다가 마침내 사라졌다.

약혼 이야기

말리가 쇠렌센 극단과 함께 떠나지 않고 마을에 남을 거라는 추측이 부두에서 그녀를 환호했던 사람들 사이에 퍼지기 시작했다. 마을 공동체에서 소문은 소용돌이처럼 움직였다. 소용돌이는 그 반경이 좁아지는 한편, 사회적으로 그리고 감정적으로 점차 높이 치솟았다. 마침내 소문의 소용돌이가 당사자들에게 이르렀을 때 긴장감과 운명은 정점에 달해 있었다.

별다른 사건이 없는 작은 마을에서는 소문이 빠르기 마련이다. 약혼은 그중 최고의 화제로, 곧 약혼할 것으로 보이는 젊은이들이 있을 때 소문은 활기를 더한다. 그렇기에 이 소문이 사람들 입에 많이 오르내리지 않은 사실은 기록해둘 가치가 있을 것이다. 아른트 호세빙켈은 마을 사람들의 연인이자 최고의 신랑감이고 말리는 마을의 헤로인이 아닌가. 그러나 두 사람이 가까워지고 사람들이 둘을 하나로 여길수록 두 사람은 점점 사람들의 시야를 벗어나는 것 같았다. 마을 사람들 사이에 그들을 염려하는 한숨 소리도 들렸지만, 두 사람의 이름은 전처럼 자주 거론되지 않았다.

평범한 주민들은 아른트 호세빙켈과 로스 양이 부부가 될지도 모른다는 생각에 흐뭇했다. 왕자와 결혼하는 신데렐라 이야기의 행복한 결말처럼, 놀랍지만 그럴 법한 일이라고 생각했다. 마을은 훌륭한 일에 대해 마을이 줄 수 있는 최고의 것으로 화답했다. 광장의 노란색 집이 바다에서 죽은 선장을 아버지로 둔 가난한 여인을 며느리로 받아들일 것이라는 소문에 뱃사람의 아낙네들은 대단히 기뻐하고 감동했으며, 그들의 기쁨에는 선주나 선주의 부인에 대한 어떤 꼬인 감정도 섞여 있지 않았다. 부두에서도 이 신붓감을 두고 보석이라고 하지 않았던가? 그녀는 바다와 가장家長과 모두의 운명을 상징하는 존재인 만큼, 마치 바다처럼, 평범한 마을 사람들과 마을의 제일 큰 부자들을 하나로 연결해주었다.

소문은 갈수록 좁아지는 소용돌이처럼 높이높이 올라가 마침내 부잣집들에까지 발을 들여놓았다. 처음 하루이틀은 말리의 이름이 나락으로 떨어질 위기에 처하는 듯했다. 부자들이 마을의 헤로인이 실은 신분 상승을 목적으로 마을의 존경과 감사를 교묘하게 이용하려는 것은 아닌지 의심했기 때문이다. 하지만 다시 한번 그녀를 떠올려보자 그런 의심은 사라졌다. 말리에 대한 의심을 가장 먼저 거둔 사람은 무도회에 왔던 나이 지긋한 신사들이었다. 배와 뱃사람들에 대한 걱정으로 마음을 졸이곤 하는 그들의 정직한 아내들 또한 말리가 폭풍우 속에서 용감하게 행동한 것을 떠올렸고, 그것은 결코 계산된 행동일 수 없다고 판단했다.

무도회에서 말리의 노래에 맞춰 춤추었던 젊은 여인들은 자신들이 아른트 호세빙켈을 가질 수 없다면, 누구도 아닌 조난당한 배를 구한 이 여인에게 그를 가장 쉽게 양보할 수 있으리라 생각했다. 그녀들은 어릴 적부터 어울려 지내왔기 때문에 어쩌면 서로의 단점을 너무나 잘 알았다. 그녀들은 발이 작아서 부러움을 사던 한 예쁜 여인이 실은 신발을 한 치수 작게 신었고 그 바람에 발에 물집이 생겼다는 것과, 누군가의 길게 땋은 빛나는 금발이 실은 그녀 것이 아니라는 사실까지 속속들이 알았다. 마을 여인들은 외지에서 온 말리를 가난하고 옷차림도 형편없고 몸집이 커서 우아한 맛이 없으며 춤도 못 춘다고 생각했다. 그러나 말리는 특유의 수줍은 태도로 주변의 아름다운 여인들을 믿고 인정했으므로, 그녀 주변의 미인들은 그녀와 함께 있을 때 스스로가 더 아름답게 느껴졌다. 마을 여인들은 또한 불현듯 바다에서 온 이 여인의 웃음소리가 자기들과는 판이하게 다른 것을 느꼈다. 그녀의 웃음소리는 폭풍을 뚫고, 혹은 폭풍과 함께 울렸다.

말리를 둘러싼 마을의 추측은 광장의 집까지 미쳤다. 추측은 계단을 오르기 전 먼저 하인들 방에 자리를 잡았는데, 그들에게는 몹시 중대한 일로 다가왔다. 그들은 말리를 받아들이기로 했다. 가진 거라곤 달랑 옷 한 벌과 속옷 세 벌이 전부지만, 노래를 아름답게 부르는 이 집의 어린 신붓감을 돕는 지원군이 되기로 했다.

추측은 계단을 타고 올라가 웅장한 배 그림들이 걸려 있는 거실에 이르렀다. 거실은 의미심장한 침묵으로 가득찼다. 추측은 정점에 이르렀고, 여기서 추측은 미래 그 자체였다.

거실은 아름다운 선율을 연주하기 위해 조율해놓은 악기처럼 그 기대감이 무르익어 있었다. 그즈음 집주인은 얼굴에 발그레하게 혈색이 돌고 기분도 좋았다. 그는 넥타이를 매고 다녔고, 아내에게는 레이스를, 말리에게는 사탕을 선물했다. 폭풍우가 치던 밤 배가 기적적으로 구조된 뒤, 치밀한 틀에 짜인 그의 생활에 낭만적이고 영웅적인 뭔가가 찾아들었다. 어쩌면 돛에 불었던 강풍의 숨결, 혹은 바람의 노래가 그에게 실려 왔는지도 몰랐다. 헤로인의 시아버지로서, 그녀가 몰고 온 폭풍에 휩쓸리는 것은 그럴싸했다. 그러나 영웅적 행위에 대한 열광을 일상까지 확장하는 것은 위험한 일일 수 있으며, 경험 많은 선주라면 바다에서 세운 업적을 마을까지 끌고 온 영웅적인 며느릿감—그녀 자신이 오를레앙의 처녀*가 아니던가—을 어느 정도 우려하는 것이 마땅했을 테다. 하지만 말리의 영광은 바다 한가운데서 파도와 물살을 맞으며 죽음을 무릅쓰고 얻은 것이었다. 요쿰 호세빙켈 또한 어릴 때 부친의 배에서 난파당한 경험이 있었다. 그는 열여덟 살 때의 추억을 생생하게 되살려주는 며느리가 싫지 않았다.

말리의 애매한 출신 성분이 이 집에서 그녀에게 어두운 그림자를 드리울 수도 있을 것이다. 하지만 사람들은 이미 바다가 그녀의 편인 것을 보았기에 그녀와 바다는 하나나 다름없고, 자기 배와 함께 바다에서 생을 마감한 알렉산더 로스 역시 당연히 훌륭한 사람이었으리라 여기게 되었다. 그의 딸이 소피 호세빙켈 호에서 신비하리만큼 강인하게 행동한 것이 그 증거였다. 요쿰 호세빙켈은 부친의 친구였던 스웨

* 잔 다르크의 별칭.

덴 출신의 해군 중령 로스를 떠올렸다. 그 역시 스코틀랜드인의 피가 흐르고 신비로운 구석이 있는 사람이었다. 로스 중령이 실종된 선장과 혈연관계일 수도 있고, 그 두 사람이 영웅의 집안과 관련이 있을 수도 있었다.

말수가 적은 호세빙켈 부인은 남자들이 인생의 중대사를 단번에 결정하는 것에 마음속으로 놀라곤 했다. 부인은 아들의 얼굴과 아들이 하는 말을 자세히 살피며 때를 기다렸다.

추측은 이윽고 행복한 한 쌍이 되어야 할 두 남녀에게 도달했고, 절정에 이르며 결말을 맺었다. 둘은 잊고 지내던 바깥세상에서 들려온 멋진 생각에 놀랐다. 그들은 몇 주 동안 영원의 시간 속에서 지냈다. 유한한 이 세상도 그들을 축복하는 지금, 그들은 그 축복을 기쁘게 받아들였다. 이제 그들에게 영원은 현실의 나날이 되었다.

말리의 인생에서 최고의 순간이 다가왔다. 말리는 날개를 얻었고, 놀랍도록 성장한 그 날개는 그녀를 싣고 더할 나위 없는 영광의 자리로 날아올랐다. 말리는 지금 어지러울 정도로 높은 곳에 서 있었지만, 거기서 떨어져도 자신을 받아 안아줄 아른트의 품이 있기에 두렵지 않았다. 이제 말리는 아른트의 아내가 되어 그의 이름을 갖고, 그의 집은 곧 그녀의 집이 될 것이다. 그녀는

> "그로 하여금 자신과 하나되게 하여
> 그가 가진 모든 것을 함께 나누게 되었다."

말리는 줄리엣을 연기하는 꿈을 꾸며 전율하곤 했는데, 이제 인생이

그녀에게 줄리엣 못지않은 역할을 주었다. 또한 그녀는 그 누구의 전리품이 되는 것도 용납하지 않는 아레날의 여인이었다.

아른트가 느끼는 행복은 종류가 다른 것이었다. 그의 마음이 내던졌던 오래전의 약속들이 다시금 그를 찾아왔고 마침내 이루어지게 되었다. 세상은 불안정하고 무질서하고 공허했지만, 한 앳된 여인이 그 세상을 바라보자 그녀의 시선 속에서 세상은 다시 합쳐졌고, 우주가 되었다.

그는 자기 집안의 배를 구한, 가진 것 하나 없는 용감한 여인을 부두에서 맞이했다. 절대 그 어린 여인을 불행하게 할 수는 없었기에 그는 자신이 그녀의 운명이 될 수 없다고 생각했다. 그러나 그는 그녀에게 입맞춤했고, 처음에는 그 빚을 갚기 위해 그녀에게 가까이 가지 않았다. 그러던 어느 날 말리가 티 없이 맑은 눈으로 그를 바라보았을 때, 그는 자신도 그 어느 누구도 이 여인을 불행하게 할 수 없으리라 생각했다. 그 순간 이 부잣집 아들은 이것이 운명의 장난임을 직감했다. 그는 그녀를 되돌아보았고, 그녀에게 다가가 말을 걸었다. 맑은 눈과 아무런 계산이 없는 너그러운 마음씨. 드디어 그도 운명을 발견했다.

아, 그녀는 헤로인이자 사자의 가슴을 지닌 용맹한 여인이었다. 하지만 그녀의 기백에 대해 사람들이 미처 모르는 부분이 있었다. 그녀가 있는 곳에는 위험이 없었기에 그녀는 두려워할 필요가 없었던 것이다. 물론 배의 조난과 슬픔과 불행이 있었다. 그러나 조난과 슬픔, 불행은 결국 하느님의 위대함과 자비를 입증하는 것으로 바뀌었다.

그날 밤 늦은 시각, 그는 그녀가 나타나기 이전 자신의 모습을 떠올리며 묘한 기분을 느꼈다. '그녀는 죽은 사람을 일깨우는 힘이 있구나.'

동틀 무렵에는 수년 동안 잊고 있었던 구로의 모습이 떠올랐다. 구로와 친구로 지내며 욕망과 부드러움으로 충만해 함께 행복했던, 꼭 오늘 같은 봄밤이 기억에서 되살아났다. 아른트는 그 마지막 봄날 밤 구로를 데려간 바다의 거대한 품이 힘과 사랑, 용서와 망각의 장소라는 것을 깨달았다.

"귀여운 요정들아, 후렴구를 불러주렴!" 이 대사가 그의 주변을 돌아 어두운 집안에 울려퍼졌다.

아른트가 평범한 구혼자처럼 말리에게 자신의 아내가 되어달라고 청혼하고, 말리가 평범한 여자처럼 "네"라고 답했을 것이라고 상상하기 쉽다. 하지만 그들의 청혼과 대답은 마치 그와 그녀의 영원한 구원을 결정하듯 이루어졌다.

그들은 꼭 껴안고 선 채 같은 파도를 타고 올랐다. 입맞춤은 하지 않았다. 입맞춤은 이 영원의 순간에 어울리지 않았다.

잠시 후 그들은 창가 소파에 함께 앉았다. 말리가 그에게 낮은 목소리로 진지하게 물었다. "행복해요?" 그가 천천히 대답했다. "그래요, 행복해요. 하지만 당신은 내게 행복이 아니라 삶이에요. 나는 세상에서 삶을 찾지 못할 줄 알았어요. 사람들이 흔히 '죽고 사는 문제'라고 하는 것을 나는 '별 대수롭지 않은 일'로 여겼죠. 나 자신이 모든 것을 안다고, 그래서 파멸을 예고하는 사람이라고 생각했어요. 그런데 말리, 지금의 나는 나 자신도 모르겠어요. 내가 세상에 기쁨을 알리는 사람인 것만 같아요."

아른트가 말을 마치자 말리가 그의 앞으로 털썩 쓰러졌다. 그가 일으키려 하자 그녀는 깍지 낀 손을 그의 무릎에 올리며 막았다. "아뇨,

여기 눕겠어요. 이곳이 내게 가장 편한 곳이에요."

그를 올려다보는 그녀의 열띤 얼굴이 상냥하고 겸손하게 빛났다.

그녀는 천천히 말을 이었다. "그래요. '난 부활이자 생명이에요. 나를 믿는 자는 죽은 자라도 살 거예요. 산 자가 나를 믿으면 죽지 않고 영원한 생명을 얻을 거예요.'"

아른트는 회사 일로 스타방에르에 가야 했다. 그곳에 있는 한 회사가 갑작스럽게 부도가 나면서 배를 처분하려고 내놓았기 때문이다. 아른트는 며칠 후 아침 일찍 출발했다.

말리와 헤어지는 것이 어떤 결과를 가져올지 미처 몰랐던 그는 마지막 순간이 되어서야 애써 떠날 채비를 했다. 말리 역시 며칠 떨어져 지내는 것을 대수롭지 않게 생각했다. 사실 혼자만의 시간도 필요했다. 그런데 떠나는 그의 창백한 얼굴을 보자 그녀도 따라 창백해졌다. 여행길에 뭔가 안 좋은 일이 생길 것만 같았다. 그를 가지 못하게 막거나 그에게 나쁜 일이 일어나지 않도록 동행해야 할 것만 같았다. 싸늘한 봄날 아침, 그녀는 집 앞 계단에 서서 어머니가 준 동인도회사제 숄을 걸치고 그의 마차가 떠나는 것을 지켜보았다.

'아아! 저이가 아버지처럼 되면 어떡하지! 저이가 못 돌아오면!'

퍼디넌드

아른트가 떠난 다음날, 마을 여자 둘이 호세빙켈 부인을 만나러 왔다. 부인들이 둘러앉아 있는 거실에 말리가 화사하게 미소를 지으며 들어왔다. 외출하려는 듯 외투를 입고 모자를 쓰고 있었다. 호세빙켈 부인이 어디 가느냐고 묻자, 말리는 퍼디넌드를 보러 간다고 말했다. 그 순간 부인들은 말없이 서로를 쳐다보았다. 호세빙켈 부인이 자리에서 일어나더니 말리에게 다가가 손을 잡았다.

"아가야, 퍼디넌드는 더이상 못 볼 게다."

"왜요?" 말리가 놀라 물었다.

"세상에, 퍼디넌드가 죽었다는구나."

"퍼디넌드!" 말리는 비명을 질렀다.

"그래, 그 착하고 가여운 퍼디넌드가 말이다."

"퍼디넌드!" 말리는 다시 소리쳤다.

"하느님의 뜻인가보구나."

"퍼디넌드!" 말리는 세번째로 퍼디넌드의 이름을 울부짖었다.

다른 부인들은 참으로 안된 일이라며 퍼디넌드에게 무슨 일이 있었는지 자세히 말해주었다. 퍼디넌드는 소피 호세빙켈 호 선상에서 폭풍우에 쓰러진 활대 끝에 부딪혀 심한 내상을 입었다. 처음에는 심각한 부상이 아닌 것 같았는데 어제 돌연 세상을 떠났다.

"결국 폭풍우 탓이죠." 한 부인이 말했다. "그 젊고 용감한 청년이 죽게 된 건."

"폭풍우라구요? 폭풍우라니, 아니에요! 말도 안 돼요! 제가 가봐야겠어요. 부인들께서 뭔가 단단히 잘못 알고 계신 걸 거예요!" 말리가 소리쳤다.

"유감이지만 다 사실이야. 집도 무척이나 가난한데 불쌍한 모친은 이제 어떻게 살아갈까? 로스 양, 슬픈 일이지만 사실이야." 다른 부인이 말했다.

말리는 잠시 생각에 잠겨 서 있었다.

그녀는 힘주어 말했다. "퍼디넌드는 분명히 나와 함께 갑판에 서 있었어요! 우리는 밤새도록 같이 있었어요. 아침에 제가 어부의 오두막에서 옷을 갈아입도록 도와준 것도 퍼디넌드였어요. 부인들도 보셨잖아요." 말리는 부인들에게로 고개를 돌리며 말을 이었다. "퍼디넌드와 제가 함께 어선을 타고 오는 것을요. 퍼디넌드가 죽었을 리 없어요!"

말리는 잠시 조용해졌다가 다시 흥분한 목소리로 말했다.

"제가 당장 퍼디넌드를 보러 가겠어요! 세상에! 진작에 가봤어야 했는데!"

부인들은 감정이 격해진 말리를 어떻게 해야 할지 몰라서 그녀가 가는 것을 가만히 지켜만 보았다.

말리가 퍼디넌드의 집에 도착했을 때 이 젊은 뱃사람의 시신이 관에 막 안장되고 있었다. 그의 어머니와 동생들, 그리고 장례를 도우러 온 친지 몇 명이 둘러서 있었다. 그들의 검은 상복이 그렇지 않아도 작고 어두운 방을 가득 메웠다. 사람들은 말리가 지나가도록 비켜주었다. 죽은 젊은이의 어머니가 그녀를 맞으며 손을 잡았다. 그리고 마지막으로 퍼디넌드의 얼굴을 볼 수 있도록 그녀를 앞으로 이끌었다.

조금 전 세찬 바람같이 거리를 달려오느라 숨을 헐떡이던 말리는 이제 목석처럼 서 있었다. 대팻밥을 넣은 베개를 벤 젊은 퍼디넌드의 얼굴은 잠을 자는 듯 평화로웠지만, 고통과 고뇌가 지나간 깊고 엄숙한 흔적을 간직하고 있었다. 말리는 죽은 사람을 처음 보았고, 퍼디넌드가 그렇게 조용한 것도 처음 보았다.

방에 있던 손님들은 막 떠나려던 참이었다. 손님들은 말리에게 인사를 건넸고, 말리는 눈을 멀뚱히 뜬 채 한 사람 한 사람과 악수했다. 퍼디넌드의 어머니가 손님들을 배웅하러 나가자, 말리는 퍼디넌드와 단둘이 남았다.

말리는 관 옆에 무릎을 꿇었다.

"퍼디넌드!" 말리는 조용히 그의 이름을 불러봤다. "퍼디넌드! 소중한 퍼디넌드!"

말리는 아무 대답이 없는 그의 얼굴에 손을 갖다댔다. 죽음의 냉기가 손가락을 타고 전해졌다. 그녀는 그 냉기가 심장으로 곧장 전해지는 것 같아 손을 뗐다. 그러나 잠시 후 다시 손을 뻗어 청년의 뺨에 얹고, 자기 손이 그 뺨처럼 차가워질 때까지 그대로 있었다. 그리고 천천히 그의 굳은 얼굴을 어루만졌다. 그의 광대뼈와 눈두덩을 손끝으로 느꼈다. 그러는 동안 그녀 자신의 얼굴 표정이 죽은 청년의 얼굴처럼 변해갔다. 둘은 마치 남매처럼 닮아갔다.

퍼디넌드의 어머니가 다시 방으로 들어왔다. 어머니는 말리를 의자에 앉히고, 퍼디넌드가 얼마나 착한 아들이었는지 얘기하며 짧았던 아들의 삶을 회고했다. 어릴 때와 사춘기 때 어땠는지, 그가 겪었던 아기자기한 사건들을 얘기하며 어머니는 눈물을 글썽였다. 그러던 중 일하러 집을 떠났다 돌아온 퍼디넌드가 번 돈을 몽땅 자기에게 줬다는 얘기를 하며 눈물을 그쳤다. 어머니는 이제 퍼디넌드의 동생들과 자신은 살길이 막막하다며 깊고 무거운 한숨만 내쉬었다.

"퍼디넌드가 이런 꼴을 본다면 속상해할 거야." 어머니가 슬픔에 찬 목소리로 말했다.

말리는 그녀의 말을 조용히 들으며 이 여인의 괴로움을 마음 깊이 느꼈다. 말리의 어머니도 당신과 자식의 생계를 걱정했었다. 말리가 주변을 둘러보니 이 궁핍하고 좁은 방 또한 낯설지 않았다. 자기가 자란 고향집의 방 같았다. 묘하게 정답고 벗어날 수 없는, 오래되고 친숙한 헐벗은 세상이 그녀에게 돌아왔다.

말리는 누군가 손으로 자신의 목을 움켜잡는 듯한 현기증을 느꼈고 몸이 가라앉는 것 같았다. 아니, 주변의 모든 것이 가라앉는 것 같았다. 말리가 손을 얹었던 퍼디넌드의 차가운 손이 그녀의 목을 움켜쥐고 있는 걸까? 퍼디넌드의 어머니는 말리의 안색을 보더니 가난한 사람 특유의 눈치를 발휘해 슬그머니 화제를 바꾸어, 퍼디넌드가 말리와 친구 사이라는 사실을 자랑스러워했다고 말해주었다. 어머니는 퍼디넌드의 입을 통해 배의 조난사고에 대해 누구보다 많이 들어서, 갑판에서 기관실로, 기관실에서 조타실로 이동하던 말리의 일거수일투족을 머릿속으로 그릴 수 있었다. 아들의 병석에서 〈크리스티안산 데일리 뉴스〉를 수차례 큰 소리로 읽어주기도 했던 어머니는 이제 그 기사를 외울 정도였다. 어머니는 아들을 즐겁게 해주려고 말리가 폭풍우 속의 온갖 소음을 뚫고 "퍼디넌드!" 하고 외쳤던 것을 흉내내기도 했다며 근심스러운 얼굴에 옅은 미소를 띠었다.

그 말을 들은 말리는 송장처럼 창백해진 얼굴로 자리에서 일어났다. 그녀는 소박한 탁자와 긴 의자, 창가에 홀로 놓인 초라한 화분과 올이 다 드러난 퍼디넌드 어머니의 옷을 둘러보았다. 그리고 마지막으로 관 속에서 침묵하고 있는 얼굴을 바라보았다. 이번에는 관 가까이 갈 수가 없었다. 그저 한순간, 마치 비명을 지르듯, 관을 향해 자신의 두 손을 움켜쥘 뿐이었다. 그녀는 퍼디넌드의 어머니에게 잠시 손을 내준 뒤 그곳을 떠났다.

말리는 집에 도착해서 호세빙켈 부인을 찾았다. 그리고 부인에게 말했다.

"퍼디넌드는 정말 죽었어요. 집은 가난하고요. 그의 어머니는 이제 어떻게 사시죠?"

호세빙켈 부인은 창백한 말리를 측은하게 바라보았다.

"말리, 우리는 퍼디넌드의 충성심을 잊지 않을 거야. 가난한 그의 어머니를 지켜줘야지."

말리는 무슨 말인지 알아듣지 못한 것처럼 부인을 물끄러미 바라보면서 더욱 분명한 대답을 기다렸다.

"아가야, 가장 필요한 곳에 도움을 주는 것이 가진 사람의 기쁨이란다."

다음날 아침 말리가 거실로 갔을 때 그녀를 본 집안사람들은 깜짝 놀랐다. 그녀는 딴사람처럼 변해 있었다. 조난사고를 겪고 막 돌아왔을 때처럼 얼굴은 하얗게 얼어붙고, 눈은 움푹 패고, 몸은 뻣뻣이 굳었고, 그때의 쇠렌센처럼 말도 하지 못했다. 말리는 밖으로 나가려고도 하지 않고 이 의자에 앉았다 저 의자에 앉았다 하며 집안에서도 안절부절못했다. 호세빙켈 부인은 주치의를 부르려 했지만 말리가 극구 반대하는 바람에 포기했다. 결국 집안사람들은 어찌할 바를 몰라 말리를 내버려두었다. 안주인만이 그녀의 괴로운 얼굴을 유심히 살폈다.

제단보

아른트가 집에 있을 때는 그의 사랑이 말리를 단단히 에워싸고 있어 호세빙켈 부인은 말리를 제대로 볼 짬이 없었다. 부인은 진심으로 아른트가 집을 비울 날을 기다렸다. 그동안 말리를 살펴볼 시간과 여유를 가질 수 있을 터였다. 부인은 말리의 표정과 태도가 갑자기 예사롭지 않게 변한 것을 어떻게 해석해야 할지 몰랐다. 아들이 말리와 너무나 가까웠기에 그녀는 아들의 눈을 통해서만 말리를 볼 수 있었다. 이제 말리가 그녀에게 맡겨지자, 그녀는 말리를 돕고 위로하기 위해 최선을 다했다.

부인은 말리를 그토록 많은 사람들의 호기심 속에 놓아두거나 인사치레 때문에 분주하게 만들지 말았어야 했다고, 무도회 날 저녁보다 더 심하게 자신을 나무랐다. 이 젊은 여인은 죽음에 직면한 후 곧바로 새롭고 호화로운 환경에 놓이게 되었고, 이제 이곳에서 삶의 항로가 결정된 바나 다름없었다. 부인은 말리의 삶이 한결같이 복되길 바랐지만, 그런 행복도 감당할 능력이 필요하다는 생각이 들었다. 이제 파티니 모임이니 하는 것은 다 그만두고 말리가 사람들의 눈에 띄거나 방해받지 않도록 집에서 지켜줘야겠다고 결심했다.

호세빙켈 부인은 말리에게 이런 자신의 뜻을 직접 전했다. 그녀는 퍼디넌드가 죽은 이후 처음으로 말을 알아듣는 듯했다.

말리가 속삭이듯 말했다. "네, 눈에 띄지 않으면 좋겠어요. 어머니 외에 그 누구의 눈에도! 좋은 생각이에요."

그러나 말리는 다시금 슬픔에 잠겨 창백해졌고 불안해했다.

아른트의 어머니는 말리에 대해 아는 것이 거의 없었으므로 도대체 그녀가 무엇 때문에 괴로워하는지 알 수 없었지만, 아들의 이름을 들으면 괴로워한다는 것을 알아차렸다. 아들의 이름이 그녀의 가슴을 치기라도 하는 듯. 호세빙켈 부인은 한동안 무서운 생각에 사로잡혔다. '혹시 이애가 정신이 나간 건 아닐까?' 말리의 아버지를 아는 사람은 아무도 없다. 어쩌면 옛 조상의 혼이 이 용맹한 여인과 함께 이 집에 딸려들어왔는지도 모를 일이다. 그러나 지금까지 말리가 정신 나간 것처럼 행동한 적은 없었기에 부인은 그런 걱정은 떨쳐버렸다. 그녀의 마음을 무겁게 하는 다른 뭔가가 있었다. 그것이 무엇일까?

부인은 말리가 퍼디넌드의 사망 소식을 들은 뒤 실의에 빠진 것을 기억해냈다. 말리와 젊은 뱃사람 사이에 무슨 일이 있었던 것일까? 부인은 문득 자신이 요쿰 호세빙켈과 약혼을 앞두고 그 사실을 아직 비밀로 하고 있을 때, 다른 사람에게 청혼을 받고 마음이 편치 않았던 일이 떠올랐다. 폭풍우가 몰아치는 혼란 속에서 말리가 퍼디넌드와 결혼을 약속했는데, 그것을 돌이킬 기회를 놓쳐 괴로워하는 것일지도 몰랐다. 추측에 추측을 거듭하던 호세빙켈 부인은 미처 몰랐던 자신의 풍부한 상상력에 스스로 놀랐다. '이 아이는 평범한 뱃사람이었던 죽은 총각이 무덤에서 일어나 자기에게 따지기라도 할까봐 걱정하는 걸까?' 젊은 여자들은 별난 생각을 잘하고 거기에 목을 매기도 한다. 그러나 풀어야 할 고통스러운 비밀이 있다면 드러내놓아야 한다. 부인은 말리의 말문을 반드시 열어야겠다고 생각했다.

며칠 동안 부인은 말리에게 어린 시절과 쇠렌센 극단 시절에 대해 조심스럽게 물었다. 말리는 아무런 비밀도 없었으므로 묻는 말에 꾸밈

없이 답했다. 호세빙켈 부인은 퍼디넌드 얘기를 꺼내봤지만 그가 죽었다는 사실 외에 말리를 슬프게 한 일은 없는 것 같았다. 부인은 괴로워하면서도 도움을 받아들이지 않는 말리가 답답하고 안타까웠다. 그러나 곧 세상에는 인간의 의지보다 더 강한 힘이 있다는 사실을 떠올리고 말리를 위해 그 힘에 의지해보기로 마음먹었다.

앞에서도 말했지만 부인은 뭔가를 하늘에 직접 간청하는 일에 익숙하지 않았다. 개인적인 소원을 기도에 담아본 건 이번이 처음일 것이다. 부인은 하나뿐인 아들을 위해, 그리고 그녀 자신이 이미 그 문제에 돌이킬 수 없을 만큼 깊이 빠졌기에 기도에 의지했다. 게다가 다른 누군가에게 맡길 수 있는 문제도 아니었다. 남편도 부인 못지않게 신앙심이 깊은 사람이었고, 부부는 사십 년 넘게 저녁기도도 함께해왔다. 하지만 부인은—자신이 틀리길 바랐지만—늘 남자들이 영생을 얻을 수 있을지 내심 의심했고, 남자들이 하느님 앞에서 기도의 말을 할 수 있으리라고도 상상할 수 없었다.

호세빙켈 부인은 그다음 주일에 교회에 가서 마음을 모아 자신의 간청을 기도에 실었다. 부인이 청한 것은 힘과 인내심이 아니었다. 힘과 인내는 스스로 감당해야 하는 것임을 알았기 때문이다. 부인이 기도한 것은, 말리의 문제를 분명하게 보고, 슬픔에 빠진 그녀를 도울 수 있는 지혜였다. 자신에게 그런 지혜가 부족하다는 것을 알았기 때문이다. 부인은 희망을 안고 교회를 나섰다.

호세빙켈 부인은 소피 호세빙켈 호가 구조된 것에 감사하는 뜻으로 교회에 새 제단보를 기부하고 싶었다. 올을 뽑아 그 자리에 무늬를 떠서 만드는 제단보는 여러 천조각을 따로 수놓은 뒤 연결해서 완성한다. 부인은 직접 천조각 하나를 수놓기로 하고, 친정어머니에게 바느질을 배운 말리에게 다른 조각을 맡겼다. 옛 시절로 돌아갈 수 있어서인지 말리는 이 일을 할 때만은 편안해 보였다. 말리는 거의 고개도 들지 않고 착실히 일을 해나갔다. 어느 일요일 저녁, 호세빙켈 부인과 말리는 거실 탁자 옆에 앉아 바느질을 했다. 침침하고 넓은 거실에서 리넨 천만이 파라핀 등불 아래 섬세한 하얀빛을 발했다. 잠시 후 바깥주인이 거실로 들어와 옆에 앉았다.

옛사람들, 옛이야기

최근 몇 년 동안 늙은 요쿰 호세빙켈은 그에게 죄책감과 수치심을 안겨줄, 감당하기 힘든 운명의 그림자가 점점 덮쳐오고 있음을 느꼈다. 그는 그것을 다른 사람에게 일절 얘기하지 않았다. 하지만 그것은 한 개인에게 국한된 것이 아니라 모든 인간에게 일어날 수 있는 일로서, 살 만큼 살면 능히 알게 되는 것이었다. 호세빙켈은 노령의 짐을 실감하기 시작했다. 호세빙켈 가문 사람들은 명이 길어서, 그는 아버지와 할아버지가 모두 점잖게 늙어가는 것을 지켜보았다. 두 분 다 귀가 멀어가다 결국은 아예 듣지 못하게 되었다. 몸도 마음도 뻣뻣하게 굳어갔지만 두 분은 자신들이 살았던 긴 세월과 경험의 살아 있는 표상으로서 존경받았다. 그러나 호세빙켈 자신이 늙어가는 모습은 사뭇 달라서, 그는 노르웨이 북쪽 지방 출신인 어머니의 어머니를 원망했다. 호세빙켈은 몸이 굳거나 감각을 잃지는 않았지만, 날이 갈수록 세상과 자신이 무게가 줄어들면서 뒤섞이는 것 같았다. 배에 칠한 페인트가 바람을 맞고 날씨의 변화를 겪으며 색이 변하듯, 상황과 생각의 색채가 바뀌어갔다. 배의 색깔이야 보기 좋게 변해 새로운 운치를 더할 수도 있고, 원하는 색이 아니면 다시 칠할 수도 있다. 그러나 호세 빙켈은 전처럼 정확한 셈을 할 수 없었고, 주변에서 일어나는 일들이 득이 되는지 해가 되는지, 기쁜 일인지 슬픈 일인지 판단하기가 어려웠다. 다시 말해서 그의 양심이라는 장부에 어떤 것이 자기가 남에게 진 빚이고, 어떤 것이 남이 자기에게 진 빚인지를 가려 적기가 어려웠다. 때로는 과거와 현재도 분간하지 못할 것 같았다. 그의 정신은 바로 앞의 일들을 놓아버리고 잊힌 시간들로 달려가곤 했다. 어린 시절의 놀이와 사내아이들의 장난질이 화물이나 환율보다 더 생생해졌다. 그는 자신이 퇴보하고 있다는 사실을 주변 사람들이 눈치챌까 두려워 뱃사람이나 사원과 얘기할 때 아주 조심했다. 마음을 푹 놓을 수 있는 상대는 아내뿐이었다. 아내는 처음부터 그를 있는 그대로 받아들인 사람이고, 지금은 그를 유심히 보지 않기 때문이었다. 하지만 아들과 함께 있는 것은 꺼려했다. 그는 때로 계산 없이 사는 게 즐겁고 홀가분한 것 같기도 했지만, 이런 생각은 가문 대대로 그래왔듯 평생을 소득과 지출을 셈하며 살아온 노인의 마음을 불안하게 만들었기에 그는 일부러 셈에 몰두했다. 한동안 이런 상태를 지속하던 그는 소피 호세빙켈 호의 조난사고가 터지자 안도감마저 들었다. 그 사고에서는 행운과 불운을 확실히 구분할 수 있었으니까.

그리고 말리가, 아직 세상에 대한 사고에 분명한 틀이 잡히지 않았을 것 같은 어린 나이임에도 건장한 사람들마저 포기했던 목표를 향해 돌진해 호세빙켈의 소중한 배를 구한 헤로인이 집안으로 들어왔다. 그 아이는 맘껏 어리광을 피우고 즐거워할 자격이 있다. 늙은 주인과 젊은 손님 사이에는 기분좋은 유대와 신뢰가 싹텄다. 둘은 마치 집안사람들은 모르는 자신들만의 관계를 형성하고 있는 듯했다. 말리는 이른 아침 호세빙켈이 부두와 창고로 산책을 나갈 때 함께 따라나갔고, 옛 노래들을 떠올려 그에게 불러주었다. 호세빙켈에게 새장과 새 한 마리를 선물받고 말리는 그의 두 볼에 입을 맞추기도 했다.

말리가 심한 우울증에 빠져 사람들을 멀리하자, 두 사람의 유대는 더욱 강해지고 새로운 빛깔을 띠기 시작했다. 말리는 지금 일어나는 일들에 관해 듣는 것을 죽기보다 싫어했지만, 과거의 일은 단순한 동화라도 마다하지 않았다. 억센 듯하면서도 온화한 얼굴에 흰 턱수염을 기른, 그녀의 늙은 동지이자 수호자는 자신의 어린 시절 이야기와 육십여 년 전 하인과 늙은 뱃사람, 어부와 외할머니에게 들은 이야기들을 기꺼이 들려주었다. 이렇게 해서 저녁에 탁자에 둘러앉아 바느질을 하는 여자들에게 사무실에서 돌아온 바깥주인이 자기 할아버지 의자에 편하게 앉아 이야기를 들려주는 것이 호세빙켈 집안에서 전통처럼 자리잡았다. 호세빙켈은 아내가 듣는데도 아랑곳하지 않고 온갖 상상을 서슴없이 표현했다. 그는 자기와 말리가 손을 잡고 그들만의 황혼 속을 달리는 상상을 하기도 했다. 황량하지 않은 그곳은 오로라가 비추는 황홀한 밤이었고 생명이 있는 곳이었다. 털이 덥수룩한 큰 곰들이 씩씩거리며 터벅터벅 거닐고, 늑대들이 눈보라 치는 들판을 가로지르며 긴 발자국을 남기고, 마법을 부리는 고대 핀족族이 뱃사람들에게 순풍을 팔며 킬킬거렸다. 요즘 호세빙켈은 죄의식이 얼씬할 수 없는 삶의 피난처에 있기라도 한 듯 의자에 앉아 흐뭇한 미소를 지었다.

주일 저녁, 호세빙켈은 말리에게 들려줄 이야기를 준비해 거실로 들어왔다. 그리고 곧 이야기를 시작했다.

"오늘밤에는 지금 네가 앉아 있는 바로 이 집에 닥쳤던 위험에 대해 얘기해주마. 다시는 있어선 안 될 일이지. 이건 내 할머니의 할아버지이신 옌스 오벨에 대한 이야기이기도 하단다. 내가 꼬마였을 때 들은 이야기야."

옌스 오벨의 이야기와 그의 조언

호세빙켈은 이야기를 시작했다. 등잔 불빛이 그의 얼굴까지는 미치지 못한 채, 맞잡은 그의 커다란 손을 비추고 있었다. "옌스 구토름센 오벨이라는 분은 세테르달렌에서 이곳으로 오셨단다. 세테르달렌 사람들은 그때까지만 해도 반은 이교도였어. 하지만 고조부님은 선량한 기독교인이셨지. 그분은 부유했고, 온 마을 사람들에게 존경받는 분이셨어. 1717년 2월 크리스티안산에 큰불이 났을 때 이미 꽤 연세가 있으셨지.

엄청난 재난이었어. 여섯 시간 만에 서른 가구가 넘는 집이 재로 변했으니까. 공중에 솟구치는 불길이 릴레산과 만달 연안에 정박해 있던 배에서도 보였다고 하더구나. 그날 밤 북서쪽에서 강풍이 불었는데, 그 때문에 릴레가데에서 시작된 불이 베스테르가데에 있는 고조부님의 집과 창고를 향해 곧바로 뻗쳐오기 시작했어. 손쓸 수 없을 듯했지.

하인과 가게 직원들은 돈상자와 장부를 나르기 시작했어. 많은 사람들이 길 건너편으로 모여들었고, 선량한 고조부님이 평생 모은 재산이 눈앞에서 사라지게 되었다며 울기도 했지. 불이 어찌나 크게 났던지, 마을 노인들 말이 한겨울이었는데도 길거리가 빵 굽는 집처럼 더웠다고 하더구나."

늙은 선주는 말을 이었다. "그런데 바로 그때 옌스 오벨 고조부님이 오른손에는 저울을, 왼손에는 자를 든 채 집밖으로 나오셨어. 고조부님은 길거리에 서서 모두 들을 수 있을 만큼 큰 소리로 외치셨지. '이 마을 상인인 나, 옌스 구토름센 오벨이 저울과 자를 들고 여기 서 있다. 내가 이것 중 하나라도 잘못 쓴 적이 있다면 바람과 불은 내 집으로 향하라! 하지만 내가 이것들을 올바르게 썼다면 내 집이 앞으로도 크리스티안산 사람들에게 덕을 베풀 수 있도록 사나운 너희, 하느님의 종들은 내 집을 비켜가라.'"

요큼 호세빙켈은 이야기를 계속했다. "고조부님이 말씀을 마치자마자 바람이 멈칫하더니 순식간에 멎는 것을 길거리에 있던 사람들이 모두 보았단다. 그리고 곧 연기와 불꽃이 공중을 휘감았지. 이어서 바람이 정북쪽으로 방향을 바꾸고, 불길은 베스테르가데에서 광장 쪽으로 각도를 바꿨어. 이렇게 해서 옌스 오벨 고조부님 집은 위기를 면했고, 집밖으로 날랐던 것들을 다시 안으로 들여놓을 수 있었지."

커다란 괘종시계의 종이 천천히 여덟 번 울렸다. 이야기를 들려주는 노인도 듣는 젊은 여인도 이야기에 깊숙이 빠져서 아무 말이 없었다. 두 사람은 이야기 속의 베스테르가데에 함께 서 있기라도 한 듯했다.

"말리야, 너도 그 성경을 보게 될 거다." 현실로 즉각 돌아오지 못한 요쿰 호세빙켈은 이야기를 계속했다. "내 방 탁자에 있는 큰 성경 말이다. 옌스 오벨 고조부님의 성경이야. 할머니께서 보관하신 뒤 대대로 물려 내려오고 있지. 그 성경은 말이다, 우리 집안사람들이 뭔가를 결정해야 할 때 조언을 해준단다. 그 성경을 들고 아무 곳이나 펼쳐보면, 거기서 구하는 답을 얻을 수 있어."

호세빙켈 부인은 탁자 맞은편에 앉아 있는 말리를 바라보며 자신의 기도가 응답을 얻는구나 싶었다. 부인은 소파에 조용히 앉아서 대화를 경청했다.

남편은 말했다. "내가 고조부님의 성경에서 답을 얻은 얘기를 들려줄 테니 들어보거라. 우선 네가 초를 들고 가서 성경을 이리로 가져와야겠구나. 정확한 구절을 찾을 수 있게 말이다. 무거우니 양손으로 들어야 한다. 그리고 초는 책을 다시 갖다놓을 때까지 그곳에 그대로 두어라."

말리는 초를 들고 가서 성경을 품에 안고 돌아와 노인 앞에 내려놓았다.

호세빙켈은 안경을 집어들고 잠깐 머뭇거리다 의자 등받이에 등을 기대며 말했다.

"오래전 사촌 요나스가 나한테 와서 함께 배를 한 척 사자고 한 적이 있었다. 착한 고모를 위해서라도 그 제안을 들어주고 싶었지만, 그 녀석을 생각하면 도무지 그럴 수 없었어. 그놈은 하는 일마다 믿음이 안 가는데다 나한테 사기를 친 적도 있거든. 결국 그 녀석은 우리집 소파에 앉아 내 대답을 기다리느라 안달이 났고, 나는 결정을 내리지 못해 이리저리 서성거렸지. 그때 우리집 성경이 눈에 띄었단다.

나는 속으로 생각했어. '그래, 이거야. 옌스 오벨 고조부님, 답을 주십시오.' 나는 탁자에 놓인 서류들에서 뭔가를 찾듯이 성경을 펼쳤지.

그때 펼친 부분이 집회서 29장이었다. 삼십 년도 더 된 그날 밤 읽었던 부분을 너에게 읽어주마."

그는 안경을 낀 뒤 손가락에 침을 바르며 책장을 넘겼다. 그리고 찾던 부분을 발견하자 천천히 읽어내려갔다.

"'남에게서 꾼 것을 횡재로 생각하고 자기를 도와준 사람을 곤경에 빠뜨리는 자가 많다.'

나는 '바로 이거야. 지금 내 뒤에 있는 요나스한테 딱 맞는 말이야' 하고 생각했지. 그다음에는 이런 구절이 있었다.

'그러다가 돈을 갚을 때가 오면 날짜를 끌고 갚는다는 말만 되풀이하면서 사정이 나쁘다고 핑계를 댄다.'

'이 말도 맞구나' 하고 생각했지. 성경을 덮고 사촌에게로 돌아서려는데 다음 구절이 눈에 들어오더구나.

'그러나 정녕 가난한 사람에게는 참아주어라. 또한 그들에게 자선을 하면서 미루지 마라. 지극히 높으신 분의 명령대로 네 재물을 써라. 그것이 황금보다도 너에게 더 유익하리라.'

나는 잠깐 동안 멍하니 있었지. 그리고 '고조부님, 이겁니까? 이것이 답입니까?' 하고 물었어.

말리야, 그래서 어떻게 됐냐면, 나와 사촌은 모험이라 이름 지은 훌륭한 배를 함께 샀고, 그 배는 첫 출어에 청어를 아주 많이 낚아서 투자한 돈을 즉시 회수했단다."

잠시 말을 멈춘 호세빙켈의 표정은 달라져 있었다. 아니, 그는 다른 사람이 되어 있었다. 그의 얼굴은 이야기꾼의 얼굴이었다. "배가 두번째 출어를 나갔을 때였지. 전날 밤 물에서 밤새 놀았던 사촌 요나스가 보되 부근에서 배 밖으로 떨어지고 말았어. 그의 어머니는 이제 아들 때문에 속 썩지는 않게 된 셈이었지."

노인은 한참 동안 추억에 잠겼다.

"말리, 책을 다시 갖다놓거라. 아른트도 자기에게 사기를 치려 하거나 가난으로 오래 고생하는 사람을 만나면 이 책에서 답을 얻을 게다."

말리가 일어나자 호세빙켈 부인은 또다시 그녀의 얼굴을 보았다. 그리고 말리가 문으로 나가는 모습을 지그시 바라보았다.

거실에 앉아 있던 호세빙켈 내외는 잠시 후 옆방에서 뭔가 무거운 것이 떨어지는 소리를 들었다. 그들이 달려가보니 말리가 탁자 앞에 죽은 듯 쓰러져 있고, 탁자 위에는 성경이 펼쳐져 있었다.

호세빙켈 부인은 그 순간 "어머니께서 원하시던 게 이것이었어요?" 하는 아들의 목소리가 들리는 것만 같았다. 이 일은 그녀에게 잊히지 않는 기억으로 남았다.

부부는 말리를 일으켜 말털 덮개를 씌운 소파에 뉘었다. 말리는 눈을 떴지만 눈동자에 초점이 없었다. 한참 뒤 그녀는 손을 들어 호세빙켈의 얼굴을 쓰다듬으며 중얼거렸다. "어지러워요, 아른트."

호세빙켈 부인은 종을 쳐 하인들을 불러서 말리를 위층으로 옮겨 침대에 뉘었다.

남편의 집무실로 내려와보니 그는 탁자 위에 펼쳐진 성경 옆에서 빛나는 촛불을 지그시 쳐다보고 있었다. 그는 아내를 올려다본 뒤 성경을 덮었다. 호세빙켈 부인은 남편을 막으려 했지만 남편은 성경의 묵직한 걸쇠를 잠갔다.

다음날 아침 일찍 말리는 집안사람들이 깨기 전에 조용히 일어나 옷을 갈아입고 뒷계단으로 내려와 뒷문을 통해 골목길로 나갔다. 바로 전날만 하더라도 쇠렌센이 머무는 호텔로 가는 길을 몰라 헤맸을 테지만, 이날 그녀는 둥지를 찾아가는 비둘기처럼 곧바로 호텔로 향했다.

말리는 밤새도록 날이 밝기만 기다렸다. 그리고 주변 풍경이 서서히 빛과 색을 되찾자 서둘러 발걸음을 옮겼다. 말리는 부딪혀오는 향기와 산들바람을 느끼며 생각했다. '내가 처음 여기 왔을 때와는 모든 게 달라졌어. 봄이 왔어. 그리고 곧 여름이 오겠지.' 여름이 오면 둘이서 아버지의 배를 타고 해가 지지 않는 북쪽으로 여행을 가자던 아른트의 말 한마디 한마디가 떠올랐다.

머릿속으로는 이런 생각을 하고 있었지만, 어느새 말리는 호텔 문을 통과해 쇠렌센의 방으로 향하는 작은 층계를 오르고 있었다. 말리는 이 시간에 이곳에 오기로 예정되어 있었다는 듯 노크도 하지 않고 문을 열었다.

쇠렌센은 여느 때처럼 다른 사람들보다 먼저 일어나 꼼꼼하게 단장하느라 바빴다. 그는 말리가 들어오는 것을 보고 칸막이 뒤로 가서는 거기서 말리에게 창가에 놓인 의자에 앉으라고 말했다. 말리는 앉지 않고 방안을 둘러보았다. 카를 요한 왕의 대관식 그림이 걸렸고, 쇠렌센의 여행가방이 옷장 앞에 놓여 있었다. 그녀는 마치 이곳에 오랫동안 머물러온 사람처럼 천천히 모자와 외투를 벗었다. 그리고 쇠렌센이 가리킨 의자에 털썩 주저앉았다.

쇠렌센은 세수와 면도를 하는 중에도 칸막이 위로 고개를 세 차례나 내밀어 말리를 유심히 관찰했다. 그러나 말은 한마디도 하지 않았다.

마침내 면도를 말끔히 마친 그가 가발을 쓰고 안감이 여기저기 비어져나온 실내 가운을 걸치고 나왔다. 말리는 일어나서 그의 품에 몸을 던졌다. 그녀는 몸을 심하게 떨며 아무런 말도 하지 못했다. 쇠렌센은 그녀를 진정시키려 하지 않고 안아주지조차 않았다. 물에 빠져 나무토막을 붙드는 사람처럼 매달리는 말리를 그는 그대로 두었다.

말리는 쇠렌센과 대화를 나누면서 그의 얼굴을 보려고 뒤로 물러났다가, 아무것도 보지 않아도 되는 어두운 곳으로 피하려는 사람처럼 다시 그의 품으로 안겨들었다.

말리는 쇠렌센의 품에 안겨 쉰 목소리로 나지막하게 울부짖었다. "퍼디넌드가 죽었어요!"

"그래. 그래, 죽었어." 쇠렌센은 엄숙하고 부드럽게 말했다.

"알고 계셨어요?" 말리는 다시 울먹였다. "그 소식을 들으셨어요? 그걸 정말 믿으셨어요?"

"그래, 그랬다."

말리는 몸을 가누고 목소리를 가다듬었다. 그리고 쇠렌센의 품에서 빠져나와 뒤로 한 발짝 물러섰다.

"아른트 호세빙켈은 저를 사랑해요!" 말리의 목소리가 방안 가득 울렸다.

쇠렌센은 그녀의 변화하는 표정을 주시했다.

"너도 그를 사랑하니?" 이 질문이 유명한 비극의 한 구절과 흡사해 쇠렌센은 그 대사를 그대로 인용해서 다시 한번 물었다.

"순결한 아가씨, 당신도 그를 사랑하나요?"

말리도 가슴속에 비극의 대사를 품고 있었다. 그녀는 곧바로 힘껏 소리쳐 답했다.

"해와 달,
별과 천사, 하느님과 사람들이 모두 듣도록 말하겠어요.
그에 대한 내 사랑은 변함없어요!"

"그렇구나." 쇠렌센이 말했다.

그는 잠시 말이 없다가 다시 "그렇구나" 하고 말했다. "그렇다면 말리, 이제 어쩔 생각이니?"

"이제요?" 말리는 하얗게 부서지는 파도 속을 날아가는 갈매기처럼 괴롭게 울었다. "이제 전 떠나야 해요. 모두 불행해지기 전에 제가 떠나야 해요."

그녀는 앞으로 늘어뜨린 두 손을 꽉 움켜잡았다.

"사람들을 불행하게 만들지 않을 거예요. 절대로! 절대로! 전 제가 무슨 짓을 하는지 몰랐어요! 선생님, 전 제가 거짓말을 하고 있다고도, 실수를 저지르고 있다고도 생각하지 않았어요!"

말리는 뜻밖의 결심을 알리듯 별안간 소리쳤다. "이제 떠나야 해요. 더이상 이곳에 있을 수 없어요. 그 집에 다시 돌아갈 수 없어요. 돌아가더라도 곧 그곳을 떠나야 해요. 선생님, 전 그곳을 떠나야 한다는 걸 깨달았어요. 저울과 자를 한 번도 속인 적 없는 의로운 분이 어제저녁 제게 그 사실을 가르쳐줬어요. 의로운 사람들은 북서쪽에서 불어온 강풍의 방향을 정북쪽으로 바꿀 수도 있어요. 하지만 전!" 말리는 탄식했다. "크바세피오르의 폭풍은 제가 있는 곳으로 곧장 불어닥쳤어요. 하지만 전 폭풍을 불러달라고 기도하지 않았어요. 정말이지 맹세코 제가 그런 게 아니에요."

"이모할머니가 계셨어요." 말리는 머릿속을 환기시키려는 듯 불쑥 얘기를 꺼냈다. 하지만 여전히 슬픔을 억누른 채였다. "이모할머니는 엄마가 아빠와 결혼하자 화가 나서 엄마 집에 발도 들여놓지 않으셨어요. 어느 날 이모할머니는 길에서 만난 저를 당신 집에 데리고 가서 아버지에 대해 얘기해주셨어요. 할머니는 말씀하셨죠. '말리야, 네 아버지는 말이다, 스코틀랜드에서 온 사람도 아니고 평범한 뱃사람도 아니란다. 많은 사람들이 네 아버지를 알고 있어. 사람들이 네 아버지를 부르는 이름이 있지. 방황하는 네덜란드인*이란다.' 선생님, 그 말이 사실일까요?"

쇠렌센은 잠시 생각하더니 "아닐 거야"라고 대답했다.

말리는 한순간 그의 말에 위안을 얻는 듯했지만 또다시 밀려오는 슬픔에 잠겨들었다.

"하지만 전 아버지가 어머니를 배신했듯이 모든 사람을 배신했어요!"

쇠렌센은 다시 생각에 잠기더니 물었다. "말리, 누구를 배신했지?"

---

* 전설 속 유령선 이름. 항구에 정박하지 못하고 영원히 대양을 항해해야 하는 저주에 걸린 배다.

"퍼디넌드요! 그리고 아른트도요!" 말리는 소리쳤다.

"멀리 떠난 뒤에야 아른트에게 자초지종을 편지로 고백할 용기가 날 것 같아요. 그 사람 얼굴을 보고는 도저히 말할 수 없어요."

그의 얼굴이 떠오르자 말리는 입을 다물었다. 그리고 다시 한번 두 손을 꽉 움켜잡았다.

"떠나야 해요. 그러지 않으면 그 사람만 불행해져요. 불행하고 고통스러울 거예요, 선생님!"

말리는 뒤로 몇 걸음 물러서서 눈을 똑바로 뜨고 쇠렌센의 얼굴을 응시했다.

"선생님은 저를 믿으시죠? 저는 지금 땅속에서 말하는 유령이나 다름없어요."

방안에 한참 동안 침묵이 흘렀다.

"음, 그래. 널 믿을 수 있다, 말리. 말리야, 나도 결혼을 해본 사람이다."

"결혼을 하셨다고요?" 말리가 놀라며 물었다.

"그래, 덴마크에서. 아내는 착하고 사랑스러운 여자였지."

"지금은 어디 계신데요?" 말리는 이렇게 물으면서 마치 쇠렌센 부인이 이 방에 숨어 있기라도 한 것처럼 어리둥절한 표정으로 방을 둘러보았다.

"다행히 지금은 재혼해서 잘살고 있다. 덴마크에서 좋은 남자를 만났지. 자식도 있어. 나와는 자식이 없었다.

난 아내 몰래 떠났어. 마지막날 밤에 우리는 그 작은 집에서 함께 앉아 얘기를 나눴지. 집은 작고 예뻤어. 커튼과 양탄자로 꾸몄지. 그날 밤 아내가 내게 이렇게 말하더구나. '발데마르, 당신이 하는 일은 늘 나를 행복하게 만들어요. 당신은 정말 좋은 사람이에요.'"

"맞아요. 그들은 우리에게 그렇게 말해요. 우리를 그렇게 생각해요." 말리는 뭔가에 가슴을 맞은 것처럼 소리쳤다.

쇠렌센은 다시 깊이 생각에 잠겼다가 말리의 손을 잡으며 "우리 말리" 하고 말하더니 또다시 아무 말이 없었다.

이윽고 그가 입을 열었다. "앉아서 얘기해보자." 쇠렌센은 천이 닳은 작은 소파로 말리를 데리고 갔다. 둘은 나란히 앉았지만 아무런 말이 없었다. 잠시 후 말리는 인간적 연민과 판정 내릴 사람의 선처를 구하듯, 혹은 자신과 비슷한 처지에 있는 불행한 사람을 위로하려는 듯 쇠렌센의 어깨와 목과 머리를 쓰다듬기 시작했다. 그녀가 쇠렌센의 가발을 손가락으로 쓸자 가발의 머리칼 한 줌이 위로 삐쳤다. 말리는 그를 쳐다보지 않은 채 뭔가를 간청하는 듯 계속 쓰다듬었다. 쇠렌센은 자신을 쓰다듬는 그녀의 손가락이 눈이나 입으로 들어가지 않도록 고개를 조심스럽게 좌우로 움직였다.

다른 사람이 자기를 존경하고 순종하는 것에는 익숙하지만, 자신을 쓰다듬는 것에는 익숙하지 않았던 쇠렌센은 몇 분 동안 말리를 그렇게 내버려두었다. 말리가 손을 뗀 후에도 그는 그대로 앉아 있었다. 그는 처음엔 자신과 말리가 불행한 늙은 왕과 그가 사랑하는 딸의 모습을 하고 있다고 여겼다. 그러나 지금은 무게중심이 옮겨갔고, 쇠렌센은 이제 자신의 권위와 책임을 되찾았다. 도망친 사람은 자신이 아니라, 도움을 구하러 찾아온 어린 제자다. 쇠렌센은 다시금 다른 사람들을 내려다보는 힘 있는 푸로스퍼로였다. 푸로스퍼로의 망토를 어깨에 두른 그는 옆에서 좌절한 젊은 여인을 불쌍히 여기면서도 성취감과 기쁨이 차오르는 것을 느꼈다. 그는 자신의 소중한 보물을 포기하지 않을 것이다. 말리는 여전히 자신의 것이고 자신과 함께할 것이며, 그리하여 그 평생의 대작은 실현될 것이다.

이윽고 그가 말했다.

"이제 나는 일어선다.

너는 가만히 앉아, 바다에서의 시련이 어떻게 끝나는지 들어라."

쇠렌센은 일어서서 몸을 꼿꼿이 세우고 책상으로 활용하는, 맞은편 창가에 놓인 곧 부서질 듯한 작은 탁자로 당당하게 걸음을 옮겼다. 그는 서랍에서 종이 뭉치를 꺼내더니 이것저것 정리하고, 뭔가를 적고, 어떤 것은 다시 집어넣고, 또다른 종이를 꺼내기도 했다. 그는 한참을 그러고 있었다. 말리가 부스럭거리자 고개도 돌리지 않은 채 비켜 있으라고 손짓했다. 마침내 그는 종이와 연필을 옆으로 밀어놓고 말리를 등진 채 그대로 앉았다.

"크리스티안산 공연을 포기해야겠어."

말리는 아무런 대꾸도 하지 않았다.

"그래." 그는 단호하게 말했다. "그래. 공연을 취소하고 베르겐으로 간다고 마을에 발표해야겠어. 물론 손해보는 일이지." 그는 마치 말리가 반대라도 한 것처럼 단언했다. "이 마을에서는 단 한 번에 큰 성공을 거둘 수도 있을 테니까. 가엾은 말리, 널 위해서야. 손해는 손해지. 하지만 내가 염려했던 것만큼 큰 손해는 아냐. 마을 사람들이 모금한 돈도 적지 않고. 그리고 말리, 삶에서는 손익을 따지지 말아야 한다.

우선 너하고 내가 조용히 이곳을 뜨고, 다른 단원들은 나중에 따라 오도록 지시해야겠다."

그는 말리가 일어서서 자기 곁으로 한 걸음 다가오는 소리를 들었다.

"언제 떠나실 거에요?" 쇠렌센의 등뒤에서 말리의 떨리는 목소리가 들렸다.

쇠렌센이 대답했다. "수요일에 배가 있을 거다."

그는 갑판에서 지시를 내리는 해군 제독처럼 "수요일"이라고 짤막하게 거듭 말했다.

"수요일" 하고 되풀이하는 말리의 음성은 산골짜기에 울려퍼지는 길고 슬픈 메아리 같았다.

"그래." 쇠렌센이 말했다.

"내일모레!" 말리는 또다시 슬픈 목소리로 말했다.

"내일모레." 쇠렌센도 말했다.

쇠렌센은 지시를 내리며 자신의 존재가 커지는 것을 느꼈고, 뒤에 선 말리의 깊은 침묵 또한 민감하게 느끼고 있었다. 침묵은 참기 힘든 것이었다. 뒤통수에 예리한 눈이라도 달린 것처럼 그는 말리가 작은 방 한가운데에 서 있는 모습을 볼 수 있었다. 말리는 조난사고가 일어난 바로 다음날 저녁, 어선을 타고 뭍으로 돌아오던 때처럼 오랜 고난에 지쳐 죽은 듯 창백했다. 쇠렌센은 권위와 동정심 사이에서 갈등하며 잠시 흔들렸다. 의자에 앉은 그의 몸도 흔들렸다. 마침내 그는 몸을 홱 돌리고 의자 등받이에 팔을 얹었다. 그는 팔에 턱을 괸 채 세상의 고통을 전부 짊어진 사람을 직면했다.

말리는 서 있던 자리에서 걸음을 옮겨 그에게 다가왔다. 해안을 향해 다가오는 파도처럼 느리지만 큰 힘을 몸에 싣고 있었다. 다음 대사들이 구절마다 느려지면서, 크진 않지만 깊고 선명한 종소리처럼 아주 천천히 그녀의 입에서 흘러나왔다.

"바라건대,
제가 주인님을 충실히 섬겼다는 것을 기억해주십시오.
당신께 거짓말한 적도 없고 실수한 적도 없습니다.
저는 불평불만 없이 당신을 섬겼습니다."

쇠렌센은 꼼짝 않고 앉아 있었다. '하느님, 저를 지켜주소서. 이 아이의 눈이 얼마나 반짝이는지. 나를 보고 있진 않지만, 어쩌면 내가 아예 안 보이는지도 모르지만, 이 아이의 눈은 빛나고 있어!'

짧은 침묵이 흐른 뒤 말리가 다시 천천히 말하기 시작했다.

"위대하신 주인님 만세! 엄위하신 어른 만세! 대령했습니다.
원하는 것은 무엇이든 하명만 하십시오. 하늘을 나는 일이든,
헤엄치는 일이든, 불에 뛰어드는 일이든,
뭉게구름을 타는 일이든.
소인 에어리얼, 있는 힘을 다해 수행하겠습니다."

또 한번 침묵이 흐른 뒤, 말리의 말이 다시 이어졌다.

"너희의 칼로는
으르렁거리는 바람에 상처를 입히고
찔러봤자 비웃으며 상처가 아물어버리는 파도를 벨 수는 있어도
내 깃털 하나 건드리지 못한다."

쇠렌센은 말리가 극중 대사를 여기저기 건너뛰는 것에 조금도 당황하지 않았다. 말리처럼 희곡의 내용을 훤히 알고 있는 자신 역시 그렇게 건너뛸 수 있었다.

말리의 눈빛과 목소리는 이제 침착했다. 그녀는 쇠렌센을 똑바로 바라보며 다시 입을 열었다. 그녀의 말이 아주 순하고 상냥하면서도 거침없었기에 쇠렌센의 마음은 맑은 눈물로 녹아내렸다.

"내 몸*은 다섯 길 바닷속에 누워 있네.
내 뼈는 산호가 되고
내 눈은 진주가 되었네.
내 몸의 어느 한 곳도 사라지지 않네.
다만 바다의 시련 속에
풍요롭고 낯선 모습으로 변화할 따름이지.
바다 요정들이 매시간 종을 울려 내 죽음을 알리는구나.
들어보라! 종소리가 들린다. 댕댕댕."

---

* 『템페스트』 1막 2장의 원문은 '그대의 아버지'로 시작된다. 말리는 여기서 바닷물에 빠진 나폴리 왕에 대한 에어리얼의 노래를 자신에 관한 것으로 바꾸었다.

아주 긴 마지막 침묵이 흘렀다.

그러나 쇠렌센은 이 대결에서 그대로 지고 있을 수만은 없었다. 그는 고개를 들고 그녀를 향해 의자 등받이 위로 오른팔을 뻗었다. 그리고 말리처럼 천천히 말했다.

"나의 에어리얼, 귀여운 것,
이젠 자유의 몸이다. 잘 가거라!"

말리는 한참 동안 그대로 서 있다가 이윽고 주위를 둘러본 뒤 외투를 찾아 입었다. 쇠렌센은 말리가 집을 떠나올 때부터 입은 그 외투를 알아보았다. 말리는 단추를 채운 뒤 그를 향해 돌아섰다.

"왜 우리에게 이런 일이 일어나야만 하는 거죠?"

"왜냐고?" 쇠렌센이 되물었다.

"왜 이렇게 불행해야 하는 거죠, 선생님?"

프로스퍼로의 마지막 대사를 하고 난 뒤 상당히 고양되어 있던 쇠렌센은 이제 오랜 삶의 경험에서 답을 찾아야 할 때임을 알았다.

"오 아가, 조용히 있으렴. 질문은 우리 몫이 아니야. 질문은 다른 사람들이 우리에게 하는 거지. 그들에게 답하는 것이 우리의 고귀한 특권이고. 어찌할 바를 모르고 갈등하는 인간들의 물음에 답하는 거야. 훌륭하고 명쾌한 멋진 답을 말이야! 우리는 결코 물어선 안 돼."

잠시 후 말리가 말했다. "그럼 우리가 얻는 것은 뭐죠?"

"우리가 뭘 얻느냐고?"

"네, 선생님. 우리는 그 대가로 무엇을 얻나요?"

쇠렌센은 오고간 대화를 다시 생각해보고 자신이 살아온 긴 세월을 되짚어봤다.

“가엾은 우리 말리, 그 대가로 뭘 얻느냐고?” 쇠렌센의 어조는 딴사람처럼 바뀌었다. 하지만 이번에는 자신이 거룩한 문장을 구사하고 있다는 사실을 전혀 모르는 듯했다. “그 대가로 우리가 얻는 것은 세상의 불신과 지독한 외로움이지. 그뿐이야.”

마지막 편지

금요일 저녁, 스타방에르에서 돌아온 아르느트 호세빙켈은 금화 한 개가 든 편지를 건네받았다. 편지에는 이렇게 쓰여 있었다.

사랑하는 아르느트,

이 글을 쓰고 있는 지금 저는 도저히 눈물을 멈출 수 없어요. 당신이 이 편지를 읽을 때쯤이면 난 멀리 떠나 있을 거예요. 우린 다시 만나지 못할 거예요. 난 당신에게 맞는 사람이 아니에요. 당신을 속이고 당신의 믿음을 저버렸으니까요.

그래요, 난 당신을 만나기 전, 당신이 부두에서 나를 안아올리기 전 이미 당신을 속였어요. 하지만 그때 난 맹세코 그 사실을 몰랐어요. 상황을 모르고 있었어요. 또하나 맹세컨대, 이것 역시 믿어주세요. 살아 있는 한 당신을 사랑하겠어요.

이 편지에서 당신에게 털어놓아야 할 비밀이 있어요. 아르느트, 당신이 날 사랑한다는 걸 알아요. 내가 이 비밀을 말하면, 당신은 날 용서하고 나와 당신 사이는 전과 다름없다고 말할 테죠. 하지만 그럴 수 없어요. 당신의 믿음을 저버린 나는 내 안에 그대로 있고, 그건 내가 어디에 있든 변함없을 테니까요. 난 이 세상에 우리의 사랑을 꺾을 수 있는 건 아무것도 없다고 믿었어요. 하지만 당신을 저버린 내가 그 사랑을 꺾었어요.

내가 이 사실을 처음 깨달은 건 퍼디넌드가 죽은 걸 알게 되었을 때였어요. 그가 죽었기 때문이에요. 당신은 스타방에르에 있었으니 몰랐겠죠. 난 퍼디넌드가 관에 누워 있는 걸 보고, 가엾은 그의 어머니가 한탄하는 걸 들으면서, 누군가 멀리서 내게 말해주기라도 한 것처럼 퍼디넌드의 죽음이 우리 둘을 갈라놓을 거란 사실을 직감했어요. 하지만 여전히 문제를 제대로 깨닫지 못하고 있었어요. 이제라도 전처럼 모든 게 행복해질 수 있을 것 같았죠. 아아, 얼마나 행복했었는지!

하지만 거기서 끝이 아니었어요. 난 너무 슬프고 불안했어요. 무엇을 믿어야 할지 알 수 없었어요. 그러던 중 어느 일요일 저녁, 당신 아버님이 날 즐겁게 해주려고 옌스 오벨 고조부님의 화재사건에 관해 얘기해주셨어요. 아버님은 힘든 일이 있을 때 고조부님의 성경을 펼치면 답을 얻을 수 있다고 하셨죠. 시름에 빠져 있던 난 그렇게 해보기로 했어요. 그런데 충격적인 대목을 읽고 말았어요.

난 오늘밤 그 성경을 방으로 가져왔어요. 성경은 지금 제 앞에 있어요. 편지에 쓰려고 그 부분을 다시 찾아봤어요. 마치 훌륭하신 옌스 오벨 고조부님의 곁에서 편지를 쓰고 있는 것 같아요. 당신이 이 편지를 읽을 때도, 고조부님이 편지를 쓰는 내 옆에 앉아 계신다고 상상하세요.

내가 발견한 부분은 이사야서 29장에 나오는 구절이었어요.

"비참하게 되리라. 에어리얼아…… 너는 쓰러져 흙바닥에서 소리를 내리라. 네 말소리는 가늘게 먼지 속에서 들려오리라. 네 소리는 땅에서 나는 혼백의 소리 같겠고, 웅얼거리는 네 소리는 먼지 속에서 들려오리라."

예언자 이사야의 이 말이 너무나 무서웠어요. 하지만 그다음을 읽기 전에는 모든 희망이 사라졌다는 걸 완전히 깨닫지 못했어요. 8절에 이렇게 나와 있었어요.

"굶주린 사람이 먹는 꿈을 꾸다가 깨어나서 더욱 배고파하고 목마른 사람이 마시는 꿈을 꾸다가 깨어나서 더욱 목말라하듯이."

그래요, 아른트. 당신이 날 붙잡는다면 당신도 이렇게 될 수밖에 없어요. 그러니 날 용서할 생각은 하지 마요. 그건 있어서는 안 될 일이에요.

우린 둘 다 젊어요. 난 당신보다 어리고요. 하지만 이 편지에서 당신에게 얘기하는 나는 이사야 예언자만큼이나 늙어버린 것 같아요. 지금 이 순간 난 그분만큼 늙었어요. 그리고 내 지혜도 그분만큼 깊어진 것 같아요. 지금 이 순간 난 그분만큼 지혜로워요. 이 끝없는 불행 속에서도 당신을 조금이나마 위로할 말이 있어요. 아른트, 당신이 나를 만난 것이 당신에게 결코 소용없는 일은 아닐 거예요. 그리고 당신이 나를 위해 슬퍼하는 것도 내게 결코 소용없지는 않을 거예요.

오늘밤 당신을 위해 시를 지었어요. 처음 써보는 시라 어설프지만 내가 생각날 때 이 시를 기억해주세요. 이것이 내가 쓴 시예요.

> 난 당신을 헐벗게 했어요, 내 사랑하는 사람.
> 난 가까이 있을 때 당신에게서 멀리 있어요.
> 난 당신을 풍요롭게 했어요, 내 소중한 사람.
> 우리가 멀리 떨어져 있을 때 난 가까이 있어요.

이제 용기가 생겼어요. 당신은 아직 까맣게 모르는 비밀을 얘기할게요.

아른트, 난 폭풍이 몰아치던 크바세피오르 한가운데에 떠 있던 소피 호세빙켈 호에서 조금도 두렵지 않았어요.

크리스티안산 사람들은 날 헤로인이라고 불러요. 헤로인이란 위험을 보고 두려워하지만 그것에 맞서 싸우는 여자를 말하죠. 그런데 난, 난 위험을 보지 못했어요. 위험하다는 것을 깨닫지 못했어요.

오, 아른트, 바로 그 시간에 선량한 당신 아버지는 소피 호세빙켈 호가 걱정되어 안절부절못하셨죠. 퍼디넌드의 어머니는 아들이 걱정되어 몹시 떨고 계셨고요. 이제 난 깨달았어요. 사람이 두려움을 느끼는 것은 아름다운 일이라는 걸 분명히 알겠어요. 두려움을 느끼지 않는 사람은 철저히 고독하며 사람들과 섞일 수 없는 이방인이라는 사실도요. 난, 난 조금도 두렵지 않았어요.

왜냐하면 난 당신은 상상도 할 수 없는 것을 상상하고 믿었기 때문이에요. 이제 그것에 대해 얘기할게요. 난 그 폭풍이 내가 출연할 예정이고 이미 수백 번도 더 외운 연극 〈템페스트〉 속의 폭풍이라고 생각했어요. 연극에서 난 하늘을 나는 정령 에어리얼이고, 위대한 마법사 푸로스퍼로를 주인으로 모셔요. 그날 밤 소피 호세빙켈 호가 침몰하면 난 내 날개로 배에서 날아갈 수 있을 줄 알았어요. 선원들이 "이젠 끝장이야!"라고 외치는 소리를 들었을 때, 난 그것이 연극 1막에서 배의 조난을 알리는 소리라고 생각했어요. 그리고 선원들이 완전히 좌절하며 "하늘이여, 자비를 베푸소서"라고 외쳤을 때도 그걸 극중 대사로 알아들었어요. 오, 하느님, 제게 자비를 베푸시길. 난 폭풍 속에서 사람들을 보며 큰 소리로 웃었어요.

사람들은 내가 그날 밤 가엾은 퍼디넌드의 이름을 수차례 불렀다고 말하죠. 하지만 그것도 마찬가지예요. 연극에 나오는 왕자의 이름이 퍼디넌드거든요. 그러니까 소피 호세빙켈 호에서 내가 퍼디넌드를 큰 소리로 부른 것은, 에어리얼이 폭풍의 함성 속에서 퍼디넌드 왕자를 부른 것이었어요.

이 연극에는 또 아름다운 섬이 나와요. 그 섬에는 온갖 아름다운 소리와 음악이 들리고, 결국 조난당한 사람들이 모두 그곳에서 구조돼요. 난 눈보라 속에서 그 섬이 멀지 않은 곳에 있으리라 생각했어요.

그래요, 이제 알겠죠. 당신이 날 붙잡을 수 없는 것도 이 때문이에요. 난 다른 곳에 있어야 할 사람이고 그곳으로 가야 해요. 당신이 과거의 일은 잊을 수도 있는 사람이란 걸 알아요. 하지만 당신과 나 사이에 있었던 일이 달라지는 건 아니에요. 굶주린 사람이 먹는 꿈을 꾸다가 깨어나서 더욱 배고파하고 목마른 사람이 마시는 꿈을 꾸다가 깨어나서 더욱 목말라하듯이.

당신이 나를 기억하도록 이 편지에 금화를 함께 넣을게요. 아버지가 물려주신 금화예요. 순금이죠.

편지를 봉하기 전에 한 시간 동안 조용히 앉아 있을게요. 그러면 내게는 당신에게 아직 아무것도 고백하지 않은 한 시간이 더 있는 셈이 돼요. 당신과 나 사이는 아직 끝나지 않은 게 될 테고요. 난 아직 당신의 연인이고, 당신과 결혼하기로 한 여자예요.

이제 한 시간이 다 지났어요. 그동안 난 두 가지를 생각했어요.

하나는 내가 배를 타고 이곳을 떠나면 크바세피오르에서처럼 폭풍을 만날 수도 있다는 것이에요. 하지만 이번에는 그것이 무대 위의 연극이 아니라 죽음이라는 걸 분명히 알 거예요. 그리고 침몰하는 마지막 순간, 나는 진정으로 당신의 사람이 될 수 있을 것 같아요. 파도의 고동이 심장의 고동을 삼키게 두는 것도 괜찮을 것 같아요. 그 순간 나는 "아른트, 당신을 만나고, 당신을 보았기에 나는 구원받았어요"라고 말할 거예요.

그리고 다른 한 가지. 만일 지금 계단을 올라오는 당신의 발소리가 들린다면, 그리고 당신이 내가 있는 이 방에 들어온다면! 계단을 오르는 당신의 발소리를 듣는 그 순간은 내 생애에서 가장 행복한 순간이 될 거예요. 나는 당신의 목을 두 팔로 안고 싶은 나머지 가슴이 미어져 울음을 터뜨릴 거예요! 정말이지 참을 수 없을 거예요!

그럼 안녕. 안녕. 안녕, 아른트.

이 세상에서는 당신을 저버리고 버림받았지만

죽어서는 영원히 당신을 따를,

말리가

불멸의 이야기

클레이 씨

1860년대 광둥에서 차茶 장사로 엄청난 재산을 모은 사람이 있었다. 그의 이름은 클레이였다.

클레이 씨는 마른 체구에 키가 크고 폐쇄적인 노인으로, 대체로 자신의 웅장한 집과 화려한 마차에 정좌한 채 혼자 조용히 지냈다.

광둥에 사는 유럽인 사이에서 그는 바늘로 찔러도 피 한 방울 나오지 않을 구두쇠로 통했다. 사람들은 그를 멀리했는데, 그는 그에 대해 실제로 알려진 어떤 나쁜 소문보다도 외모, 목소리, 태도로 악명이 높았다. 수없이 회자된 그에 관한 두세 가지 일화는 사람들의 일반적인 견해를 뒷받침해주었다. 그중 하나는 다음과 같다.

십오 년 전, 클레이 씨와 동업하다가 그와 싸운 뒤 독립한 프랑스인 상인이 있었다. 그는 새 사업을 시작했지만 투자에 운이 따르지 않아

파산하게 되었다. 그가 마지막으로 매달린 일은 항구에서 출항을 기다리는 쾌속선 테르모필레호로 차를 실어 나르는 것이었다. 그런데 그에게 300기니를 빌려주었던 클레이 씨가 그의 차를 압류해 테르모필레호에 실어 보냈고, 클레이 씨의 경쟁자는 결국 파산하고 말았다. 집도 잃고 빈털터리가 된 프랑스인은 가족과 함께 길거리에 나앉았다. 더이상 희망이 보이지 않은 그는 자살하고 말았다.

프랑스인 상인 뒤퐁은 능력 있고 친절한 사람이었으며, 사랑스러운 아내와 대가족을 이루어 살았다. 그는 친구들에게 언제나 유쾌하고 상냥했고, 바늘로 찔러도 피 한 방울 흘리지 않을 클레이 씨와는 정반대의 인물이었다. 사람들은 뒤퐁의 미망인을 위한 성금을 모았다. 하지만 광둥에 사는 프랑스인과 영국인 사이의 갈등 때문에 그다지 많이 모이지 않았다. 얼마 지나지 않아 미망인과 자식들은 사람들의 시야에서 사라졌다.

클레이 씨는 죽은 상인의 집을 인수했다. 공작새들이 활보하는 넓은 정원이 딸린 크고 아름다운 저택이었다. 클레이 씨는 지금 그 집에 살고 있다.

이 이야기는 세월이 흐르면서 살이 붙어 거의 전설이 되었다. 뒤퐁 씨는 죽기 전에 예쁘고 상냥한 아내와 똑똑한 어린 자식들을 한자리에 불러모았다고 한다. 그는 그 자리에서 이 모든 고난이 클레이 씨를 만난 순간부터 시작되었다고 못박으며, 언제 어디서건 다시는 클레이 씨의 얼굴도 쳐다보지 말라고 당부했다. 또한 자신이 무척이나 자랑스러워했던 집을 비워주기 직전에 집안에 있던 모든 예술품들을 불태우거나 부숴버렸다고 한다. 삶을 아름답게 빛내기 위해 만든 것은 그 어떤 것도 그 집의 새 주인과 함께 숨쉴 수 없다는 뜻이었다. 하지만 프랑스에서 가져온, 테두리를 도금한 긴 거울은 방마다 남겨두었다. 이제까지는 밝고 정다운 것만 비추었던 이 거울들을 통해 그 살인자가 집안 어디서나 교수형 집행자의 초상화를 보아야 하는 벌을 받도록 할 것이라면서.

그 집에 들어온 뒤로 클레이 씨는 거울에 비친 자신의 모습을 마주한 채 혼자 밥을 먹었다. 그의 삶에는 친분이라는 개념이 끼어들 틈이 없었기에 그가 자신의 친분관계가 부족하다는 것을 인식하는지 어떤지는 알 수 없었다. 자기 손에 달린 일이라면, 그는 늘 같은 식으로 처리할 것이다. 모든 일이 자기가 원하는 대로 되어야 했으니까. 클레이 씨는 갑부로서 거머쥔 자신의 힘을 점점 과신하게 되었다. 그것은 광둥의 다른 거물 상인들도 마찬가지였다. 그들은 클레이 씨처럼 자기 권력 밖의 세계는 무시하고 살았다.

클레이 씨는 나이 일흔에 통풍을 앓기 시작하면서 오랫동안 몸을 가누지 못했다. 밤에는 통증이 너무 심해 잠을 이루지 못했고, 그럴 때면 길고 긴 밤이 영원할 것만 같았다.

어느 늦은 밤, 클레이 씨의 젊은 직원이 자신이 수정한 회계장부 한 묶음을 가지고 찾아왔다. 침대에 누워 있던 노인은 젊은 직원이 하인들과 얘기하는 소리를 듣고 그를 불러 장부를 읽도록 했다. 이튿날 아침, 전날 밤이 다른 때보다 빨리 지나간 것을 깨달은 노인은 직원에게 다음날에도 장부를 가져와 읽도록 했다.

그때부터 젊은 직원은 밤 아홉시면 크고 화려한 가구가 들어선 침실에 어김없이 나타났다. 그리고 늙은 사장의 침대 옆에 앉아 촛불을 켜고 사업상 오간 청구서와 계약서와 견적서들을 읽었다. 직원의 낭랑한 목소리는 날이 밝으면서 조금씩 쉬곤 했다. 젊은 시절에는 귀가 밝았지만 이제는 청력이 예전만 못한 클레이 씨는 그의 쉰 목소리가 신경에 거슬렸다. 그는 직원에게 이 일을 하는 대가로 돈을 주겠다며, 잘못하면 그를 해고하고 다른 사람을 채용할 것이라고 말했다.

회사에서 현재 사용하는 장부를 다 읽고 나자 노인은 한숨을 쉬며 고개를 돌렸다. 직원은 곰곰이 생각한 뒤 장부함에서 오 년, 십 년, 십오 년 된 장부들을 꺼내왔다. 그리고 밤새도록 그 장부의 글자를 하나도 빠짐없이 읽어내려갔다. 클레이 씨는 귀기울여 들었다. 지나간 계획과 성과들이 떠올랐다. 하지만 밤은 길었고, 지난 장부들도 다 읽어서 이제는 읽은 것을 다시 읽어야 할 때가 되었다.

어느 날 아침, 직원이 이십 년 전의 거래장부를 세 차례 읽고 난 뒤 돌아가려고 일어서는 참이었다. 클레이 씨가 그를 붙들었다. 뭔가 할 말이 있는 듯했다. 이 직원에게 사장의 생각은 언제나 중요했다. 직원은 노인이 하고 싶은 말을 생각해내도록 기다리며 잠자코 있었다.

한참 뒤 클레이 씨는 스스로 겸연쩍고 미심쩍어하며 혹시 다른 종류의 책에 대해 들어봤느냐고 물었다. 다른 종류의 책에 대해 아는 것이 없는 직원은 들어보지 못했다고 대답했다. 그리고 어떤 책을 말하는 건지 알려주면 찾아보겠다고 했다. 클레이 씨는 여전히 망설이며 자신이 생각하는 책은 사업이나 거래의 장부가 아니라 다른 사람들도 읽는 책이라고 말했다. 직원은 곰곰이 생각한 뒤 그런 책은 들어본 적이 없다고 대답했다. 둘의 대화는 거기서 그치고 직원은 자리에서 일어났다. 그는 집으로 돌아가는 내내 클레이 씨가 한 말을 생각했다. 그는 클레이 씨가 내키지 않으면서도, 어쩌면 겸연쩍고 수치심까지 느끼면서도 그런 말을 꺼낸 이유가 있을 거라고 생각했다. 만일 이 직원이 수치심이라는 감정을 아는 사람이었다면 사장이 잠깐 체통을 지키지 못한 것을 그러려니 하고 넘겨버리거나 잊어버렸을지도 모른다. 그러나 그는 수치심이 무엇인지 몰랐다. 그는 이 문제를 곰곰이 생각했다. 노인이 뭔가 원한다는 것은 분명히 나약함의 징조였다. 어쩌면 죽음의 징조일지도 모른다. 그는 그 일이 자신에게 미칠 영향을 곰곰이 생각했다.

엘리샤마

클레이 씨에게 장부를 읽어준 젊은 직원은 회사 동료들에게 엘리스 루이스라고 불리는 사람이었다. 하지만 그건 그의 본명이 아니었다. 그의 이름은 원래 엘리샤마 레빈스키였다. 그가 이름을 바꾼 건 그 당시 중국으로 이민 간 다른 사람들처럼 불법 이민이나 범죄를 은닉하기 위해서가 아니었다. 그는 자신이 당한 범죄를 지워버리기 위해, 과거의 시련들을 잊기 위해 새로 이름을 지었다.

그는 폴란드에서 태어난 유대인이었다. 그가 여섯 살쯤이던 1848년 그의 동족은 대학살을 당했다. 그는 겨우 피난한 다른 유대인들의 처량한 짐꾸러미 틈에 실려서 목숨을 건졌다. 그뒤로는 별 쓸모없는 작은 소포처럼 이리저리 실려다녔다. 사람들은 그를 벽 앞에 세워두고 잊어버리는가 싶더니, 어느 날 아예 툭 던져놓고 가버렸다.

길 잃은 외로운 아이는 오로지 우연의 손길이 이끄는 대로 프랑크푸

르트, 암스테르담, 런던, 리스본을 돌아다니며 온갖 고초를 겪었다. 그리하여 그의 어두운 내면 깊은 곳에는 다시 입에 올리고 싶지 않고 기억하고 싶지도 않은 과거의 일들이 깊은 바닷속에서 헤엄치는 큰 물고기처럼 여전히 꿈틀거리고 있었다.

우연의 손길이 런던에서 그를 명석한 이탈리아인 회계장부 담당자에게 안내해주었다. 그는 소년에게 글을 가르쳤다. 그리고 죽기 전에 남들이 십 년 걸려 배워야 할 복식부기법을 일 년 만에 그에게 전수했다. 그후 소년은 또다시 동쪽으로 흘러들어갔고, 마침내 광둥에 있는 클레이 씨 회사에 정착하게 되었다. 여기서 그는 삶이라는 숫돌로 날카롭게 갈아 날을 세운 연장처럼 책상에 붙어앉아 눈과 귀의 심지를 뾰족이 세우고 하루하루를 보냈다. 그에게는 세상이나 인간성에 대한 환상이라곤 눈곱만큼도 없었다.

이런 사람이라면 출세를 했을 수도 있고, 경우에 따라서는 상대하기에 매우 위험한 인물이 됐을 수도 있다. 하지만 이상하게도 엘리샤마는 어느 쪽도 되지 않았다. 이 청년의 정신세계에는 야망이라는 것이 아예 없었기 때문이다. 그에게 있었던 욕망은 글을 배우기 전에 이미 어떤 방식으로든 다 빠져나갔다. 그는 겉으로 보기에 아주 평범한 젊은이였다. 작고 마르고 까무잡잡한 피부에 뭔가를 감춘 듯한 갈색 눈을 지녔으며, 어느 나라의 시민이라 해도 통할 얼굴이었다. 하지만 정신적으로는 젊은이가 아니라 애늙은이나 나이 많은 노인 같았다. 그에게는 부드러움이나 충만함, 사랑이나 모험에 대한 갈망, 경쟁심, 두려움, 투지 따위가 없었다. 겉으로나 안으로나 그는 일종의 벌레, 신발 뒷굽으로 찍어도 뭉개기 어려운 개미 같았다.

그에게 단 하나 정열이라고 할 만한 것이 있다면, 안전함과 혼자 있는 것에 대한 무서울 정도의 집착이었다. 이러한 감정은 향수鄕愁나 집을 찾아가는 비둘기의 본능과 흡사했다. 그의 영혼이 갈구하는 것은 오로지 한 가지, 벽장에 들어가 문을 닫아걸고 안심하는 것, 아무에게도 쫓기거나 방해받지 않는 것이었다.

그가 문을 닫아걸고 들어가는 벽장은 소박한 장소로, 좁은 골목에 위치한 작고 어두운 방이었다. 그는 집주인에게 빌린 낡은 소파에 누워 잠을 잤다. 그 방에는 그의 물건이 몇 개 있었다. 잉크 얼룩이 묻은 페인트칠을 한 탁자와 의자 두 개, 궤짝 하나였다. 그는 밤이 오면 때로 작은 초를 켜놓고 누워서 자신의 물건들을 바라보곤 했다. 그러고 있노라면 마치 그 물건들이 세상은 아직 꽤 안전한 곳이라고 말하는 것 같았다. 또 그는 밤에 숫자를 나열하면서 위안을 얻기도 했다. 10, 20, 7000. 그는 숫자들이 그대로 있는 것을 확인하고는 잠에 들었다.

세상의 물건들을 혐오하는 엘리샤마는 평생을 하루도 빠놓지 않고 아침부터 저녁까지 탐욕스러운 사람들의 틈바구니에서 지내왔다. 어찌 보면 그것은 당연한 일이었다. 그는 주변 사람들의 세세한 감정까지 잘 파악했고, 그것들을 인정했다. 사실 그런 감정들이 있었기에 문을 닫아걸 벽장도 존재할 수 있었다. 만일 금과 권력을 차지하려는 치열한 발버둥이 이 세상에서 사라진다면 방이나 벽장문이 있을 자리도 사라질 것이다. 그래서 그는 자신의 재능을 이용해 주변 사람들의 야심과 욕심을 부채질하고 부추겼다. 특히 클레이 씨의 야심과 욕심을 부채질하고 그를 주의깊게 관찰했다.

야밤의 장부 읽기가 시작되기 전부터 클레이 씨와 엘리샤마 사이에는 어떤 관계가 형성되어 있었다. 물론 그건 두 사람 모두에게 보기 드문 일이었다. 그들의 관계는 클레이 씨에게 말馬을 구매하는 사람들이 그를 속이고 있다는 사실을 엘리샤마가 알려주었을 때부터 시작되었다. 엘리샤마의 조상 가운데는 폴란드의 왕자들과 거물들에게 말을 팔던 사람이 있었다. 말에 관한 조상의 지식은 광둥의 젊은 회계장부 담당자의 피에도 전해졌다. 엘리샤마 자신은 절대로 말에 욕심을 부릴 인물이 아니었지만, 대신 그는 마차와 말에 대한 클레이 씨의 허영심을 부추겼다. 이 또한 결국 자신의 안전을 위한 것이었다. 한편 젊은이의 안목과 판단력에 내심 놀란 클레이 씨는 그에게 말의 관리를 맡겼다. 젊은이는 그를 실망시키지 않았다. 두 사람은 그 외에 직접 접촉할 일이 없었지만, 클레이 씨는 오랫동안 자신을 지켜보고 있던 엘리샤마의 존재를 비로소 깨닫게 되었다.

두 사람의 관계는 독특했다. 둘은 서로에 대해 다른 사람에게 얘기하지 않는 것처럼 보였다. 이는 노인에게도 젊은이에게도 평상시와 다른 행동이었다. 그간 클레이 씨는 관리인들 앞에서 젊은 직원들을 못미더워하는 말을 하곤 했고, 독설가인 엘리샤마는 광둥의 크고 작은 상인들에 대해 날카로운 지적을 했는데, 그 이야기들은 물류창고와 사무실에 소문처럼 퍼졌다. 이렇게 주인과 종은 서로 등을 맞댄 채 세상을 향하고 있는 것처럼 보였고, 실은 알게 모르게 아버지와 아들처럼 행동하고 있었다.

지금 엘리샤마는 자기 방에서 클레이 씨에 대해 생각하고 있었다. 그는 클레이 씨가 생각보다 어리석은 사람이라고 판단했다. 잠시 후 그는 차를 끓이기 위해 일어났다. 야밤의 장부 읽기를 끝내고 돌아와 그가 누리는 유일한 여유는 차를 마시는 것이었다. 차를 마시는 동안 그의 생각은 다른 방향으로 흐르기 시작했다. 엘리샤마는 클레이 씨의 질문을 진지하게 생각해봤다. 클레이 씨가 물어본 그런 책들이 실제로 존재할 것 같기도 했다. 엘리샤마는 클레이 씨가 원하는 것을 찾아다주는 일에 익숙했다. 만일 그런 책이 존재한다면 그것들을 찾아나설 것이며, 아주 희귀한 책들이라고 해도 어떻게든 찾아낼 것이다.

엘리샤마는 한참 동안 턱을 괴고 앉아 있다가 일어서서 방 한구석에 놓아둔 궤짝으로 갔다. 그리고 그 안에서 조그마한 빨간 상자를 꺼냈다. 그가 처음 광둥에 올 때 지녔던 물건을 전부 보관해둔 상자였다. 그는 상자 속을 꼼꼼히 살피다가 작은 비단 주머니에 접어 넣어둔 노랗게 바랜 종이를 꺼냈다. 그리고 탁자의 촛불에 비춰 거기에 적힌 것을 읽었다.

이사야의 예언

폴란드에서 탈출할 때 엘리샤마를 데리고 나온 유대인 중에 매우 나이가 많은 노인이 있었다. 결국 피난길에서 숨을 거둔 그 노인은 죽기 전에 종이쪽지가 든 빨간 주머니를 꼬마에게 주었다. 그 시절 엘리샤마는 옷을 벗을 일이 거의 없었기 때문에 몇 년 동안이나 그 주머니를 목에 걸고 다녔다. 그러나 그때는 글을 읽을 줄 몰랐으므로 종이에 무엇이 적혀 있는지 알 수 없었다.

런던에서 글을 배운 엘리샤마는 사람들이 글을 중요하게 여긴다는 것을 알게 되자 그 종이를 꺼내봤다. 그리고 거기에 적힌 것이 자기가 배운 것과는 다른 문자라는 걸 알게 되었다. 그의 주인은 가끔 그를 어둠침침하고 불결한 전당포에 심부름 보냈는데, 그 전당포의 주인이 한때 성직자였다. 엘리샤마는 지니고 있던 종이를 그에게 가져가 거기 적힌 것이 무엇인지 물었다. 이렇게 해서 그 글이 히브리어임을 알게 된 엘리샤마는 전당포 주인에게 3펜스를 주기로 하고 번역을 부탁했다. 종이쪽지를 다 읽은 노인은 그것이 어떤 내용인지 알아챘다. 그는 성경에서 그 부분을 찾아 영어로 적어주고 엄숙한 표정으로 3펜스를 받았다. 엘리샤마는 그때부터 자기의 조그만 빨간 주머니에 원래의 종이와 번역한 글을 같이 보관했다.

엘리샤마는 이제 클레이 씨를 돕기 위해 상자에서 주머니를 꺼냈다. 주머니는 어둡고 무서운 과거와 아련한 옛 친구의 기억을 불러일으키기 때문에 웬만하면 꺼내지 않았을 것이다. 엘리샤마는 클레이 씨와 마찬가지로 친구를 원치 않았다. 그에게 친구란 고통 속에 죽어간 사람들이었고, 친구라는 말 자체가 이별, 상실, 눈물, 그리고 피를 의미했기 때문이다.

며칠 뒤, 엘리샤마가 장부를 다 읽고 나자 클레이 씨가 헛기침하며 그를 보내려는 참에 그가 호주머니에서 작고 더러운 종이 한 장을 꺼내더니 말했다. "사장님, 읽어드릴 것이 있습니다." 클레이 씨의 생기 없는 눈이 그의 얼굴을 향했다. 엘리샤마는 읽기 시작했다.

"메마른 땅과 사막아, 기뻐하여라. 황무지야, 내 기쁨을 꽃피워라. 아네모네처럼 활짝 피워라. 기뻐 뛰며 환성을 올려라. 황무지도 레바논의 영광으로 빛나고……"*

"그건 뭔가?" 클레이 씨가 화난 듯 물었다.

엘리샤마는 종이를 내려놓았다. "사장님, 이건 사장님께서 부탁하신 것입니다. 회계장부 외에 사람들의 생각에서 나온 것을 적은 글 말입니다." 엘리샤마는 계속 읽었다.

"카르멜과 샤론처럼 아름다워져 사람들이 야훼의 영광을 보리라. 우리 하느님의 영광을 보리라. 늘어진 두 팔에 힘을 주어라. 휘청거리는 두 무릎을 꼿꼿이 세워라. 겁에 질린 자들을 격려하여라."**

"뭔가? 어디서 구했나?" 클레이 씨가 다시 물었다.

엘리샤마는 손을 들어 조용히 하라는 신호를 보내며 계속 읽어내려갔다.

"용기를 내어라. 무서워하지 마라. 너희의 하느님께서 원수 갚으러 오신다. 하느님께서 오시어 보복하시고 너희를 구원하신다. 그때에 소경은 눈을 뜨고 귀머거리는 귀가 열리리라. 그때에 절름발이는 사슴처럼 기뻐 뛰며 벙어리도 혀가 풀려 노래하리라. 사막에 샘이 터지고 황무지에 냇물이 흐르리라. 뜨겁게 타오르던 땅은 늪이 되고 메마른 곳은 샘터가 되며 승냥이가 살던 곳

---

* 구약성서 「이사야」 35장 1~2절.

** 「이사야」 35장 2~4절.

에 갈대와 왕골이 무성하리라."*

엘리샤마는 그쯤에서 종이를 내려놓고 앞을 똑바로 쳐다보았다.

클레이 씨는 천식이 있는 사람처럼 숨을 헐떡였다. "그게 다 뭔가?"

"말씀드렸잖습니까. 어떤 사람이 생각한 것을 쓴 글입니다."

"실제로 그렇게 되었나?"

"아닙니다." 엘리샤마는 깊은 경멸을 담아 대답했다.

"지금 있는 일인가?"

"아닙니다." 엘리샤마는 역시 경멸하는 투로 대답했다.

잠시 후 클레이 씨가 말했다. "도대체 그것을 쓴 사람이 누군가?"

엘리샤마는 클레이 씨를 바라보며 말했다. "예언자 이사야입니다."

"누구라고? 예언자? 허! 예언자란 게 도대체 뭐하는 사람인가?" 클레이 씨가 쏘아붙이듯 물었다.

"앞으로 일어날 일을 말하는 사람입니다."

"그렇다면 그것들이 다 이루어져야 하잖아!" 클레이 씨는 빈정거리는 투로 말했다.

엘리샤마는 예언자 이사야를 부정하고 싶지 않아 이렇게 대답했다. "그렇습니다만, 아직 이루어지지 않았습니다."

한참 뒤에 클레이 씨가 말했다. "절름발이에 대한 부분을 다시 읽어보게."

"절름발이는 사슴처럼 기뻐 뛰며."

---

* 「이사야」 35장 4~7절.

잠시 후 클레이 씨가 다시 말했다. "휘청거리는 사람 이야기도 다시 읽어보게."

"두 무릎을 꼿꼿이 세워라."

"귀머거리 이야기도."

"귀머거리는 귀가 열리리라."

한참 동안 침묵이 흘렀다. "이런 것들을 실현하려고 뭔가를 하는 사람이 있나?"

"없습니다." 엘리샤마는 더욱 깊은 경멸을 느끼며 말했다.

또 한번의 침묵이 흐른 뒤 클레이 씨가 말을 꺼냈다. 엘리샤마는 그의 목소리를 듣고 이제 그에게서 잠이 완전히 달아났다는 것을 알아차렸다.

"처음부터 다시 한번 읽어보게." 클레이 씨가 명령조로 말했다.

엘리샤마는 그렇게 했다. 글을 다 읽자 클레이 씨가 다시 물었다. "예언자 이사야는 언제 적 사람인가?"

"잘 모르겠습니다, 사장님. 아마 한 천 년 전쯤 될 겁니다."

이때 클레이 씨는 무릎이 몹시 쑤셨다. 자신이 노쇠했고 다리를 전다는 사실이 뼈저리게 느껴졌다.

그가 못박았다. "천 년 안에도 일어나지 않을 일을 예언하는 건 어리석은 짓이야." 그는 천천히 덧붙였다. "이미 일어난 일을 기록해야지."

엘리샤마가 천천히 물었다. "회계장부들을 다시 꺼내 읽을까요?"

한참 동안 침묵이 흘렀다.

"아니, 아니네. 회계장부 말고도 이미 일어난 일을 기록한 것이 있어. 그런 기록을 뭐라고 하는지 알아. 이야기라고 하지. 전에 이야기

하나를 들은 적이 있어. 떠올려볼 테니 방해하지 말게."

또다시 긴 침묵이 흐른 후 그가 입을 열었다. "스무 살 때였네. 영국에서 배를 타고 중국으로 향하고 있었어. 희망봉에 배를 대기 전날 밤에 이 이야기를 들었지. 이제 똑똑히 기억나는군. 훈훈한 밤이었어. 바다는 잠잠하고 보름달이 떠 있었지. 배 뒤편에 혼자 앉아 있는데 선원 세 명이 올라와서 갑판에 앉더군. 거리가 가까워서 나는 그 사람들이 하는 이야기를 다 들을 수 있었어. 하지만 그들은 나를 보지 못했지. 그중 한 명이 다른 선원들에게 이야기를 하나 들려주더군. 자기가 겪은 일이라고 했어. 나는 그걸 처음부터 끝까지 다 들었지. 지금부터 자네에게 그 이야기를 해주겠네."

이야기

클레이 씨는 이야기를 시작했다. "그 선원이 탄 배가 어느 큰 도시에 도착했다더군. 어느 도시였는지는 기억나지 않지만 그건 중요한 게 아니야. 그가 혼자 부둣가를 걷는데 고급스러운 마차가 다가오더니 늙은 신사가 내리더래. 그 신사가 선원에게 말했어. '잘생긴 뱃사람이군. 자네 오늘밤 5기니를 벌지 않겠나?'"

클레이 씨는 이야기에 너무 서툴렀다. 밝은 대낮이었다면 그나마 이만큼도 하지 못할 것 같았다. 그는 애써 이야기를 계속했다. "'자네 오늘밤 5기니를 벌지 않겠나?'"

엘리샤마는 그쯤에서 이사야의 글을 비단 주머니에 다시 담아 호주머니에 집어넣었다.

"선원은 당연히 좋다고 대답했지. 그러자 부유한 신사는 자기와 같이 가자면서 선원을 마차에 태웠어. 마차는 도시를 약간 벗어난 곳에 있는 신사의 으리으리하고 멋진 집으로 향했네. 집안에 있는 물건도 모두 멋들어지고 훌륭한 것들뿐이었지. 선원은 세상에 그런 호화로운 것들이 있으리라고는 상상도 못해봤어. 그처럼 가난한 청년이 진짜 부잣집에 들어갈 일이 어디 있었겠나? 신사는 청년에게 진수성찬에 비싼 포도주를 대접했어. 선원은 그날 자기가 먹고 마신 것들의 이름을 하나하나 늘어놓았지. 지금은 그 사람이 먹었다는 음식이나 포도주의 이름은 다 잊어버렸네. 저녁식사가 끝나자 신사가 선원에게 말했어. '보다시피 난 아주 부자네. 이 도시에서 제일가는 갑부지. 하지만 이제 늙었어. 살날이 얼마 안 남았단 말일세. 그런데 내가 평생 모아놓은 재산을 물려받을 사람들이 싫어. 믿을 수도 없고. 삼 년 전에 젊은 아내를 얻었지만 자식이 없으니 그마저 소용없어.'"

클레이 씨는 생각을 정리하기 위해 잠깐 멈추었다.

그때 엘리샤마가 말했다. "허락하신다면 제가 그 이야기를 계속해 보겠습니다."

"무슨 이야기를?" 자기 얘기에 끼어든 것에 화가 난 클레이 씨가 버럭 소리를 질렀다.

"사장님께서 허락하신다면 제가 나머지 이야기를 해드리겠습니다. 들으시겠다면 말입니다."

클레이 씨가 아무런 대꾸도 하지 못하자 엘리샤마는 이야기를 이어 나갔다.

"그 노신사는 선원을 한 침실로 데려갔습니다. 그 방에는 순금으로 만든 촛대가 오른쪽과 왼쪽에 각각 다섯 개씩 놓였고요. 그렇죠, 사장님? 벽에는 야자수 그림이 조각되어 있었습니다. 그리고 침대가 있었죠. 침대 앞에는 금으로 만든 발이 칸막이처럼 늘어뜨려져 있고, 침대에는 여자가 누워 있었어요. 노신사는 여자에게 말했습니다. '내가 뭘 원하는지 알 거요. 최선을 다해주오.' 그러고는 지갑에서 금화 하나를 꺼냈습니다. 5기니짜리 금화였죠. 그는 그것을 선원에게 주고 방을 나갔습니다. 선원은 그 여자와 밤을 보냈고요. 날이 밝자 하인이 그를 밖으로 내보냈고, 그는 자기 배로 돌아갔습니다. 이 이야기 아닌가요, 사장님?"

클레이 씨는 잠깐 동안 엘리샤마를 빤히 쳐다보다가 입을 열었다. "자네가 그 이야기를 어떻게 아나? 자네도 희망봉 부근을 항해했던 그 배의 선원을 만났나? 지금쯤 노인이 되었을 텐데. 그리고 그건 그 사람이 아주 오래전에 겪은 일이고."

"사장님, 배에 같이 탔던 선원이 겪었다고 사장님께서 믿으시는 그 이야기는 말입니다, 실은 아무에게도 일어나지 않은 이야기입니다. 선원이라면 누구나 아는 이야기이고 하나같이 그 이야기를 하고 다니죠. 자기에게 그런 일이 일어났으면 하고 바라기 때문에 실제로 있었던 일처럼 말하는 겁니다. 하지만 실제로 일어난 일이 아닙니다. 이야기를 듣는 선원들은 저마다 그 내용을 사실처럼 말하는 것을 좋아하고 사실처럼 말하기를 기대합니다. 이야기를 하는 사람이 내용을 약간 바꾸거나 몇 가지를 덧붙일 수도 있겠죠. 예를 들어 그 여자가 어떻게 생겼으며, 밤에 그 여자와 어떻게 사랑을 나눴는가 하는 것들 말입니다. 하지만 큰 줄거리는 언제나 같답니다."

노인은 침대에 누워 한마디도 하지 않다가 분노와 실망이 섞인 쉰 목소리로 물었다. "자네가 어떻게 아나?"

"말씀드리죠. 사장님께서는 배를 한 번밖에 안 타보셨죠? 여기 중국에 오실 때 말입니다. 그래서 그 이야기도 한 번밖에 못 들으신 겁니다. 저는 배를 많이 타봤습니다. 처음 탄 건 그레이브젠드에서 리스본으로 가는 배였는데, 그때 한 선원이 오늘밤 사장님께서 하신 이야기를 해주었습니다. 그때 저는 매우 어려서 그 이야기를 거의 믿었지만 완전히는 아니었죠. 그다음에는 리스본에서 희망봉으로 가는 배를 탔는데, 그 배에도 같은 이야기를 하는 선원이 있었습니다. 그후 싱가포르에 갈 때도 또다른 선원에게서 그 이야기를 들었죠. 세상 모든 선원이 다 그 이야기를 하고 다녔던 겁니다. 토씨 하나 바꾸지 않고 똑같은 이야기를요. 하지만 선원들은 누군가 그 이야기를 꺼내면 그때마다 즐거워하며 귀를 기울이죠."

"사실이 아닌 이야기를 왜 하는 거지?"

엘리샤마는 곰곰이 생각하고는 대답했다. "원하시면 설명해드리죠. 사람들은 말입니다, 어떤 면에서는 다 똑같습니다.

새로운 사업계획안을 발표하면서 주주를 모집할 때, 계획안상으로는 주주들에게 백 퍼센트, 이백 퍼센트의 수익을 보장한다고들 합니다. 그런 수익은 발생하지 않을 것이고, 사람들도 그것을 잘 압니다. 그렇지만 사람들은 주식이 발행될 때 그런 숫자들을 확인하죠. 그런 숫자가 없다면 그 사업에 관심도 가지지 않을 겁니다.

제가 읽어드린 예언도 마찬가집니다, 사장님. 그 예언을 한 예언자 이사야는 비가 거의 오지 않는 나라에 살았을 겁니다. 그렇기에 뜨겁게 타오르던 땅이 늪이 되리라고 말하는 겁니다. 땅이 거의 마를 날이 없는 영국에서는 사람들이 그런 이야기를 쓰거나 읽을 생각을 하지 않을 테죠.

사장님, 이 이야기를 즐기는 선원들은 가난하고 바다에서 외롭게 지내는 자들입니다. 그렇기에 부잣집과 아름다운 여자 이야기를 하는 겁니다. 하지만 선원들이 하는 이야기가 실제로 일어난 적은 없죠."

클레이 씨가 말했다. "그 선원은 자기가 5기니를 손에 쥐었고, 그 무게와 차가운 금의 감촉도 느꼈다고 말했어."

"네, 사장님. 그가 왜 다른 선원들에게 그렇게 말했는지 아십니까? 자신이나 다른 선원들에게 그런 일이 일어나지 않으리라는 걸 알기 때문입니다. 실제로 그런 일이 일어날 거라고 믿는다면 그 이야기를 하지 않을 겁니다. 선원들은 육지에 도착하면 거리의 여자를 삽니다. 때로는 10실링에, 때로는 5실링에, 때로는 단돈 2실링에 여자를 데리고 가죠. 그런 여자들은 젊지도 예쁘지도 돈이 많지도 않습니다. 그런 일이 일어날 것 같진 않지만, 어느 여자가 아무 대가 없이 선원과 하룻밤을 보낼 수도 있을 겁니다. 하지만 그렇더라도 선원은 그런 이야기는 하지 않을 겁니다. 멀찍이서 바라만 보고 말도 붙여본 적 없을 젊고 아름답고 돈 많은 여인이 자기와 함께 시간을 보내고 5기니를 주었다고 얘기할 테죠. 사장님, 이 이야기에서 하룻밤의 대가는 언제나 5기니입니다. 수요와 공급의 법칙을 무시하는 것이죠. 그런 일은 일어나지 않았고 앞으로도 없을 겁니다. 그렇기에 이 이야기를 하는 겁니다."

그 순간 클레이 씨는 불쾌하고 머릿속이 복잡한데다 화가 난 나머지 아무 말도 할 수 없었다. 그는 직원인 엘리샤마가 자신의 약점을 가지고 놀면서 권위에 도전하는 것 같아 화가 났다. 한편으로는 예언자 이사야 때문에 불쾌하고 머릿속이 복잡했다. 이사야는 그의 세계와 그의 존재 자체를 뭉개려 하고 있었다. 마치 엘리샤마와 이사야가 손을 잡고 그와 맞서는 것 같았다. 잠시 후 클레이 씨가 입을 열었다.

쉬어서 거친 목소리였지만 회사에서 지시를 내릴 때처럼 단호했다.

"만일 이 이야기가 실제로 일어난 적 없는 일이라면, 이제 내가 그 일이 일어나도록 하겠네. 난 허위도 싫고 예언도 싫어. 비현실적인 일을 머릿속에 담는 건 비도덕적이고 정신 나간 짓이야. 난 사실이 좋아. 이 환상을 사실로 만들겠네."

이렇게 말하고 나자 노인은 마음이 다소 가벼워졌다. 그는 자신이 엘리샤마와 예언자 이사야를 앞선 것 같았다. 이제 그들에게 자신의 전능함을 증명해 보일 것이다.

"이 이야기는 실현될 거야. 그 일을 실제로 경험한 선원이 처음부터 끝까지 하나도 빠짐없이 모두 그 이야기를 하게 될 걸세."

아침이 되어 집으로 걸어 돌아가면서 엘리샤마는 혼자 중얼거렸다.

"노인네가 정신이 이상해진 거야. 아니면 죽을 날이 가까워졌거나. 그렇지 않다면 오늘밤 자기가 한 말을 내일이면 후회하고 없었던 걸로 하고 싶을 거야. 그 이야기는 다시 꺼내지 않는 게 좋겠어."

하지만 클레이 씨는 후회하지 않았다. 그의 머릿속은 온통 그날 밤 얘기한 계획으로 가득차 있었다. 계획의 핵심은 그에게 도전하는 자들과 그 자신의 힘겨루기였다. 다음날 밤 시계가 자정을 알릴 때 그는 엘리샤마에게 다시 그 이야기를 꺼냈다.

"자네는 내가 더이상 원하는 일을 할 수 없을 거라고 생각하나?"

이번에 엘리샤마는 클레이 씨에게 한마디도 반박하지 않았다. "아닙니다, 사장님. 사장님께서는 뭐든 하실 수 있을 거라고 생각합니다."

"내가 어젯밤에 들려준 이야기가 현실의 실제 인물에게 일어나도록 하고 싶어."

"제가 처리하겠습니다, 사장님. 장소는 어디로 하시겠습니까?"

"여기로 하겠네." 그는 크고 화려한 자신의 침실을 자랑스럽게 둘러보며 말을 이었다. "내 집에서 말일세. 내가 있는 자리에서. 내 눈으로 똑똑히 지켜볼 걸세. 부둣가에서 직접 선원을 고르고, 내 집에서 그와 함께 저녁을 먹을 거야."

"알겠습니다. 그러면 언제, 누구를 대상으로 하시겠습니까?"

"서둘러야 돼." 클레이 씨는 잠시 입을 다물었다가 다시 말했다. "서둘러야 돼. 오늘밤 몸이 좋아진 것 같으니 일주일은 충분히 버틸 수 있을 거야."

"그러면 일주일 내로 모두 준비하겠습니다."

잠시 후 클레이 씨가 말했다. "돈이 들 거야. 하지만 얼마가 들든 상관없네."

노인의 말에서 냉정함과 고독함이 풍겼다. 마치 무덤에서 새어나오는 소리 같았다. 하지만 무덤을 편하게 느끼는 그는 그 어느 때보다 사장이 가깝게 느껴졌다.

"네, 돈이 좀 들 겁니다. 아시다시피 이야기에는 젊은 여자가 나오니까요."

"그렇지, 여자. 쌔고 쌘 게 여자 아닌가. 젊은 여자는 언제든지 살 수 있어. 별로 돈이 들 일도 아니야."

"아닙니다, 사장님. 돈을 들여야 할 일입니다. 이 마을의 여자라면 선원이 알아볼 겁니다. 그러면 이 이야기를 믿지 않을 거고요."

클레이 씨는 툴툴댔다.

"젊은 아가씨를 구하기는 힘들 것 같습니다." 엘리샤마가 말했다.

"자네에게 이 일에 대한 대가를 지불하겠네. 여자를 찾는 것도 자네가 책임지게."

"한번 생각해보겠습니다."

하지만 엘리샤마는 대화 도중에 이미 생각하고 있었다.

앞에서도 말했지만 엘리샤마는 복식부기에 능했다. 그는 세상의 눈으로 클레이 씨를 보았다. 세상이 그의 계획을 안다면 틀림없이 그를 미친 사람 취급할 것이었다. 엘리샤마는 자신의 눈으로도 클레이 씨를 보았다. 엘리샤마의 눈에 사장, 그리고 차 사업이나 다른 사업을 하는 사장 친구들은 항상 미친 사람처럼 보였다. 이미 무덤에 한쪽 발을 들여놓은 거나 다름없는 노인이 그 이야기를 좇는 것이 돈을 좇는 것보다 더 미친 짓인지 아닌지 판단할 수 없었다. 개인이 세상과 맞설 때 엘리샤마는 늘 개인의 편이었다. 개인이 아무리 정신이 나간다 한

들 세상만큼 손쓸 수 없을 정도로 부조리하지는 않을 터였기 때문이다. 그는 클레이 씨 집을 다시금 나서면서 지금 이 순간부터 자신이 주인에게 아주 중요한 존재이며, 주인에게서 원하는 것은 무엇이든 빼낼 수 있다는 걸 깨달았다. 이런 상황을 이용할 생각은 아니었지만 그는 그 사실이 즐거웠다.

클레이 씨의 사무실에는 찰리 심프슨이라는 젊은 경리가 있었다. 야심이 많은 그는 클레이 씨 같은 큰 갑부가 되겠다는 결심을 다지고 있었다. 건장한 체구에 혈색 좋은 이 젊은이는 자기가 엘리샤마의 유일한 친구라고 생각하며 선심 쓰듯 그에게 친근하게 대했다. 요즘 들어서는 속을 터놓을 정도로 엘리샤마를 신뢰했다.

찰리에게는 비르지니라는 정부情婦가 있었다. 찰리는 친구에게 그녀가 가문 좋은 프랑스 여자인데 정에 약한 성격 탓에 인생을 망치고 이제는 열정 하나로 살고 있다고 말했다. 비르지니는 프랑스제 숄을 갖고 싶어했다. 그녀의 애인은 그녀에게 숄을 선물하고 싶었지만, 상점에서 숄을 사는 모습을 누군가 보고 영국에 있는 자기 아버지에게 알릴까봐 걱정했다. 엘리샤마가 비르지니의 집으로 숄 세트를 가져다준다면 찰리는 감사의 뜻으로 그에게 비르지니를 소개해주겠다고 말했다.

엘리샤마가 숄을 들고 도착하기 직전까지 두 남녀는 다투고 있었다. 그러나 숄 세트를 보자 비르지니는 마음이 조금 누그러졌다. 그녀는 방에 있는 두 남자는 보이지도 않는 듯 거울 앞에서 늘씬한 몸에 숄을 하나씩 둘러봤다. 심지어 무릎 위로 치마를 걷어올리고 바스크 스텝*을

---

* 이쪽저쪽으로 뛰면서 미끄러지듯 움직이는 발레의 기본 동작 중 하나.

두 번 해보기도 했다. 그녀는 어깨 너머로 애인을 바라보며 자기가 과연 타고난 배우이지 않느냐고 말했다. 그리고 돈만 모을 수 있다면 프랑스로 돌아가는 것이 자신이 할 수 있는 가장 현명한 일이라고 했다. 그곳에서는 아직도 희극과 드라마와 비극을 볼 수 있고, 무엇보다도 위대한 여배우는 대중의 우상이 아닌가!

엘리샤마는 희극, 드라마, 비극 같은 단어에 익숙하지 않았으나 그런 것들과 클레이 씨의 이야기가 연관성이 있다는 걸 직감했다. 클레이 씨와 마지막으로 이야기를 나눈 다음날 엘리샤마는 비르지니의 집으로 발걸음을 옮겼다.

엘리샤마에게는 생각지도 못한 특별한 면이 있었다. 그의 본성 깊은 곳에는 세상 모든 여자에 대한 동정과 연민이 숨어 있었다. 특히 젊은 여자들에게 그랬다.

이미 말했듯이 그는 말을 갖고 싶은 욕심은 없었지만 말의 값어치를 1페니의 오차도 없이 판정할 수 있었다. 마찬가지로 여자를 갖고 싶은 마음은 없었지만 다른 젊은 남자들과 다를 바 없는 안목으로 여자의 가치를 정확히 판단할 수 있었다. 다만 후자의 경우, 젊은 남자들이 안목이 짧거나 보는 눈이 아예 없어서 여자들의 가치가 잘못 매겨지고, 슬프게도 여자 자체가 과소평가되거나 부당한 취급을 받는 때가 있다고 생각했다.

묘하게도 엘리샤마는 새에 대해서도 동정과 연민을 느꼈다. 그는 네 발 달린 동물에게는 무관심했다. 말을 잘 알기는 했지만 싫어했다. 반면 출근길에 길을 돌아서라도 새를 파는 중국인 가게 앞을 지나갔다. 그리고 가게에 쌓여 있는 새장 앞에 한참을 서 있었다. 그는 새장 속의 새를 한 마리 한 마리 살폈고, 새들의 운명을 걱정스러운 마음으로 지켜보았다.

그는 비르지니의 집을 향해 걸어가면서 이중의 동정심을 느꼈다. 그녀가 새를 떠올리게 하는 젊은 여자였기 때문이다. 그는 마음속으로 그녀를 광둥의 다른 젊은 여자들과 비교했다. 그녀는 새의 무리에서 금계나 공작이었다. 다른 새들보다 몸집이 크고 품위가 있었으며, 작은 새들 틈에서 아름다운 깃털을 뽐내며 다소 외롭지만 당당하게 걸음을 옮겼다. 한번은 그녀가 털갈이를 하는 금계처럼 약간 우울하고 초조해하는 모습을 보았다. 하지만 그녀는 누가 뭐라 해도 변함없는 금계였다.

이야기의 여주인공

비르지니는 녹색 덧문이 달린 창과 작은 정원이 딸린 아담하고 깔끔한 중국식 집에 살았다. 집주인인 중국인 노파는 정돈을 잘했고, 세입자에게 요리도 해주었다. 그날은 마침 노파가 외출하고 없었다. 엘리샤마는 문이 열려 있는 것을 보고 곧장 안으로 들어갔다.

비르지니는 창가의 탁자에서 카드놀이를 하고 있었다. 그녀가 고개를 들며 물었다. "어머나, 왔어요? 뭘 가져온 거예요? 숄인가요?"

"아닙니다, 비르지니 양. 오늘은 아무것도 가져오지 않았어요." 엘리샤마가 말했다.

"그럼 무슨 일로 왔어요? 앉아요. 온 김에 이야기 상대나 해줘요."

엘리샤마는 그녀 앞에 앉았다.

그녀는 사연 많은 과거를 안고 있었지만 여전히 젊고 싱그러웠다. 그녀는 방안에서 마치 물속에 담긴 커다란 장미 같은 분위기를 풍겼다. 주름이 풍성하고 뒷자락이 긴 하얀색 모슬린 실내복을 입었고, 분홍색 허리띠까지 흘러내리는 탐스러운 갈색 머리칼은 손질하지 않고 그대로 둔 채였다. 오후의 눈부신 햇살이 창의 덧문을 통과해 그녀의 무릎에 떨어졌다.

그녀는 카드놀이를 계속하면서 말했다. "아직도 그 늙은 악질 밑에서 일하나요?"

"클레이 씨는 병세가 중해서 집밖에 나가지 못해요." 엘리샤마가 대답했다.

"잘됐네요. 죽을병이에요?"

"아닙니다, 비르지니 양. 새 사업을 구상할 정도로 기운이 있어요. 싫지 않다면 그중 한 가지를 얘기할까 합니다. 처음부터 말해드리죠."

"아파서 집밖으로 못 나온다니 얘기는 듣겠어요."

"클레이 씨가 알고 있는 이야기가 하나 있어요. 오십 년 전 어느 날 밤 희망봉 부근을 항해하던 배 위에서 들은 것이죠. 요즘 아파서 밤에 잠을 못 자다보니 그분은 그 이야기에 대해 곰곰이 생각하게 되었어요. 그분은 허구와 예언을 싫어합니다. 사실만을 원하죠. 그래서 그 이야기를 현실에서 실제 사람들에게 일어나게 하기로 작정했습니다. 난 칠 년째 그분 밑에서 일하고 있어요. 내가 아니면 그 일을 수행할 사람이 없습니다. 클레이 씨는 광둥에서 제일가는 부자입니다, 비르지니 양. 원하는 것은 어떻게든 얻고야 말죠. 이제 그 이야기를 해드리겠습니다."

그는 이야기를 시작했다. "큰 도시에 배가 정박하고 난 후 한 선원이 부둣가를 걷고 있었습니다. 그런데 두 필의 훌륭한 말이 끄는 마차가 다가왔고, 그 마차에서 늙은 신사가 내리더니 그에게 말했습니다. '잘 생긴 뱃사람이군. 자네 오늘밤 5기니를 벌지 않겠나?' 선원이 좋다고 하자 늙은 신사는 그를 자기 집에 데려가 음식과 술을 대접했습니다. 그러고는 이렇게 말했죠. '보면 알겠지만 나는 재산이 아주 많은 상인이네. 하지만 혈육이 없어. 내가 죽은 뒤 내 유산을 물려받을 자들은 하나같이 나를 성가시게 하고 괴롭히는 어리석은 작자들이야. 젊은 아내를 얻긴 했지만……'"

비르지니가 엘리샤마의 말을 잘랐다. "나도 그 이야기 알아요. 내가 아는 영국 상선 선장이 싱가포르에서 겪은 일이에요. 당신도 그 사람한테 그 얘길 들었어요?"

"아뇨, 비르지니 양. 그 사람이 아니라 다른 선원들에게서 들었습니다. 이건 뱃사람들 사이에 떠도는 이야기예요. 선원이라면 누구나 그 이야기를 듣고, 다른 사람에게 들려주죠. 클레이 씨가 밤에 잠을 못 이루지만 않았다면 그 이야기는 그대로 바다에서나 떠돌았을 겁니다. 그런데 클레이 씨는 여기 광둥에서 그 이야기를 실현하려고 합니다. 이제 이야기의 내용을 처음부터 끝까지 실제로 경험한 단 한 명의 선원만이 그것을 겪은 그대로 말할 수 있게 하려는 거죠."

"그 인간, 그렇게 죄를 짓더니 결국 미쳐가는군요. 그자가 악마의 희극놀음을 하고 싶다면 악마한테 가서 알아보라고 해요."

"예, 희극입니다. 그 말을 잊었네요. 사람들은 희극으로 돈을 벌고 우상이 되기도 하죠. 클레이 씨의 희극에는 세 인물이 등장합니다. 늙은 신사 역은 클레이 씨가 직접 맡을 것이고, 젊은 선원은 배에서 내린 선원들이 있는 부둣가에서 그분이 직접 찾을 겁니다. 비르지니 양이 그 이야기를 들었다니까 알 테지만, 거기에는 아름다운 젊은 여인도 나옵니다. 나는 클레이 씨를 대신해서 그 여인을 찾고 있습니다. 클레이 씨는 여인 역할을 해주는 사람에게 100기니를 지불할 겁니다."

의자에 앉아 있던 비르지니는 젊고 풍만한 상체를 엘리샤마 쪽으로 돌렸다. 그녀는 팔짱을 낀 채 그의 얼굴을 바라보며 비웃었다. "지금 무슨 말을 하는 거예요?"

"희극이죠, 비르지니 양. 드라마, 아니 비극일 수도 있고요. 그러니까, 이야기입니다."

"노인네가 희극을 이상하게 알고 있군요." 비르지니가 말했다. "희극에서 배우는 어떤 일을 흉내내요. 사람을 죽이거나 죽거나 연인과 잠자리에 들거나 하는 것들을 말이에요. 실제로 하는 것이 아니에요. 당신 주인은 자신의 쾌락을 위해서 산 사람들을 사자밥이 되게 했던 로마의 네로 황제나 다름없어요. 지금은 그런 시대가 아니잖아요. 그런 건 옛날에나 있었던 일이라고요."

"네로 황제는 많이 부유했습니까?" 엘리샤마가 물었다.

"세상을 다 가졌었죠."

"그의 희극은 훌륭했습니까?"

"그야 좋았겠죠. 하지만 요즘 세상에 그런 희극놀음을 연기할 배우가 어디 있겠어요?"

"세상을 다 가졌다면 그런 배우들을 구할 수 있겠죠." 엘리샤마가 대꾸했다.

엘리샤마를 노려보는 비르지니의 검은 눈동자가 빛났다. "당신은 어떤 모욕에도 기분이 상하지 않나보군요."

엘리샤마는 잠깐 생각하고는 대답했다. "그렇습니다. 그렇게 되도록 내버려둘 이유가 없죠."

"만일 내가 당신더러 내 집에서 나가라고 한다면 그냥 갈 건가요?"

"그래야겠죠. 당신 집이니까요. 하지만 내가 떠난 뒤 당신은 가만히 앉아 당신이 나를 쫓아낸 이유에 대해 생각할 겁니다. 자기의 생각을 남이 대신 얘기해줄 때 사람들은 모욕을 느끼기도 하죠. 하지만 충분히 좋은 생각이기 때문에 남들이 대신 얘기해주었을 수도 있지 않겠습니까?"

비르지니는 여전히 그를 노려보고 있었다. 그날 오전 그녀는 자신의 운명에 너무 화가 난 나머지 바다에 몸을 던지려고 했다. 그러다가 카드놀이를 하면서 마음이 조금 가라앉았다. 그녀는 문득 지금 집에는 자신과 엘리샤마 단둘뿐이며, 엘리샤마가 둘 사이에 오간 대화를 남에게 발설할 인물이 아니라는 걸 깨달았다. 그녀는 그의 제안을 받아들이는 것도 괜찮을지 모른다고 생각했다.

"당신은 여기 와서 나한테 이런 제안을 하는 대가로 얼마를 받죠? Trente pièces d'argent, n'est-ce pas? C'est le prix!*" 비르지니가 물었다. 그녀는 마음이 들뜰 때 프랑스어로 생각하고 말하는 버릇이 있었다.

* '은화 30전? 그 정도겠지 뭐!'라는 뜻의 프랑스어.

엘리샤마는 프랑스어를 잘했지만 그녀의 말이 성경 구절을 인용한 것임을 미처 모르고, 자신이 클레이 씨 밑에서 돈도 제대로 받지 못하고 일한다고 조롱하는 것이라 생각했다. "아뇨. 난 이 일로 돈을 받진 않습니다. 난 클레이 씨에게 고용된 사람입니다. 그분이 시키는 일만 하죠. 하지만 비르지니 양은 원한다면 어디든 갈 수 있어요."

"네, 그렇겠죠."

"그렇습니다. 그리고 당신은 지금까지 가고 싶은 곳이면 어디든 다니며 살았어요. 그리고 결국 이 집으로 오게 되었고요."

비르지니는 화가 치밀어올라 얼굴이 붉어졌다. 하지만 이 집에는 지금 그들 둘뿐이고, 세상은 그 사실을 모르고 있다는 생각이 또다시 확연하게 다가왔다.

비르지니

비르지니의 아버지는 광둥의 상인이었다. 아버지의 도장 반지에는 'Pourquoi pas?'*라는 말이 새겨져 있었는데, 그의 좌우명이었다. 중국에서 살았던 이십 년 내내 그의 마음은 온통 프랑스에 가 있었고, 프랑스의 역사적인 사건들은 그를 흠뻑 감동시켰다.

아버지가 죽었을 때 비르지니는 열두 살이었다. 그는 자식 중에서 장녀인 비르지니를 가장 아꼈다. 천사처럼 사랑스러운 어린 딸을 자랑

* '안 될 게 뭐 있어?'

스레 데리고 다니며 사람들을 만나곤 했다. 그때마다 비르지니는 많은 것을 보고 배웠다. 그녀는 흉내내는 데 재주가 있었다. 밖에서 본 것을 집에서 흉내내고, 밖에서 들은 말과 노래들을 따라 하곤 했다. 그녀의 어머니는 브르타뉴에서 대대로 뱃일을 하던 집안 출신으로, 아내란 자고로 혈기왕성한 남편을 잘 받아주어야 한다고 생각하는 사람이었다. 그러나 남편이 어여쁜 딸아이의 응석을 너무 받아줄 때는 그를 살짝 나무라기도 했다. 그럴 때면 남편은 웃으면서 아내에게 키스하며 말했다. "Ah, Virginie est fine! Elle s'y comprend, en ironie!"*

잘생기고 매력적인 신사였던 비르지니의 아버지는 젊은 시절 많은 곳을 여행했다. 스페인에서는 꽤 지체 높은 몽티조 백작부인과 사업상의 친분을 쌓기도 했다. 나중에 백작부인의 딸이 나폴레옹 3세와 결혼해 프랑스의 황후가 되었다는 소식을 들었을 때 중국에 있던 그는 마치 자신이 혼사를 맺어주기라도 한 듯 뿌듯해했다. 비르지니는 아버지를 따라 프랑스 황실의 웅장하고 화려한 세계에서 수년간 생활했다. 튀일리궁의 눈부신 무도회장과 외국 왕족의 환영회, 황실의 음모와 비밀연애, 결투, 슈트라우스의 왈츠 속에서 자랐다.

아버지가 돌아가신 뒤 가난과 시련 속에서 오랜 시간을 보내는 동안 비르지니는 어린 시절의 천사 같은 아름다움을 잃고 몸집도 커졌지만, 그 화려했던 시절을 남몰래 떠올리며 위안을 삼았다. 그녀는 수천 개의 촛불이 켜진 대리석 계단을 오르는 상상을 했다. 상상 속에서 그녀는 반짝이는 다이아몬드로 치장하고 왕자나 귀족들과 춤을 추었고, 음

* '아, 비르지니는 정말 재치 있어! 이 녀석은 아이러니가 뭔지 이해하고 있어!'

울한 방에서 쓸쓸하고 단조로운 생활을 하는 그녀의 벗들은 비르지니의 대담함에 놀랐다. 하지만 결국 튀일리궁은 서서히 그녀에게서 멀어지며 사라졌다.

생전에 아버지는 어린 딸에게 도덕적인 가치관을 심어줄 때도 황실의 일화를 예로 들었다. 그중 이 어린 여자아이의 마음에 깊이 새겨진 이야기가 있다. 아리따운 몽티조 양이 나폴레옹 황제에게 이렇게 귀띔했다고 한다. 자신의 침실에 이르는 유일한 길이 노트르담대성당을 통과한다고 말이다. 비르지니는 노트르담대성당을 잘 알았다. 성당을 그린 커다란 판화가 부모님의 거실에 걸려 있었기 때문이다. 그녀는 그 판화를 바탕으로 침실의 크기를 상상했고, 자신이 레이스 잠옷을 걸친 채 침대 한가운데에 누워 있는 방안 풍경을 그려보곤 했다. 그런 상상을 하면 그녀의 마음은 늘 포근하고 즐거웠다.

한데 어쩌랴! 그녀의 침실에 이르는 길은 노트르담대성당을 통과하지 않는 것을! 그 길은 광둥의 프랑스 교회인 작은 회색 건물조차 통과하지 않았으며, 최근에는 거의 곧바로 도심의 사무실과 회계사무소로 통했다. 이러한 이유로 비르지니는 이 길을 지나다니는 남자들을 경멸했다.

그러나 실망의 연속이었던 그녀의 인생에도 성공이라 할 만한 것이 하나 있었지만, 이는 오직 그녀 자신만 아는 것이었다.

그녀의 첫사랑은 영국인 상선 선장이었다. 그는 이제 막 해외무역에 문호를 연 일본으로 자기와 함께 도망가서 살자고 그녀를 설득했다. 일본에서의 첫날밤 지진이 발생했다. 그들이 묵은 호텔 주변의 건물들은 벽이 갈라지고 무너졌으며, 백 명도 넘는 사람이 목숨을 잃었다. 비르지니는 그날 밤 공포가 아닌 다른 뭔가를 경험했다. 일생일대의 순간이었다. 하늘에서 천둥소리가 곧장 그녀를 향해 떨어졌다. 그녀가 순결을 잃은 순간 천지가 진동하고, 바다의 거대한 파도가 비르지니의 타락에 목놓아 울었다! 그 시각 그녀의 연인을 비롯한 경박한 인간들은 인과응보의 법칙을 외면한 채 그녀의 타락을 깨닫지 못했다.

비르지니는 정이 많은 여자였다. 그녀는 튀일리궁에서의 화려한 생활을 접고 이제 처량한 신세로 추락했다. 만일 자기 식으로 사랑하도록 애인들이 그녀를 내버려두었다면, 그녀는 동정이 절실한 가난하고 불쌍한 사람들을 사랑하듯 그들을 더욱더 사랑할 수 있었을 것이다. 만일 그녀 자신이 바라보는 것처럼, 엘리샤마의 친구인 지금의 애인에게도 서로의 관계를 그렇게 바라보도록 만들 수 있었다면, 그녀는 그를 견딜 수 있었을 것이다. 외로운 두 사람이 만나 꾸밈없이 터놓고 서로 감쌀 수 있으면, 험한 세상을 함께 살아나갈 수 있다는 것이 그녀의 생각이었다. 하지만 찰리는 야심만만한 젊은이였다. 그는 자신이 유행을 선도하는 사람이라고 생각했고, 자신의 정부를 멋진 화류계 여인쯤으로 여겼다. 화류계라는 말의 진짜 의미를 아는 그녀는 그의 이런 허영 때문에 맥이 빠지곤 했고, 그것이 바로 두 사람이 다투는 근본적인 이유였다.

팔짱을 낀 비르지니는 쥐새끼를 관찰하는 고양이처럼 실눈을 뜨고 눈동자를 번뜩였다. 이제는 엘리샤마가 빠져나가려 해도 그녀가 놓아주지 않을 듯싶었다.

"클레이 씨는 당신이 정해진 날 그의 집에 와준다면 100기니를 지불할 준비가 되어 있습니다. 비르지니 양, 이것은……" 엘리샤마가 말했다.

"그의 집이라고요?" 비르지니가 버럭 소리를 지르며 못 들을 말이라도 들은 듯한 얼굴로 쳐다보았다.

"네, 그분 집으로요. 비르지니 양, 이것은 말이죠……"

비르지니가 자리를 박차고 일어났다. 그 바람에 의자가 넘어졌다. 그녀는 엘리샤마의 얼굴을 있는 힘껏 때렸다.

"세상에! 그, 집이라니! 그의 집이 어떤 집인지 알기나 해요? 내 아버지 집이라고요! 내가 어릴 때 뛰놀던 집!"

비르지니의 반지에 긁혀 엘리샤마의 얼굴에 상처가 났다. 그는 피를 닦은 뒤 자기 손가락을 보았다. 비르지니는 자기 손으로 낸 피를 보자 분노가 더욱 솟구쳤다. 그녀는 방안을 이리저리 서성였고, 걸을 때마다 하얀 실내복이 바닥을 사각사각 스치는 소리가 났다. 엘리샤마는 드라마가 무엇인지 비로소 알 것 같았다. 비르지니는 의자에 앉았다가 일어서더니 다시 다른 의자에 앉았다.

비르지니와 엘리샤마

비르지니가 입을 열었다. "그 집은 부유하고 예쁘고 순진했던 내 어린 시절의 유일한 추억거리예요. 나는 그곳을 지나칠 때마다 그 집에 다시 들어갈 날을 꿈꿔왔어요!" 그녀는 말하면서 숨을 돌렸다. 그녀의 얼굴에 하얀 소름이 점점이 번져갔다.

"그러니까 이제 그 집에 들어갈 수 있지 않습니까, 비르지니 양. 클레이 씨의 이야기에 나오는 부유하고 예쁘고 순진한 젊은 아가씨로요." 엘리샤마가 말했다.

비르지니는 그를 응시했지만 실제로는 그를 보고 있지 않은 것 같았다. 어떻게 보면 사람이 아닌 인형을 바라보는 것 같기도 했다.

"어쩌면, 이럴 수가! 그래요. Ah, Virginie est fine! Elle s'y comprend, en ironie!" 그녀는 다른 곳으로 눈을 돌리는가 싶더니 다시 그를 보며 말했다. "그럼 얘기할게요. 아버지는 내게 이렇게 말씀하셨어요."

그녀는 잠시 손으로 귀를 막았다가 다시 손을 떨구었다. 그리고 그를 똑바로 쳐다보았다.

"'이제 넌 다 가질 수 있어. 다 가질 수 있어!' 아버지와 난 그 집에서 훌륭하고 멋지고 고귀한 것들에 대해 얘기하곤 했어요! 프랑스의 외제니 황후께서는 흰 새틴 신발을 딱 한 번 신으신 뒤 수녀학교의 어린 소녀들이 첫 영성체 때 신도록 선물하셨어요! 나도 그렇게 할 수 있었어요! 아버지는 내 작은 발을 자랑스러워하셨어요!" 비르지니는 치마를 살짝 들어올리고 낡은 슬리퍼를 신은 자기 발을 내려다보았다. "프랑스 황후께서는 훌륭하고 특별한 삶을 사셨어요. 나도 그렇게 할 수 있었어요. 황후의 침실에 이르는 길은—다 가질 수 있다, 다 가질 수 있어—그 길은요, 노트르담대성당을 통과했죠. 비르지니……" 그녀는 느리게 말을 이었다. "s'y comprend, en ironie!"

한참 동안 아무 말도 오가지 않았다.

"이봐요, 비르지니 양, 솔에는……"

"솔?" 비르지니가 어리둥절해하며 물었다.

"예, 제가 갖다준 숄에는 무늬가 있습니다. 당신은 당신 친구 심프슨 씨에게 숄에 그려진 무늬 중 특히 마음에 드는 것이 있다고 얘기한 적이 있죠? 하지만 모든 숄이 같은 무늬였습니다."

비르지니는 무늬를 좋아했다. 그녀가 영국인을 우습게 보는 이유 중 하나는 그들의 삶엔 무늬가 없어 보였기 때문이다. 그녀는 살짝 찡그렸지만 엘리샤마의 말을 막지는 않았다.

"무늬가 이따금 반대 방향으로 나 있다는 것 외에는 모두 똑같았습니다. 마치 거울을 보듯 말입니다."

"거울을 보듯?" 비르지니가 천천히 물었다.

"네, 하지만 여전히 같은 무늬지요." 엘리샤마가 말했다.

비르지니는 이번엔 잠자코 그를 쳐다보았다.

"로마의 황제가 세상을 다 가졌었다고 했죠. 클레이 씨는 광둥과 광둥 사람들을 다 가진 분입니다." 엘리샤마는 이 말을 하며 '나를 빼고'라고 생각했다. "클레이 씨와 그분만큼 부유한 상인들이 광둥을 소유하죠. 밖을 보면 수많은 사람들이 이 방향 저 방향으로 오가고 있습니다. 누군가가 시킨 게 아니라면 그렇게 다닐 사람이 몇이나 될까요? 사람들에게 그렇게 하라고 명령하는 자가 바로 클레이 씨를 비롯한 부유한 상인들입니다, 비르지니 양. 이제 그분이 당신에게 그분 집으로 오라고 하셨으니 당신은 그리로 가야 합니다."

"싫어요." 비르지니가 말했다.

엘리샤마는 잠시 잠자코 있다가 비르지니가 더이상 아무 말도 하지 않자 다시 말했다.

"중요한 것은 클레이 씨의 명령입니다. 당신은 클레이 씨의 명령 때문에 조금 전에 나를 때렸고, 지금도 그 명령 때문에 떨고 있습니다. 당신이 가고 안 가고는 별로 중요하지 않습니다."

"내게 그걸 말한 사람은 당신이에요."

"그렇지만 그분이 그렇게 하라고 지시했기 때문이죠."

또 침묵이 흘렀다.

"머리를 얼굴 위로 풀어내려요, 비르지니 양. 어둠 속에 앉아 있어야 한다면 그것은 자신만의 어둠이어야 해요. 난 얼마든지 기다릴 수 있어요."

비르지니는 그의 말을 듣지 않겠다는 뜻으로 고개를 세차게 가로저었다. 그녀가 방안을 성큼성큼 왔다갔다하는 바람에 머리에 맨 리본이 풀어져 긴 머리칼이 먹구름처럼 그녀를 감싸며 흘러내렸다. 고개를 떨구자 머리칼이 앞으로 쏠리며 그녀의 얼굴을 가렸다. 그녀는 한참을 그렇게 명암으로만 표현된 그림처럼 앉아 있었다.

"당신이 말한 그 길, 그러니까 노트르담대성당을 통과한다는 그 길이 이 무늬에 있습니다. 단지 여기서는 그 방향이 바뀌었을 뿐이지요."

비르지니는 여전히 머리칼로 얼굴을 가린 채 물었다. "방향이 바뀌었다고요?"

"네, 바뀌었죠. 이 무늬에서 그 길은 반대 방향입니다. 그리고 끝없이 이어지죠."

비르지니는 묘하게 달콤한 그의 목소리에 자신도 모르게 끌리는 것을 느꼈다.

"비르지니 양은 프랑스 황후 못지않은 인생을 살 수 있습니다. 방향만 다를 뿐이죠. 그게 뭐 어떻습니까, 비르지니 양?"

비르지니는 잠시 후 물었다. "내 아버지를 아세요?"

"아뇨, 모릅니다."

"그러면 당신이 말한 그 무늬라는 것이 우리 가문과 이어져 있고, 그게 우리 가문의 전통이라는 것을 어떻게 알죠?"

엘리샤마는 그녀가 묻는 말의 뜻을 몰랐기 때문에 아무 대꾸도 하지 않았다.

잠시 후 비르지니가 다시 천천히 말했다. "Pourquoi pas?"

그녀는 머리칼을 뒤로 홱 넘기며 고개를 들었다. 그리고 사무실 책상 앞에 앉는 사원처럼 탁자 앞에 앉았다. 엘리샤마의 눈에 그녀의 얼굴은 마치 롤러로 밀어놓은 듯 아까보다 더 평평하고 넙데데해 보였다.

비르지니가 말했다. "클레이 씨에게 지금 제안한 금액에는 가지 않겠다고 전하세요. 하지만 300기니에는 갈 수도 있다고 말하세요. 그리고 이건 당신 말대로 무늬라고 해두죠. 아니, 클레이 씨는 묵은 빚이라고 해야 알아듣겠군요."

"더 할말은 없나요, 비르지니 양?"

"없어요."

"정말 없습니까?" 그가 다시 물었다.

"네."

"그렇다면 지금 300기니를 드리지요." 엘리샤마는 지갑을 꺼낸 뒤 지폐를 탁자 위에 올려놓았다.

"영수증 필요해요?" 비르지니가 물었다.

"아뇨." 이 거래에서는 영수증을 주고받지 않는 것이 안전하다고 생각한 엘리샤마가 대답했다.

비르지니는 지폐와 가지고 놀던 카드를 모두 쓸어모아 탁자 서랍에 넣었다. 오늘은 카드놀이를 더 할 생각이 없는 모양이었다.

"내가 아침에 그 집을 나오기 전에 불을 질러 당신 주인을 태워 죽이지 않을 거라고 어떻게 믿어요?" 그녀는 엘리샤마의 얼굴을 쳐다보며 물었다.

엘리샤마는 막 떠나려던 참에 멈춰 섰다.

"가기 전에 하나만 말씀드리죠. 이 이야기는 클레이 씨 인생의 마지막이 될 겁니다."

"그자가 지은 죄가 많아 곧 죽을 거라고 생각해요?" 비르지니가 물었다.

"그건 모르겠습니다. 하지만 어찌됐건 그분의 마지막이 될 겁니다. 돈이 아무리 많다 해도 사람이 만들어낸 이야기를 실현할 수 있는 이는 세상에 없습니다."

"어떻게 알죠?"

그는 잠시 뜸을 들이다가 대답했다. "덧셈을 할 때는 맨 오른쪽의 낮은 자릿수부터 시작해서 왼쪽으로 십 단위, 백 단위, 천 단위, 만 단위 순으로 더해나가지요. 만일 왼쪽부터 거꾸로 더해간다면 어떻게 되겠습니까? 틀린 답을 얻을 겁니다. 다시 말해 아무짝에도 쓸모없는 회계장부가 나올 겁니다. 클레이 씨의 답은 틀린 답이 될 거고, 그 장부는 아무 가치도 지니지 못할 겁니다. 자신의 장부가 소용없는 것이 되면 클레이 씨는 무슨 일을 저지를까요? 저한테도 좋지 않을 겁니다. 그분 밑에서 칠 년 동안 일해온 저는 그 자리를 잃을 겁니다. 하지만 이 상황에서 벗어날 방법이 없습니다." 그는 천천히 알기 쉽게 설명했다. 엘리샤마가 다른 사람에게 주인에 대한 사적인 얘기를 한 건 이번이 처음이었다.

"이제 어디로 갈 거죠?" 비르지니가 물었다.

"나요?" 누군가가 뜻밖에 자신의 신변에 관심을 갖자 엘리샤마는 되물었다. "내 방이 있는 집으로 갑니다."

"거기가 어딘지 궁금하군요. 어떻게 생겼는지도요. 어릴 때 집이 있었어요?" 비르지니의 목소리에는 일종의 경외심이 배어 있었다.

"아뇨."

"형제나 자매는요?" 비르지니가 또 물었다.

"없습니다."

"그럴 것 같았어요. 당신이 어떤 사람인지 이제 알 것 같아요. 당신이 처음 우리집에 왔을 때 난 클레이 씨의 창고에 사는 작은 쥐 같다고 생각했어요. Mais toi-tu es le Juif Errant!*"

엘리샤마는 뭔가를 감추고 있는 듯한 눈으로 그녀를 한번 잽싸게 바라본 뒤 걸어나갔다.

이야기의 남주인공

클레이 씨가 이야기를 실현하기로 한 날 밤, 보름달이 광둥과 중국

---

* '당신이야말로 방황하는 유대인이에요!' '방황하는 유대인'은 십자가에 못박히러 끌려가던 예수를 조롱한 벌로 최후의 심판 날까지 죽지 못하고 세상을 떠돌도록 저주받았다는 전설 속의 유대인을 가리킨다.

해를 비추었다. 4월의 밤이었고, 훈훈하고 달콤한 밤공기 속에서 벌써 셀 수 없이 많은 박쥐가 이리저리 소리 없이 쉭쉭 날았다. 클레이 씨 집 정원에 있는 서양협죽도 덤불은 달빛을 받아 색깔을 알아볼 수 없었고, 클레이 씨 마차의 바퀴만이 자갈 깔린 길 위에서 나직이 속삭였다.

클레이 씨는 힘들게 외출복을 입고 마차에 올랐다. 검은 외투를 입고 런던 톱해트를 쓴 그는 마차의 비단 쿠션에 등을 댄 채 몸을 똑바로 세우고 앉았다. 맞은편의 작은 좌석에는 클레이 씨보다 소박한 차림의 엘리샤마가 조용히 주인의 얼굴을 보며 앉았다. 죽을 날이 얼마 남지 않은 이 사람은 지금 자신의 전능함을 과시하기 위해 불가능한 일을 하러 나가는 길이다.

마차는 이제 저택과 정원이 있는 부촌을 지나 사람들이 북적거리고 온갖 소음과 냄새가 가득한 부둣가로 향했다. 이 시간에는 아무도 바쁘지 않았다. 사람들은 한가히 거닐거나 서서 얘기를 나누었다. 마차는 느리게 움직일 수밖에 없었다. 집집마다 내건 색색의 등이 창백한 저녁 공기 속에서 보석처럼 밝게 빛났다.

클레이 씨는 마차에 앉아 길거리의 사람들을 주의깊게 관찰했다. 이전에는 길거리에 나다니는 사람들의 얼굴을 유심히 본 적이 없었다. 그에게 처음이자 마지막이 될 경험이었다.

어느 선원이 이리저리 둘러보며 혼자 길을 걷고 있었다. 클레이 씨는 엘리샤마에게 마차를 세우고 그 선원에게 말을 걸라고 지시했다. 엘리샤마는 마차에서 내려 주인이 보는 가운데 낯선 사람에게 말을 걸었다.

"안녕하십니까? 이 마차에 타고 계신 주인께서 당신이 잘생긴 선원이라고 전하라 하셨습니다. 그리고 오늘밤 5기니를 벌고 싶은 생각이 있는지 물어보라고 하셨습니다."

"뭐라고요?" 선원이 묻자 엘리샤마는 다시 설명했다.

선원은 마차에 탄 노인을 자세히 보기 위해 마차로 한 걸음 다가갔다가 엘리샤마를 보며 다시 물었다. "다시 한번 말해주겠어요?"

엘리샤마가 같은 얘기를 세번째 되풀이하자 선원의 입이 벌어졌다. 선원은 갑자기 돌아서 허겁지겁 걸음을 옮기더니 골목으로 사라졌다.

엘리샤마는 클레이 씨의 지시에 따라 다시 마차로 돌아와 마부에게 계속 가자고 했다.

잠시 후 뱃사람처럼 보이는 어깨가 떡벌어진 청년이 길을 건너려던 참에 마차를 보고 멈춰 섰다. 마차가 서기 전 그와 클레이 씨의 눈이 마주쳤다. 엘리샤마는 다시 내려 처음 만난 선원에게 했던 말을 그대로 했다. 술집에서 막 나온 것이 분명한 청년은 다리가 약간 풀린 듯했다. 그 역시 엘리샤마에게 다시 말해달라고 부탁했다. 하지만 엘리샤마가 두번째로 얘기를 마치기도 전에 한바탕 웃어젖히더니 허벅지를 쳤다.

"역시 그렇구나!" 그는 소리쳤다. "잘생긴 선원이 육지 사람을 만났을 때 생기는 일이로군. 더 말씀 안 하셔도 알겠습니다! 어르신, 가겠습니다. 사람을 용케 바로 찾으셨군요. 하느님 맙소사!"

그는 마차로 뛰어올라 클레이 씨 옆에 앉더니, 클레이 씨와 엘리샤마와 마부를 찬찬히 번갈아가며 보고는 자신이 앉은 자리를 손으로 만져봤다.

"전부 비단이네! 이렇게 부드러울 수가! 정말 기대되는걸!"

마차가 계속 달리는 중에 그는 휘파람을 불기 시작했고, 모자를 벗어 머리를 식혔다. 그러다가 갑자기 두 손으로 얼굴을 탁 치더니 잠깐 동안 꼼짝도 않고 앉아 있었다. 그러고는 아무 말도 없이 마차에서 뛰어내려 도망갔다. 그 역시 첫번째 선원처럼 골목으로 사라져버렸다.

클레이 씨는 마차를 돌려 왔던 길을 되돌아가게 했다. 그리고 다시 반대 방향으로 돌아서 천천히 가도록 했다. 그는 내내 말이 없었고, 그의 눈을 피하고 있던 엘리샤마는 밤새도록 이렇게 왔다갔다해야 하는 걸까 생각했다. 그때 갑자기 클레이 씨가 마부에게 집으로 돌아가자고 했다.

마차가 부둣가의 좁은 거리들을 빠져나와 클레이 씨 집으로 향하는 큰길로 접어들 때쯤 젊은 선원 셋이 팔짱을 끼고 맞은편에서 곧장 걸어왔다. 마차가 다가가자 양쪽에 있던 두 선원이 가운데 선원의 팔을 놓고 달아나버렸다. 한 사람만 마차 앞에 남았다.

클레이 씨는 마차를 세우고 엘리샤마에게 손을 들어 보였다.

"이번엔 내가 직접 가겠네."

그는 엘리샤마의 부축을 받아 힘겹게 마차에서 내린 뒤 선원에게 다가섰다. 그리고 선원 앞에 기둥처럼 가만히 서서 지팡이로 선원을 찔렀다. 갈라진 목소리 때문에 클레이 씨가 무슨 말을 하는지 알아듣기 힘들었다. 그의 목소리는 죽음의 그림자가 드리운 듯했다.

"실례하겠네. 잘생긴 선원이로군. 혹시 오늘밤 5기니를 벌 생각 없나?"

젊은 선원은 큰 키에 어깨가 넓고 팔다리가 길었으며 손이 컸다. 머리칼은 아주 밝은 금빛이고 치렁치렁한데다 두툼하게 머리를 감싸고 있어서 엘리샤마는 처음에 그가 흰 털모자를 쓴 줄로 알았다. 그는 아무 말도 하지 않고 잠자코 서서 클레이 씨를 멍하니 쳐다보았다. 어떻게 보면 그 모습이 어린 황소 같았다. 그는 오른손에 큰 짐꾸러미를 들었는데, 그것을 왼손에 옮겨 든 뒤 마치 주먹이라도 한 방 날릴 것처럼 오른손을 허벅지에 문질러 닦았다. 하지만 그는 그 손을 뻗어 클레이 씨의 손을 잡았다.

노인은 숨을 들이쉰 뒤 같은 제안을 되풀이했다. "잘생긴 선원이로군, 젊은 친구. 오늘밤 5기니를 벌지 않겠나?"

청년은 잠시 그 질문에 대해 생각했다. "예." 그가 대답했다. "5기니를 벌고 싶습니다. 방금까지 어떻게 하면 5기니를 벌 수 있을까 궁리하던 차였습니다. 어르신을 따라가겠습니다."

그는 띄엄띄엄 느리게 말했는데 억양이 강하고 독특했다.

"그러면 내 마차에 타게. 집에 도착하면 더 자세히 설명하겠네."

그러나 선원은 자기 짐꾸러미만 마차 바닥에 놓고 올라타지 않았다. "아닙니다. 어르신의 마차는 너무 깨끗합니다. 제 옷은 더럽고 기름때투성이입니다. 저는 그냥 옆에서 따라 뛰겠습니다. 마차만큼 빨리 달릴 수 있습니다."

그는 큰 손을 마차의 진흙받이에 얹고 마차가 달리자 같이 뛰기 시작했다. 덩치 큰 영국 말 두 마리와 보조를 맞춰 클레이 씨의 집까지 줄곧 뛰었다. 집 앞에 도착했을 때 그는 그다지 숨가빠하지도 않았다.

주인을 맞으러 나온 중국인 하인들이 마차에서 내리는 클레이 씨를 부축하고 외투를 받아주었다. 초록색 비단 정장을 입은 뚱뚱한 대머리 중국인 집사가 베란다로 나왔다. 그는 등이 달린 긴 막대를 들고 있었다. 엘리샤마는 노란 등불에 비친 주인과 손님을 보았다.

클레이 씨는 묘하게도 생기가 돌았다. 마차 옆에서 뛴 젊은이가 늙은 육신의 피를 원활히 돌게 하기라도 한 듯했다. 클레이 씨는 화장한 여자처럼 얼굴이 살짝 발그레했다. 그는 광둥 부둣가에서 건져올린 목표물이 흡족했다. 그곳에서 그만한 선원을 또 구하기는 힘들었을지도 모른다.

선원은 아직 앳되어 보였다. 넙데데한 얼굴은 햇볕에 그을렸고 옅은 파란색 눈은 맑았다. 옷에 가려지지 않은 부분은 큰 뼈가 불거져 보일 정도로 살이 없었다. 앳된 얼굴은 어쩌나 숙연한지 지하감옥에서 나온 사람 같은 묘한 분위기가 느껴졌다. 파란 셔츠에 올이 굵은 바지, 맨발에 신은 낡은 신발은 하나같이 볼품없었다. 그는 마차에서 짐꾸러미를 집어든 뒤 등을 든 집사를 따라 천천히 클레이 씨의 집으로 들어갔다.

이야기의 저녁식사

식탁 위에는 묵직한 은촛대들이 놓였고, 벽에 걸린 금테 거울들은 여러 각도에서 촛불을 반사했다. 마치 수백 개의 작은 불꽃이 기다란 방 전체를 밝히는 것 같았다. 음식과 술이 식탁에 차려졌다.

가장 늦게 방에 들어와 식탁 한쪽 끝에 조용히 앉은 엘리샤마의 눈에는 식사를 할 두 사람, 그리고 소리 없이 오가며 시중을 드는 하인들이 먼 거리에서 보는 그림 속 인물들 같았다.

클레이 씨는 부축을 받으며 쿠션이 놓인 안락의자에 앉아 마차 안에서처럼 몸을 꼿꼿이 세웠다. 한편 젊은 선원은 천천히 주위를 둘러보고 있었다. 그는 방안에 있는 어떤 물건에도 감히 손대지 못하는 것 같았다. 두세 번이나 앉으라는 청을 받은 뒤에야 그는 자리에 앉았다.

노인은 손님에게 포도주를 따라주라고 집사에게 손짓했다. 그리고 식사하는 동안 선원이 포도주 마시는 걸 지켜보다 잔이 빌 때마다 채워주도록 했다. 노인은 그의 술친구가 되어주려고 평소에는 입에 대지도 않는 포도주를 조금 마시기까지 했다.

청년은 첫 잔에 후끈 달아올랐다. 빈 잔을 내려놓자 갑자기 얼굴에 뜨거운 기운이 퍼졌고, 볼에서 나는 열 때문에 눈물이 고이는 듯했다.

안락의자에 앉은 클레이 씨는 깊은 한숨을 내쉰 뒤 기침을 두 번 했다. 그는 가라앉은 쉰 목소리로 말했다. 목소리는 점점 날카롭고 굵어졌지만 말은 한결같이 아주 느렸다.

"자, 그럼 이제 왜 내가 자네같이 가난한 선원을 부둣가에서 데리고 왔는지 얘기하겠네. 광둥의 부유한 상인들도 좀체 드나들 수 없는 이 집에 자네를 데려온 이유를 말이야. 내가 말할 테니 끝까지 잘 듣게. 할말이 많아."

그는 말을 멈추고 숨을 들이쉰 뒤 계속했다.

"나는 부자야. 광둥에서 제일가는 부자라네. 내가 평생 모은 재산 중 일부가 이 집에 있어. 창고에는 더 많은 재물이 있고, 그보다 더 많은 재산이 강과 바다에 있지. 중국에서 내 이름은 자네가 상상할 수도 없는 어마어마한 가치를 지닌다네. 중국에서든 영국에서든 내 이름은 곧 백만 파운드를 뜻해."

그는 잠깐 말을 멈추었다.

엘리샤마는 클레이 씨가 오랫동안 마음속에 담아둔 사실을 얘기하고 있다고 생각했다. 그가 현실에서 상상의 세계로 들어가는 문턱을 어떻게 넘을지 궁금했다. 이야기라곤 평생 단 하나밖에 들어본 적이 없는 노인은 지금껏 남에게 이야기를 들려준 적도 뭔가를 가장하거나 숨겨본 적도 없었다. 하지만 클레이 씨가 이야기를 다시 시작하자 엘리샤마는 그의 마음속에 풀어내고 싶은 말이 많다는 것을 알 수 있었다. 그의 마음속 깊은 곳에는 앞에 앉아 있는 이름도 모르는 맨발의 앳된 청년 외에 다른 사람에게는 한 번도 말해본 적 없고 말했을 리도 없는 생각과 감정이 숨어 있었다. 엘리샤마는 극중 인물이 결국 진실을 말하게 되고야 마는 희극이라는 것의 가치를 서서히 깨닫기 시작했다.

"백만 파운드." 클레이 씨는 이 말을 되풀이했다. "백만 파운드가 곧 나 자신일세. 내가 살아온 시간이고, 내 머리이자 심장이고, 내 인생이야. 나는 이 집에서 그것과 단둘이 살고 있어. 오랜 세월을 그렇게 살아왔고, 그렇게 사는 게 행복했지. 살면서 만난 사람들은 하나같이 혐오스러운 인간들이었으니까. 나와 악수를 나눈 사람도 거의 없지. 내 돈을 만진 사람은 아무도 없고."

그는 신중히 말을 이었다. "난 다른 돈 많은 상인처럼 재산이 내 수명만큼 오래가지 않을까봐 두려워한 적이 한 번도 없었네. 재산을 꼭 쥐고 잘 불리는 방법을 알았으니까.

그런데 요즘 들어 내 명이 재산의 명보다 짧을 것 같다는 두려움이 생겼어. 나와 내 재산이 헤어져야 할 시간이 다가오고 있네. 결국 그렇게 되겠지. 내 반쪽은 떠날 테고 남은 반쪽은 계속 살게 될 거야. 그런데 어디서 누구와 함께 사느냐가 문제야. 내가 이제껏 그 반쪽에 손을 못 대도록 일부러 멀리한 인간들에게 그것을 넘겨줄 수 있겠나? 탐욕스럽고 제멋대로 휘둘러대는 그놈들 손에? 그건 곧 내 몸을 그놈들이 주무르게 하는 거나 다름없어. 이 생각을 하면 밤에 잠을 잘 수가 없네.

나는 그동안 내 재산을 넘겨줄 사람을 찾아 나선 적이 없네. 그런 사람은 세상에 없으니까. 그런데 한 가지 묘안이 떠올랐어. 내가 만들어낸 사람에게 내 재산을 맡기면 괜찮겠다 싶었지."

그는 천천히 "내가 만들어낸 사람"이라고 되풀이했다. "내가 만들어낸 사람, 나로 인해, 내 뜻에서 생겨난 사람. 내가 백만 파운드의 내 재산을 만들어냈듯이.

차밭에서, 새벽안개와 한낮의 땡볕 속에서 뼈빠지게 일한 건 내가 아니었어. 찻잎을 말리는 뜨거운 쇠판에 손을 덴 것도, 배를 전속력으로 몰기 위해 돛줄을 단단히 잡아당기느라 손바닥이 갈라진 것도 내가 아니었지. 차밭에서 배를 곯며 일했던 막노동꾼이나, 한밤중에 당직을 서느라 피로에 전 선원들은 자신이 백만 파운드를 만드는 데 일조하고 있다는 걸 전혀 몰랐네. 그들이 피부로 느낀 것은 일하는 그 순간과 저린 손, 얼굴에 내리치는 싸락눈, 급료로 받은 동전 몇 푼이었어. 이 수많은 요소를 모아 백만 파운드라는 최종 산물을 만들어낸 건 나의 두뇌와 의지였지. 그러니 내가 만들어냈다는 말이 이치에 맞지 않은가?

같은 이치로, 내 의지대로 생명의 요소들을 조합해 협력하도록 만든다면, 영원히 존속할 나의 일부, 내 재산을 기꺼이 맡길 만한 사람도 만들어낼 수 있지 않겠는가?"

그는 한참 동안 아무 말도 하지 않다가 늙고 앙상한 손을 호주머니 깊이 넣어 뭔가를 꺼냈다. 그리고 선원에게 물었다. "금을 본 적이 있나?"

"아뇨." 청년이 대답했다. "선장이나 화물 감독관한테서 얘기는 들었습니다만 제가 직접 금을 본 적은 없습니다."

"손을 내밀어보게." 클레이 씨가 말했다.

청년은 큰 손을 내밀었다. 손등에 십자가, 심장, 닻 문신이 새겨져 있었다.

"이게 5기니짜리라네. 자네가 벌 5기니지. 금이네." 클레이 씨가 말했다.

선원은 손바닥에 금화를 올려놓은 채 가만히 있었고, 잠깐 동안 두 사람 모두 진지한 표정으로 금화를 쳐다보았다. 클레이 씨는 금화에서 눈을 떼고 포도주잔을 약간 기울였다.

"나라는 사람은 강퍅하고 메말랐네. 언제나 그랬지. 그렇지 않으면 그 금화도 갖지 못했을 거야. 난 체질적으로 육체의 물기를 싫어해. 피를 보는 것도 싫어하고 우유도 못 마셔. 땀은 역겹고 눈물은 구역질이나. 그런 것은 사람의 뼈를 녹이지. 우정이나 사랑 같은 사람과 사람 사이의 친분도 마찬가지야. 그런 것도 사람의 뼈를 녹여. 나는 동업자가 친구가 되어 내 뼈를 녹이는 것을 허용할 수 없었기 때문에 동업자를 없앴어. 하지만 젊은 친구, 금은 견고해. 금은 녹아 없어지지 않아. 금은……" 금이라는 말을 반복하는 그의 얼굴에 미소가 스쳤다. "오히려 다른 것을 녹이지."

그는 잠깐 쉬었다가 얘기를 계속했다. "자네는 생명의 물기로 가득한 사람이야. 자네에게는 피가 있고 눈물도 있겠지. 자네는 사람을 녹이는 것들, 그러니까 우정과 친분, 사랑을 갈망하고 있어. 자넨 오늘밤 금화를 처음 본 사람이야. 난 자네를 이용할 수 있어.

오늘밤 자네가 피부로 느낄 수 있는 것은 단지 순간이고, 육체의 즐거움이며, 호주머니 속의 5기니일 걸세. 내 귀한 작품에 기여하고 있다는 건 인식하지 못할 거야. 영국에 있는 친척들은 내가 영국을 떠날 때 기뻐했고, 지난 이십 년 동안 중국에서 내 유산이 나올 날만 손꼽아 기다려왔어. 꿈이나 계속 꾸라지."

선원은 금화를 자기 호주머니에 넣었다. 이제 배도 부르고 술기운도 올랐다. 뼈마디가 굵은 큰 덩치에 덥수룩한 머리칼, 빛나는 눈 때문에 방금 겨울잠에서 깬 곰처럼 힘세고 탐욕스러워 보였다.

"더 말씀하지 않으셔도 됩니다, 어르신." 그가 불쑥 말했다. "무슨 말씀 하실지 압니다. 전에 배에서 다 들었습니다. 선원이 뭍에 오면 이런 일이 생긴다지요. 어르신은 오늘밤 운이 좋으신 겁니다. 건강하고 활달한 선원을 찾으셨다면 운이 좋으신 겁니다. 저만큼 힘센 선원도 없습니다. 로포텐제도 연안의 눈보라를 맞으며 펌프 옆에 열한 시간 동안 서 있었던 사람이 있으면 나와보라고 하십시오. 늙고 마른 어르신께는 힘든 일이죠. 제가 해야 할 일은 잘 압니다."

청년은 또다시 얼굴이 홍당무처럼 붉어졌다. 그는 자랑을 멈추고 잠시 침묵하다가 말을 이었다.

"저는 부유한 노인과 얘기해본 적이 없습니다. 사실대로 말씀드리자면 최근에는 다른 사람과 말해본 적도 별로 없습니다. 제 얘기를 해드리겠습니다. 보름 전 배러쿠다호에 타기 전까지만 해도 저는 일 년 동안 말 한마디 하지 않고 지냈습니다. 일 년 전 3월 중순경 제 소유의 어밀리아 스콧 호가 폭풍우에 침몰했습니다. 배에 탄 사람 중 저 혼자만 섬에 표류하게 되었죠. 아무도 살지 않는 섬이었습니다. 불과 삼 주 전만 해도 저는 그 섬의 해안을 걷고 있었습니다. 수많은 소리가 들려왔지요. 하지만 사람의 말소리는 들을 수 없었습니다. 전 가끔 노래를 불렀습니다. 어르신도 혼자 노래할 때가 있겠지요. 하지만 말은 한마디도 하지 않았습니다."

배

클레이 씨는 뜻밖에 접한 선원의 모험담이 마음에 들었다. 눈을 반쯤 감은 그는 잠깐 동안 청년의 얼굴을 지그시 바라보았다. 그의 눈길은 마음에 든다고 말하는 듯했고 다정해 보이기까지 했다.

"그러니까 자네가 일 년 동안 밥도 못 먹고 한데서 자고 누더기를 입고 지냈다는 건가?" 클레이 씨는 화려한 방을 흐뭇하게 둘러보며 말했다. "자네한텐 이 모든 게 새롭겠군."

선원도 방을 둘러보았다. "그렇습니다. 이 집은 그 섬과 천지 차이입니다. 그는 노인을 보며 자기 머리칼에 손을 쑥 집어넣었다. "그래서 제 머리가 이렇게 길었습니다. 오늘밤에 자르려고 했었죠. 다른 선원 둘이 저를 이발소에 데려다주기로 해놓고 마음을 바꿔 여자들에게 데려가려고 했어요. 거기 가지 않기를 잘했습니다. 갔다면 어르신을 만나지 못했을 테니까요. 사람들하고 얘기하는 것에는 금방 익숙해질 겁니다. 전에도 말을 하고 살았으니까요. 저는 보기만큼 바보는 아닙니다."

"괜찮겠군. 섬에 혼자 있는 거. 꽤 괜찮겠어. 아무에게도 방해받지 않고 말이지." 클레이 씨가 혼잣말처럼 말했다.

"여러모로 좋았습니다." 청년이 진지하게 말했다. "해변에는 새알이 있었어요. 거기서 낚시도 했죠. 잘 드는 칼이 있었는데, 초승달이 새로 뜰 때마다 그걸로 큰 나무의 껍질에 표시를 했습니다. 아홉 번을 표시한 뒤로 그만두었는데, 배러쿠다호가 오기 전에 초승달을 두세 번 정도 더 봤던 것 같습니다."

"자네는 젊으니, 배가 와서 사람들 사는 곳으로 데려다줘서 기뻤겠군."

"기뻤습니다. 한 가지 이유에서였죠. 하지만 저는 이미 섬생활에 익숙해졌고, 평생을 그곳에서 지낼 생각도 했습니다. 아까도 말씀드렸듯 섬에서는 많은 소리를 들을 수 있었습니다. 밤새도록 파도 소리를 들었고, 바람이 일면 사방에서 소리가 들려왔죠. 아침엔 갈매기가 잠에서 깨는 소리도 들을 수 있었습니다. 한번은 비가 한 달 내내 왔고, 또 한번은 보름 동안 계속 내렸습니다. 두 번 모두 어마어마한 천둥번개를 몰고 왔어요. 비는 하늘에서 내려오는 노랫소리 같았고, 천둥은 사람 목소리 같았어요. 선장의 목소리 같았죠. 그 소리를 들었을 때 정말 놀랐습니다. 몇 달 동안 사람 목소리를 듣지 못했었거든요."

"밤은 길었나?" 클레이 씨가 물었다.

"낮만큼 길었습니다. 낮이 되면 그다음엔 밤이 오고 또 낮이 되었죠. 하나의 길이는 다른 하나의 길이만했어요. 우리 고향의 밤은 여름엔 짧고 겨울엔 길었지요."

"밤에는 무슨 생각을 했나?"

"주로 한 가지를 생각했습니다. 배였어요. 내 배를 갖고, 출항시키고, 항해하는 꿈을 몇 번이고 꾸었습니다. 파도에 잘 견디는 튼튼하고 좋은 배를 꿈꿨습니다. 하지만 9톤 이상으로 클 필요는 없고요, 높은 현장에 돛대 하나 딸린 작은 범선이면 족하죠. 고물은 푸른색으로 하고, 선실 창문 둘레에는 별을 새겨넣을 겁니다. 제 고향은 덴마크 마르스탈입니다. 아버지 친구분 중에 라스 엔센 바게르 씨라고 배를 만드는 분이 있는데 그분이 제 배를 만드는 데 도움을 주실 거예요. 저는 배로 반홀름과 스켈스쾨르의 옥수수를 코펜하겐으로 실어 나를 겁니다. 아무튼 내 배를 갖기 전에는 죽고 싶지 않았어요. 배러쿠다호에 구조되었을 때, 이제 배를 가질 수 있는 길로 들어서는구나 싶었습니다. 제가 기뻤던 건 바로 그 때문입니다. 어르신이 5기니를 벌지 않겠느냐고 물으셨을 때도 저는 섬에서 나오기를 잘했구나 생각했습니다. 그래서 어르신을 따라왔습니다."

"자네는 젊으니 섬에서 여자 생각도 했겠지?"

청년은 한참 잠자코 있다가 마치 정말 말하는 법을 잊기라도 한 듯 앞만 쳐다보았다.

"네, 했습니다. 어밀리아호에서도 배러쿠다호에서도 다른 선원들은 자기 여자 얘기를 했습니다. 오늘밤 어르신이 제게 시키실 일을 잘 압니다. 저도 여느 선원 못지않습니다. 실망하시지 않을 겁니다. 어르신의 숙녀분, 그러니까 저를 기다리는 그분도 실망하지 않을 겁니다."

갑자기 청년의 얼굴이 세번째로 후끈 달아올랐다. 붉은 기운이 가라앉았다가 다시 올라왔고 볕에 탄 뺨이 불그스름하게 빛났다. 청년이 자리에서 일어났다. 큰 키와 건장한 체구에서 숙연함이 흘렀다.

"차라리 배로 돌아가는 편이 나을지도 모르겠습니다." 사뭇 진지해진 목소리였다. "그리고 어르신은 다른 뱃사람을 구해보시는 게 좋겠습니다." 그는 호주머니에 손을 집어넣었다.

클레이 씨의 볼에 떠올랐던 옅은 홍조가 어느새 사라졌다. "안 돼. 돌아가지 말게. 자네는 무인도에서 외톨이로 살지 않았나. 일 년 동안 사람들하고 얘기도 못하고 말이야. 그 점이 마음에 들어. 자네면 좋겠어. 다른 뱃사람을 쓰고 싶지 않아."

클레이 씨의 손님이 한 발짝 앞으로 다가섰다. 노인은 그가 너무 커 보여서 자기도 모르게 의자 팔걸이를 움켜잡았다. 그는 사정이 절박한 사람들에게 위협을 받은 적이 있었지만, 그럴 때마다 돈과 차갑고 예리한 두뇌로 상대방을 물리쳤다. 하지만 지금 자기 앞에 성이 난 얼굴로 서 있는 이 사람은 너무나 단순해서 그런 방식이 먹혀들지 않을 성싶었다. 지금 호주머니에서 찾고 있는 것이 방금 말한 그 칼일지도 몰랐다. 이야기 하나를 실현하려다 저승으로 가게 되는 건 아닐까?

선원은 호주머니에서 클레이 씨가 준 금화를 꺼내 내밀었다.

"붙잡지 마십시오. 어르신은 연세도 많고 저를 당할 기력이 없습니다. 음식과 술은 고맙습니다. 이제 배로 돌아가겠습니다. 그럼 안녕히 계십시오."

클레이 씨는 갑자기 겁을 먹은 바람에 목소리가 목에 걸려 잘 나오지 않았다.

"이보게, 자네 배는…… 자네가 갖고 싶어하는 자네 배는? 파도에 잘 견딜 9톤짜리 범선, 자네 고향에서 코펜하겐으로 옥수수를 실어 나를 그 배는! 지금 5기니를 돌려주고 가버리면 그 배는 어떻게 되느냔 말이야! 자네가 지금껏 얘기한 그 배가 항해는커녕 출항 한번 못하고 끝나도 좋은가?"

잠시 후 청년은 금화를 호주머니에 다시 집어넣었다.

이야기 속 노인의 말

부유한 노인과 젊은 뱃사람이 환히 밝힌 식탁에서 서로 마주하는 동안 비르지니는 촛대마다 장밋빛 가리개를 씌운 침실에 있었다. 그녀는 그곳에서 이야기의 여주인공 역을 준비하고 있었다.

침실을 꾸밀 때 시중들던 어린 중국인 하녀는 가고 없었다. 침실에는 고상한 숙녀의 방으로 보일 만한 것들을 갖다놓았다. 방을 꾸미던 비르지니는 두세 차례 하던 일을 갑자기 멈추고 하녀에게 당장 이 집에서 나가자고 말했었다. 이제 혼자 남은 비르지니는 더이상 도망갈 생각을 하지 않았다.

비르지니가 있는 방은 한때 그녀 부모의 침실이었다. 부모님은 일요일 아침이면 아이들이 그 큰 침대에서 놀게 내버려두었다. 비르지니는 오랫동안 잊고 지낸 어머니와 아버지가 오늘밤 자신과 함께인 듯했다. 그녀는 마음속으로 부모님의 허락을 받고 옛집에 발을 들여놓았다. 그녀에게도, 그녀의 부모에게도 오늘은 가족의 오랜 원수를 심판하는 날이 될 것이다. 그녀가 당할 수모와 치욕이야말로 가족의 원수를 심판할 결정적 증거가 될 것이다. 그녀는 오래전 원수를 심판하는 날이 와도 그와 얼굴을 마주하지 않으리라 맹세했다. 하지만 오늘밤에는 돌아가신 어머니와 아버지도 그 얼굴을 지켜보시리라.

오늘밤을 위해 비르지니가 침실에 꾸민 장식들, 작은 조각상이며 중국 부채, 마카르 부케, 이 모든 게 어릴 때 보았던 것들, 즉 클레이 씨가 이 집에 발을 들여놓기 전에 그녀의 아버지가 불에 던져넣거나 부숴버린 것들과 비슷했다. 비르지니가 집에서 가져온 작은 골동품도 몇 개 있었다. 비르지니는 이렇게 해서라도 우울하게 보낸 지난 십 년과 즐겁고 순진무구했던 과거를 연결하려 했고, 아버지와 어머니가 그것을 알아볼 수 있기를 바랐다.

비르지니는 옷을 갈아입고 치장하기 시작했다. 그녀는 마치 바빌로니아의 천막에서 홀로페르네스를 만나기 전에 얼굴과 몸을 단장하는 유디트*처럼 엄숙했다. 그러나 곧 치장에 몰두하기 시작했다. 유디트가 그랬던 것처럼.

비르지니는 돈에 관한 한 정직했다. 클레이 씨에게 받은 300기니로 자신의 역할에 맞는 것들을 아낌없이 샀다. 그녀는 레이스에 약했다. 지금도 발랑시엔 레이스에 감싸여 목에는 산호 목걸이, 귀에는 진주 귀걸이를 하고, 분홍색 새틴 슬리퍼를 신었다. 분을 바르고 볼화장을 하고 눈썹을 짙게 칠했다. 도톰한 입술에는 립스틱을 발랐다. 머리는 둥글게 말고 윤을 낸 다음 고운 어깨 위로 풍성하게 풀어내렸다. 그리고 목, 팔, 가슴에 향수를 뿌렸다. 비르지니는 단장을 끝낸 뒤 긴 거울 앞으로 엄숙하게 다가갔다. 방안의 거울을 차례대로 하나하나 모두 들여다보았다.

어린 비르지니가 바라볼 때마다 그녀에게 예쁘고 아름답다고 말해

---

* 성서의 외경 「유딧기」에 등장하는 인물. 아시리아군이 이스라엘을 침입했을 때 미모를 이용해 적장 홀로페르네스의 목을 베었다.

주던 거울들이었다. 거울을 들여다보고 있노라니, 열두 살 때 숙녀가 된 자신의 미래 모습을 보여달라고 부탁했던 일이 떠올랐다. 그때는 장미색 불빛 아래 더 사랑스럽고 아름다워진 모습으로 서 있을 숙녀를 꿈꾸지는 못했다. 연극에 대한 비르지니의 사랑은 아버지가 물려주고 키워준 것이었는데, 이제 그것이 비르지니에게 도움이 될 참이었다. 그녀가 외모와 내면이 다른 사람이었듯, 그녀 아버지의 사업 역시 겉으로 보이는 모습과 속사정이 달랐다.

거울을 들여다보던 비르지니는 작은 새틴 슬리퍼를 벗고, 레이스로 수놓은 부드러운 이부자리 위에 가녀리면서도 다부지고 아름다운 몸을 쭉 뻗었다. 윤기가 흐르는 짙은 곱슬머리가 베갯잇 위로 흘렀다.

잠시 원수에 대한 상념에 잠겼던 그녀는 이제 자신의 모습을 그려보았다. 이윽고 바깥에서 발소리가 들리자 그제서야 이야기 속 인물, 오늘밤 자신이 맞게 될 낯선 손님을 떠올렸다. 그녀의 마음속에는 곧 클레이 씨가 매수한 꼭두각시에 대한 차가운 경멸이 스쳤다.

문고리가 돌아가자 비르지니는 눈길을 아래로 떨구었다. 문이 열리고 다시 닫혔지만 그녀는 여전히 침대보만 바라보았다. 그렇지만 그 시선은 앙심에 찬 사나운 눈초리로 똑바로 응시하는 것 못지않게 강렬하고 따가웠다.

길고 도톰한 중국산 비단 가운을 걸친 클레이 씨가 지팡이를 짚고 방으로 들어왔다. 두 걸음 정도 뒤에서 크고 흐릿한 그림자가 다가오더니 천천히 문턱을 넘었다.

오늘밤 손님과 함께 마신 포도주 한 잔이 클레이 씨의 고통스러운 불면증을 잠재울 기미였다. 클레이 씨는 조금 전 약간 겁을 먹었다. 다른 사람들을 수없이 겁주기는 했지만 스스로 두려움을 느껴본 일은 거의 없었던 그에게 이 일은 뜻밖의 자극이 되었다. 하지만 노인은 그보다 더 강한 힘에 취해 있었다. 오늘밤 그는 자신의 뜻과 말에 따라 움직이는 세상에 있었다.

성공이 눈앞에 다가올수록 클레이 씨는 늙어갔다. 단 몇 시간 만에 흰머리가 늘었다. 그러나 동시에 이상하게 생기가 돌았다.

정복과 종속의 순간이 목전이었다. 클레이 씨는 뜻밖에 도전해온 세력을 전멸시킴으로써 그것을 자신의 존재 안으로 흡수하려 하고 있었다. 그는 상상의 세계를 실현하고 이야기를 사실로 탈바꿈시킬 것이다. 그는 자신의 세계관을 뒤흔들려 했던 한 사람을 물리칠 순간이 왔음을 어렴풋이 직감했다. 바로 예언자 이사야였다.

그는 슬며시 웃었다. 걸음걸이가 약간 흔들렸다. 난생처음으로 그는 여자의 아름다움에 놀랐다. 그는 자기 지시에 따라 지금 침대에 누워 있는 여자를 흡족한 듯 바라보았다. 오래전 한 남자가 어린 딸의 사진을 자랑스럽게 보여주던 모습이 잠시 머릿속을 스쳤다. 클레이 씨는 마음에 든다는 뜻으로 고개를 끄덕였다. 그의 꼭두각시들은 말을 잘 듣고 있었다. 그의 이야기에 등장하는 여주인공은 분홍빛이 도는 흰 피부를 가졌고, 눈을 내리깐 모습은 불안한 듯하면서 겸손했다. 이야기는 속도를 더해가고 있었다.

클레이 씨는 지금이 바로 이야기 속 노인이 말을 꺼내야 할 순간임을 알았다. 오십 년 전에 들은 노인의 대사가 하나도 빠짐없이 기억났지만 자신의 힘에 대한 자각이 그를 광둥 대부호에 머물게 했다. 그러고 보면 예언자 이사야는 영리한 사람이다. 신실한 태도 이면에 여러

가지 수완과 방법을 꿰고 있었다. 클레이 씨는 아주 짧은 유년 시절을 보냈는데, 말을 배우고 다른 사람들의 말을 이해하기까지 그리 오래 걸리지 않았다. 그런데 자신의 전능함을 펼쳐 보일 세상으로 들어가려는 이때, 이사야가 그의 머리에 손을 얹고 그를 아이로 되돌려놓았다. 다시 말해 바위처럼 메마른 늙은이는 다시 한번 조용히 어린 시절로 발을 들여놓고 있었다. 그는 자기 이야기 속 인물을 연기하기 시작했다. 저녁식사 때 했던 말이 아직도 머릿속에 맴돌았다.

"당신." 그는 침대에 있는 여자를 손가락으로 가리켰다. "그리고 자네." 이번에는 보지도 않고 손가락으로 청년을 가리키며 말했다. "자네들은 젊어. 사지가 멀쩡하고 건강하지. 밤에 잠을 못 이루는 일도 없고. 아무 고통 없이 걷고 움직이니까 자네들 의지대로 움직인다고 생각하겠지. 하지만 아니야. 자네들은 내 뜻에 따라 움직이고 있어. 젊고 혈기왕성하지만 이 늙은 손안에 놓인 꼭두각시 인형일 뿐이야."

클레이 씨는 말을 잠깐 멈추었다. 찡그리는 듯한 엷은 미소를 여전히 띤 채.

"모두가 자기보다 강한 사람의 손에 놓인 꼭두각시지. 가난한 사람은 부자의 꼭두각시고, 어리석은 사람은 똑똑한 사람의 꼭두각시야. 사람들은 강한 자의 손이 조종하는 대로 춤을 추기도 하고 고꾸라지기도 하네.

내가 방에서 나가고 자네 둘만 남으면 자네들은 젊은 피가 이끄는 대로 행동할 거라고 생각할지 모르지만, 내가 의도한 대로 행동할 뿐 그 이상도 이하도 아니야. 자네들은 내 이야기의 각본에 따라 행동하게 될 거야. 오늘밤, 이 방, 이 침대, 자네 둘, 그리고 자네들의 뜨거운 피조차 내가 말로써 현실에 불러낸 이야기에 지나지 않네."

클레이 씨는 방에서 좀처럼 발을 뗄 수 없었다. 그는 지팡이에 몸을 의지한 채 침대 옆에 그대로 일 분 정도 더 서 있었다. 그러다가 자신의 전능함을 보일 무대 위에 두 작은 배우를 남겨둔 채 위엄 있게 등을 돌렸다.

클레이 씨가 방문을 열자 비르지니의 눈길이 문 쪽을 향했다.

그녀는 아버지를 죽인 살인자를 똑바로 쳐다보았다. 원수의 모습이 물러나더니 점점 멀어졌다. 클레이 씨의 기다란 중국산 가운이 바닥에 끌리며 문을 닫자 문틈에 걸렸다. 그는 문을 다시 열었다 닫아야 했다.

만남

방안에서는 한참 동안 아무런 소리도 아무런 움직임도 없었다. 청년이 앞으로 두 발짝을 성큼 옮김과 동시에 침대에 있던 비르지니가 고개를 돌려 그를 쳐다보았다.

비르지니는 혼이 나갈 정도로 놀랐다. 원수에 대한 복수고 뭐고 당장 집에 가고 싶었다. 찰리 심프슨의 비호라도 받고 싶었다. 지금 침대 끝에 있는 사람은 광둥 거리에서 흔히 볼 수 있는 선원이 아니었다. 그녀를 뭉개버리고도 남을 거대한 들짐승 같았다.

청년은 잠자코 여자를 바라보았다. 깊고 규칙적인 숨을 쉴 때마다 넓은 가슴이 위아래로 움직였다. 마침내 그가 입을 열었다. "당신은 세상에서 가장 아름다운 여자예요." 비르지니는 비로소 자기가 상대하는 사람이 어린아이에 불과하다는 것을 깨달았다.

그가 물었다. "몇 살이죠?"

그녀는 뭐라고 대답해야 할지 몰랐다. 침울한 비극이라고 생각했던 이 연극이 혹시 희극으로 둔갑할 수도 있는 걸까?

대답을 기다리던 청년은 다시 물었다. "열일곱 살인가요?"

"네." 비르지니가 대답했다. 그녀는 대답하면서 그를 바라보았다. 굳었던 그녀의 표정이 살짝 풀어졌다.

"그러면 우린 동갑이네요." 청년이 말했다.

그는 다시 천천히 한 걸음 다가와 침대에 앉았다.

"이름이 뭐예요?"

"비르지니." 그녀가 말했다.

그는 그 이름을 두 번 되뇌었다. 그리고 한참 동안 그녀를 쳐다보며 앉아 있었다. 청년은 그녀 옆에 살며시 누웠다. 몸집은 컸지만 움직임은 가볍고 침착했다. 비르지니는 마치 그의 내부에서 무슨 일이 벌어지기라도 한 듯, 그의 깊은 숨소리가 가빠지다 멈추었다 다시 희미한 신음으로 바뀌는 것을 들을 수 있었다. 둘은 한참을 그렇게 누워 있었다.

"할말이 있어요." 청년이 나직한 목소리로 갑자기 말을 꺼냈다. "나는 지금까지 여자와 자본 적이 없어요. 물론 생각은 자주 했어요. 여러 번 해보려고도 했죠. 하지만 실제로 해본 적은 한 번도 없어요."

그는 입을 다물고 그녀의 말을 기다렸다. 그녀가 아무 말도 하지 않자 그는 얘기를 계속했다.

"어쩔 수 없었죠. 여자가 없는 먼 곳에 오랫동안 있었으니."

그는 또다시 말을 멈췄다가 계속했다. "뱃사람들한테는 이 얘기를 하지 않았어요. 오늘밤 뭍에 함께 나온 친구들한테도 마찬가지고요. 하지만 당신에겐 말해야 할 것 같아요."

비르지니는 자기도 모르게 그에게 얼굴을 돌렸다. 그녀의 얼굴에 바짝 다가와 있는 그의 얼굴은 벌겋게 달아올라 있었다.

"그곳에서 살 때 난 가끔 내 여자와 함께 있는 상상을 했어요. 상상 속에서 그녀에게 새알과 물고기와 크고 달콤한 이름 모를 과일들을 가져다줬죠. 그녀는 다정했어요. 내가 그곳에서 지낸 지 석 달쯤 됐을 때 발견한 동굴에서 우리는 함께 잤죠. 보름달이 뜨면 동굴 안으로 달빛이 비쳐들었어요. 하지만 그녀의 이름은 도무지 떠오르지 않았어요. 기억하는 여자 이름이 없었거든요, 비르지니." 그는 다시 아주 천천히 말했다. "비르지니." 그리고 다시 한번. "비르지니."

그는 한순간에 이불과 침대 시트를 들추고 그 밑으로 미끄러져들어갔다. 그는 그녀에게서 약간 떨어져 있었으나, 그녀는 크지만 유연하고 아주 젊은 그의 몸을 느낄 수 있었다. 잠시 후 그가 손을 뻗어 그녀를 만졌다. 그녀의 레이스 가운이 다리 위로 올라가 있었다. 그가 천천히 손을 뻗자 그녀의 무릎 주위가 느껴졌다. 그는 손가락으로 그녀의 무릎을 살며시 쓰다듬다가 손을 거두고 자신의 마르고 단단한 무릎을 만져봤다.

잠시 후 비르지니가 죽을 듯이 비명을 질렀다. "세상에!" 그녀가 소리쳤다. "세상에! 일어나요. 빨리 일어나야 해요. 지진이에요, 지진!"

"아니에요." 청년은 그녀의 얼굴을 마주하고 숨가쁘게 속삭였다. "아니에요. 지진이 아니에요. 바로 나예요."

그는 마침내 그녀의 어깨에 얼굴을 푹 파묻은 채 잠이 들었다. 깊고 평화롭게 숨쉬면서 그녀를 꼭 끌어안은 채.

요즘 고민이 많은 비르지니는 잠이 오지 않았지만 아무 생각도 할 수 없었다. 지금까지 그녀는 이런 힘을 느껴본 적이 없었다. 이곳에서 자기 스스로 행동하려는 노력은 부질없는 일 같았다. 자신을 끌어안은 그의 힘은 이제껏 알지 못했던 현실이었고, 이 새로운 현실 외에는 모든 것이 공허하고 거짓인 것처럼 느껴졌다.

밤이 더 깊어지자 비르지니는 어머니가 들려주었던 어머니의 고향 사람들 이야기를 떠올렸다. 브르타뉴 뱃사람들에 관한 이야기였다. 위험한 바다생활과 뱃사람의 귀향을 노래하는 프랑스 민요가 고스란히 기억에서 되살아났다. 어디선가 뱃사람의 아내들이 불렀던 자장가마저 들리는 듯했다.

밤중에 잠에서 깬 청년은 마치 벌집을 본 곰처럼 비르지니를 대했다. 탐욕과 흥분에 잔뜩 들떠 으르렁대는 것 같았다. 둘은 간간이 얘기를 나누었다.

"배에 있을 때 가끔 노래를 만들어 불렀어요."

"어떤 노래였는데요?"

"바다에 관한 노래. 선원의 삶과 죽음에 관한 노래."

"한번 불러봐요."

잠시 후 청년은 천천히 노랫말을 읊었다.

“야경을 서고 있는 지금,
밤공기는 차갑고
백조 세 마리가 달을 가로지르네,
둥근 황금빛 얼굴 위를.”

“황금빛.” 청년은 뭔가 꺼림칙한 듯 되뇌더니 잠시 후 말했다. “5기니 동전은 달처럼 생겼으면서 달하고는 전혀 달라요.”

“다른 노래도 있어요?” 비르지니는 청년이 무얼 말하려는지 몰랐지만 그가 근심하지 않기를 바랐다.

“그럼요. 내 배에 관한 노래예요.”

“그것도 들려줘요.”

청년은 다시 천천히 읊었다.

“하늘이 어둡고
천길 아래 바닷속이 요동하고
배가 고래처럼 곤두박질쳐도
폴 벨링은 끄떡 않지.”

“이름이 폴이에요?”

“네, 폴. 나쁘지 않은 이름이죠. 아버지 이름도 폴이었고, 할아버지 이름도 폴이었어요. 배를 잘 지키는 훌륭한 뱃사람의 이름이죠. 아버지는 내가 태어나기 여섯 달 전에 바다에서 돌아가셨어요. 아버지는 바닷속에 계세요.”

"당신은 바다에서 죽지 않을 거죠?"

"그래요, 아마도. 하지만 바다가 아버지를 삼켰을 때 아버지가 무슨 생각을 하셨을까 궁금한 적이 많았어요."

"그런 생각 하는 게 좋아요?" 다소 놀란 목소리로 그녀가 물었다.

그는 그녀의 질문을 생각해봤다. "네. 폭풍과 험한 파도에 대해 생각하는 게 좋아요. 죽음에 관해 생각하는 것도 나쁘지 않고요."

잠시 후 그가 갑자기 나지막이 소리쳤다. "날이 밝으면 바로 배로 돌아가야겠어요. 아침에 출항하거든요."

이 말을 듣자 왠지 모를 슬픔과 아픔이 비르지니의 마음 깊숙이 파고들었다. 하지만 아픔도 잠시, 그의 힘이 파도처럼 그녀를 덮쳤다. 어느새 둘은 서로의 품안에서 잠들었다.

비르지니가 눈을 떴을 때 창문 커튼 사이로 햇살이 비치고 있었다. 그녀를 품안에 끌어안고 있던 청년의 손은 풀어졌지만, 청년은 깊은 잠 속에서도 여전히 그녀의 손을 잡고 있었다.

비르지니는 일어나자마자 한 가지 생각밖에 들지 않았다. 다른 건 아무것도 눈에 들어오지 않을 정도로 이렇게 머릿속이 온통 한 가지 생각으로 꽉 찬 건 처음이었다. '햇살에 비친 내 얼굴을 보면 화장을 짙게 한 나이든 여자라는 걸 알게 될 텐데! 늙고 추악한 여자라는 걸!'

날이 점점 밝아왔다. '아직 십 분은 있어.' 그녀는 생각했다. '아직 오 분은 남았어.' 하지만 그녀의 마음은 천근만근 무거워져갔다. '시간이 다 됐어.' 그녀는 그의 이름을 두 번 불렀다.

그가 깨자 그녀는 배가 떠나기 전에 어서 돌아가라고 말했다. 그는 아무 말도 하지 않고 그녀의 손을 붙들고만 있더니 한참 동안 그 손을 자기 얼굴에 대고 칭얼대는 듯한 소리를 냈다.

정원에서 새가 지저귀는 소리가 들리자 비르지니가 말했다. "들어봐요, 폴. 새소리예요. 초가 다 탔어요. 이제 아침이에요."

한 마리 짐승이 소리 없이 갑자기 솟구쳐오르듯 폴은 침대에서 뛰어내려 그녀를 들어올렸다.

"같이 가요! 나와 함께 여기서 떠나요!"

그의 목소리는 노랫소리 같기도 하고 폭풍이 부는 소리 같기도 했다. 그 목소리는 그의 팔보다 더 높이 그녀를 들어올렸다.

"내 배로 당신을 데려가겠어요." 그는 다시 소리쳤다. "당신을 거기 숨겨줄게요. 그리고 내 고향으로 데려갈게요!"

그녀는 그에게서 빠져나오려고 두 손으로 그의 가슴을 밀쳤다. 그의 가슴이 풀무처럼 위아래로 흔들렸다. 하지만 그의 품속에서 그녀 자신은 나무가 바람에 흔들리듯 살짝 비틀거릴 뿐이었다. 그는 그녀를 더욱 꼭 잡고 마치 어깨에 둘러메기라도 할 태세로 들어올렸다.

"당신을 두고 가지 않을 거예요!" 그가 노래하듯 말했다. "누구도 우리를 갈라놓지 못해요. 왜냐하면! 당신은 내 사람이니까요! 절대로 안 돼요! 절대로! 절대로!"

그 순간 비르지니는 거울 하나에 어슴푸레 비친 둘의 모습을 보았다. 평생 이보다 더 극적인 장면은 없을 터였다. 청년은 지금 초인적으로 거대하고 무시무시해 보였다. 성난 곰이 뒷다리로 우뚝 서서 오른쪽 앞다리를 휘저어대는 것 같았다. 긴 머리를 풀어헤친 비르지니는 무방비 상태의 먹이처럼 그의 왼팔에 갇혀 축 늘어져 있었다. 그녀는 한쪽 발을 땅에 대려고 안간힘을 썼다. 그녀가 떠는 걸 느낀 청년은 그녀를 내려주었지만 여전히 꼭 안은 채였다.

"뭐가 두려운 거예요?" 청년은 그녀의 얼굴을 자기에게로 돌리며 물었다. "아무한테도 당신을 뺏기지 않을 거라는 말을 못 믿는 거군요! 당신을 고향으로 데려가겠어요. 나와 함께 있는 한 폭풍도 눈보라도 파도도 겁낼 것 없어요. 덴마크에서도 내가 당신을 지켜줄 거예요. 그곳에서 우린 매일 함께 잠들 거예요! 오늘밤처럼! 오늘밤처럼!"

비르지니가 사색이 되도록 두려운 것은 폭풍도 눈보라도 파도도 아니었다. 그녀는 지금 죽음도 겁나지 않았다. 정말 두려운 건 날이 밝았을 때 그가 자기 얼굴을 보는 것이었다. 처음에는 어떤 말도 할 엄두를 내지 못했다. 입에서 무슨 말이 나올지 자신도 몰랐으니까. 두 발로 몸을 가누자 겨우 정신을 가다듬은 그녀는 빠져나갈 방도를 찾았다.

"당신은 그렇게 하지 못해요. 그 사람한테서 돈을 받았잖아요."

"뭐라고요?" 청년은 당황한 듯 소리쳤다.

"노인이 당신에게 돈을 줬잖아요!" 그녀가 반복해 말했다. "새벽에 떠난다는 조건으로. 그리고 당신은 그 돈을 받았죠!"

그녀의 말뜻을 알아차린 순간 청년은 얼굴이 창백해졌고, 잡고 있던 그녀의 손을 갑자기 놓는 바람에 그녀는 비틀거렸다.

"그래요." 청년은 천천히 말했다. "그분이 내게 돈을 줬어요. 그리고 난 그 돈을 받았어요. 하지만 그땐," 그가 목소리를 높였다. "몰랐어요!"

그는 그녀의 머리 위 허공을 바라보며 시무룩하게 말했다. "그분과 약속했어요!" 그는 그녀의 어깨에 고개를 떨구고 그녀의 머리칼과 살결에 얼굴을 묻었다. "아! 아! 아!" 그는 울부짖었다.

청년은 그녀를 들어올려 침대에 누이고, 그녀 옆에 앉아서 눈을 감았다. 그러고는 그녀를 일으켜서 끌어안았다가 다시 누이기를 수없이 반복했다. 그가 눈을 감고 있는 동안 비르지니는 조용히 있었다. 그녀는 그에게 할말을 찾기 위해 그와 함께한 시간을 되돌아봤다.

"당신은 배를 갖게 될 거예요." 마침내 그녀가 말했다.

긴 침묵이 흐른 뒤 그가 말했다. "그래요. 난 배를 갖게 될 거예요." 또 한참이 지난 뒤 말했다. "내가 배를 갖게 될 거라고 말했나요?"

그는 그녀를 다시 들어올려서 오랫동안 품에 안았다. "하지만 당신은!" 그가 말했다.

"하지만 당신은?" 그는 잠시 뒤 다시 천천히 말했다. "당신은 어떻게 되는 거죠, 내 사랑?"

비르지니는 아무 말도 하지 않았다.

"이제 가야겠어요. 배로 돌아가야겠어요." 청년은 가만히 귀를 기울이더니 말했다. "새가 지저귀고 있어요. 초는 다 타고 날은 밝았어요. 난 가야 해요." 하지만 그는 발걸음을 떼지 못했다.

"잘 있어요, 비르지니. 당신 이름은 비르지니. 내 배에 당신 이름을 붙이겠어요. 우리 둘의 이름으로 배 이름을 짓겠어요. 폴과 비르지니. 내 배는 우리 둘의 이름을 달고 스토르스트룀과 코이에만을 항해할 거예요."

"날 기억해줄 거죠?" 비르지니가 물었다.

"그럼요." 선원은 대답했다. "언제나, 죽을 때까지." 그가 일어섰다.

"죽을 때까지 당신을 생각할 거예요. 내 배에서 어떻게 당신을 떠올리지 않을 수 있겠어요? 돛을 올릴 때도 닻을 올릴 때도. 그리고 닻을 내릴 때도. 지저귀는 새 소리가 들리는 아침에도 당신을 생각할 거예요. 당신의 몸과 당신의 향기를 생각할 거예요. 다른 여자는, 당신 아닌 여자는 생각도 하지 않겠어요. 당신은 세상에서 가장 아름다운 여자니까요."

그녀는 방문까지 따라가 그의 목을 껴안았다. 거기는 창문에서 떨어진 곳이라 아직은 어두웠다. 그녀는 갑자기 울먹였다. '아직 시간이 좀 남았어.' 비르지니는 그를 껴안은 채 생각했다. 둘은 입을 맞추었다.

"날 봐요." 그녀가 애원했다. "날 봐요, 폴."

그는 진지한 표정으로 그녀의 얼굴을 보았다.

"내 얼굴을 기억해줘요. 내 얼굴을 잘 봐요. 그리고 기억해요, 내가 열일곱 살이라는 걸. 당신 이전에 누구도 사랑해본 적이 없다는 걸."

"모두 기억할게요. 당신 얼굴을 절대 잊지 않을게요."

그녀는 그에게 매달린 채 젖은 얼굴을 들어올렸다. 그가 자신의 품에서 멀어지는 것을 느꼈다.

"이제 가요." 그녀가 말했다.

조개껍질

동이 트자 엘리샤마는 클레이 씨 집의 자갈길을 걸어 집안으로 들어갔다. 자기 방식으로 조용히 이야기를 마무리하기 위해서였다.

기다란 식당에는 어젯밤의 저녁 식탁이 아직도 치워지지 않았고 마시다 만 포도주가 그대로였다. 초는 다 타고 마지막 하나만 남아서 심지를 마저 태우고 있었다.

클레이 씨도 자리에 그대로였다. 깊숙한 안락의자에 앉아 쿠션을 베고 발걸이에 발을 올려놓은 채. 승리의 잔을 마시기 위해 날이 밝을 때까지 그렇게 밤을 샜다. 하지만 승리의 잔은 그에게 너무 강한 상대였다.

엘리샤마 역시 꼼짝 않고 한참 동안 서서 클레이 씨를 물끄러미 바라보았다. 그는 지금까지 주인이 잠든 모습을 본 적이 없었고, 주인이 자신의 고충에 대해 투덜대는 것을 들으면서 은연중에 그의 잠든 모습을 보아서는 안 된다고 생각했었다. 엘리샤마는 클레이 씨가 자신의 고통을 잠재울 방법을 제대로 찾았다고 생각했다. 이야기의 실현이 한 남자를 평온케 했다.

노인은 실눈을 뜨고 있었는데, 그 모습이 돌멩이처럼 파리했다. 얇게 다문 입술은 묘한 웃음을 머금고 있는 듯했다. 얼굴은 무릎 위에 얹은 앙상한 손과 마찬가지로 회색빛이었다. 몸에 걸친 가운은 너무 헐렁해서 얼굴과 머리와 손만 달렸을 뿐 몸이 없는 것처럼 보였다. 수많은 이들의 부러움과 두려움의 대상이자 자부심과 고집으로 똘똘 뭉친 사람이었던 그는 오늘 아침 한순간 끈 풀린 꼭두각시 인형처럼 되어버렸다.

그의 심복이자 친구인 엘리샤마는 의자에 앉아 노인의 가슴에 늘 담겨 있던 투덜거림과 호통에 가만히 귀기울였다. 그러나 방안은 고요했다. 엘리샤마는 예언자의 말을 되뇌었다.

"걱정과 한숨은 이내 스러질 것이다."

엘리샤마는 간밤의 일과 인생살이에 대해 생각하면서 한참 동안 클레이 씨 옆에 앉아 있었다. 클레이 씨가 연출한 이야기에서 배역을 맡은 세 사람에게 무슨 일이 생겼을까? 이야기 속에서 헤어나지 못한 건 아닐까? 뭔가를 지독하게 갈망하면 포기하기가 너무나 힘들다는 것을 엘리샤마는 잘 알았다. 만일 그들이 원하는 것을 얻지 못했다면 힘들 것이고, 원하는 것을 얻었다면 더더욱 힘들 것이다.

잠시 후 엘리샤마는 그의 이야기가 승리로 끝났다는 걸 알리기 위한 표시로 자기 앞에 푹 꺼진 채 움직이지 않는 육신을 건드려 깨워야 할지 고민했다. 하지만 좀더 기다려보기로 했다. 그리고 이야기의 끝을 먼저 보기로 했다. 그는 고요하기만 한 식당에서 조용히 나왔다.

그는 침실 문으로 다가갔다. 문 앞에 서서 안에서 들려오는 목소리를 들었다. 두 사람이 이야기하는 소리였다. 지난밤 이 두 사람에게 무슨 일이 있었을까? 그리고 지금은 무슨 일이 일어나고 있는 걸까? 역시 이야기에서 헤어나지 못한 걸까? 안에서 누군가 울고 있었다. 눈물에 목이 메인 목소리가 엿듣는 사람의 귀에까지 들려왔다. 엘리샤마는 다시 이사야의 말을 되뇌었다.

"사막에 샘이 터지고 황무지에 냇물이 흐르리라. 뜨겁게 타오르던 땅은 늪이 되고,"

잠시 후 문이 열렸다. 두 사람이 문 앞에서 서로 끌어안고 있었다. 그리고 떨어졌다. 한 사람은 미끄러지듯 안으로 들어가버리고, 다른 한 사람은 문을 닫고 밖으로 나왔다. 지난밤에 만난 선원은 잠깐 동안 문 밖에 조용히 서 있었다. 그리고 주위를 둘러본 뒤 걸음을 옮겼다.

엘리샤마는 한 걸음 앞으로 다가갔다. 주인에게 충실했던 그는 클레이 씨가 승자임을 청년의 입을 통해 직접 확인받아야겠다고 생각했다.

선원은 진지한 얼굴로 그를 쳐다보며 말했다. "난 떠납니다. 내 배로 돌아갈 거예요. 어르신께는 제가 떠났다고 얘기해주십시오."

엘리샤마는 어제저녁에 청년을 잘못 보았다는 것을 깨달았다. 청년은 그가 생각했던 것처럼 어리지 않았다. 하지만 그게 무슨 의미가 있겠는가. 안락의자에 평온하게 몸을 맡기고 있는 클레이 씨에 비하면 한참 어리지 않은가. 청년에게는 운명과 욕망의 손길 속에서 방황해야 할 시간이 앞으로도 많이 남아 있었다.

엘리샤마는 주인에게 남은 것이 무엇인지 셈을 해보기로 했다.

"이제 자네는 이야기를 할 수 있겠군." 그가 청년에게 말했다.

"무슨 이야기요?

"전부 다 말이야. 어제저녁부터 지금까지 자네에게 일어난 일, 자네가 보고 자네가 겪은 일, 그 모든 걸 얘기할 수 있겠지. 그 이야기를 처음부터 끝까지 진실하게 할 수 있는 선원은 세상에 자네 한 사람뿐이야. 자네는 이야기에 나오는 일 하나하나를 다 겪었으니까."

청년은 한참 동안 엘리샤마를 쳐다보았다.

"내가 겪은 일이라고요?" 그가 마침내 입을 열었다. "어제저녁부터 지금까지 보고 겪은 일?" 청년은 다시 한참 침묵한 뒤 말했다. "왜 그걸 이야기라고 하는 거죠?"

"자네도 이미 들은 이야기이지 않은가. 한 선원이 큰 도시에 내려서 겪었다는 이야기. 그가 항구 근처를 혼자 걷고 있는데 어떤 마차가 그 앞에 서고, 그 마차에서 노신사가 내려 '잘생긴 뱃사람이군! 오늘 밤 5기니를 벌지 않겠나?' 하고 묻는 이야기."

청년은 꼼짝하지 않았다. 하지만 어느샌가 조용히 자신의 위력을 끌어모아 상대에게 겨누었다. 그것은 상대방이 생명의 위험을 느낄 수 있을 정도의 무게였고 위협적이었다. 청년은 길에서 클레이 씨와 처음 마주쳤을 때도 그를 당황하게 했고, 그날 저녁 식당에서도 그를 겁먹게 했다. 두려움이라는 감정을 모르는 엘리샤마도 마음이 동요해 자기 앞에 있는 거인에게서 멀어지기 위해 조금 뒤로 물러서기까지 했다. 하지만 그것은 두려움 때문이 아니라 여자와 새에게서 늘 느끼던 묘한 동정과 연민 때문이었다.

그러나 거인은 순한 짐승이었다. 그는 잠시 후 아주 조용히 말했다.

"하지만 그 이야기는 내가 겪은 것하고 하나도 같지 않아요."

그는 다시 잠깐 동안 잠자코 있었다.

"내가 겪은 이야기를 하라고요? 누구한테요? 내가 그 이야길 한다 한들 누가 믿겠어요?"

그는 모았던 힘을 추슬러 마지막 말을 덧붙였다.

"5기니의 백 배를 준다고 해도 난 이야기 안 해요."

엘리샤마는 손님을 위해 현관문을 열어주었다. 클레이 씨 집 정원의 이슬 맺힌 나무와 꽃이 아침햇살을 받아 방금 생겨난 것처럼 말갛고 싱싱해 보였다. 장밋빛처럼 붉은 하늘은 구름 한 점 없었다. 공작 한 마리가 정원에서 꽥꽥 울며 꼬리를 끌었다. 이슬 맺힌 은빛 잔디에 검은 줄무늬가 생겼다. 멀리서 마을이 깨어나는 소리가 희미하게 들려왔다.

선원의 눈은 지난밤 베란다의 옻칠한 탁자에 놓아두었던 짐꾸러미를 향했다. 그는 짐꾸러미를 챙기다가 뭔가 생각하더니 다시 내려놓고 매듭을 풀었다.

"부탁 하나 들어주시겠어요?" 그가 엘리샤마에게 물었다.

"그러지."

"오래전 어떤 섬에 살았는데 그곳 바닷가에 조개껍질이 수없이 많았어요. 그중엔 예쁜 조개껍질도 있었지요. 아마 귀한 조개였을 거예요. 어쩌면 그 섬에만 있는 것들인지도 모르고요. 매일 아침 그것들을 몇 개씩 주워 모았어요. 그중에서 제일 예쁜 것을 챙겨왔죠. 덴마크에 있는 고향집에 가져가려고요. 집에 가져갈 거라곤 그 조개껍질뿐이에요."

그는 탁자 위에 조개껍질을 늘어놓았다. 그것들을 찬찬히 살펴보다가 분홍색의 크고 반짝이는 조개껍질을 골랐다. 그는 그걸 엘리샤마에게 건넸다.

"그녀에게 전부 주지는 않을 거예요. 그녀는 좋은 것을 많이 가졌으니까. 여기저기 조개껍질을 놓아두는 걸 좋아하지도 않을 테고요. 하지만 이 조개는 귀한 거예요. 이 세상에 단 하나뿐인 조개껍질일지도 몰라요."

청년은 조개껍질을 손으로 천천히 쓰다듬었다. "무릎처럼 부드럽고 매끈해요. 귀에 대면 소리도 들려요. 노랫소리요. 저 대신 그녀에게 전해주시겠어요? 그리고 귀에 대보라고 말씀해주시겠어요?"

그는 자기 귀에 조개껍질을 갖다대더니 금방 뭔가에 마음을 빼앗긴 듯 평온한 얼굴이 되었다. 엘리샤마는 결국 지난밤 자신이 옳았다고, 청년은 아주 어리다고 생각했다.

"알았네. 잊지 않고 전해주지."

"귀에 대보라고 꼭 말씀해주시겠어요?"

"알았네."

"고맙습니다. 안녕히 계세요." 청년은 엘리샤마에게 큰 손을 내밀었다.

그는 짐꾸러미를 손에 들고 베란다 층계를 내려가 진입로를 지나 사라졌다.

엘리샤마는 그 자리에 서서 그가 떠나는 모습을 지켜보았다. 덩치 큰 어린 사내가 시야에서 사라지자 엘리샤마는 조개껍질을 귀에 갖다 댔다. 조개껍질에서 나지막하고 깊은 파도 소리가 들렸다. 멀리서 큰 파도가 부서지는 소리 같았다. 엘리샤마의 얼굴에 조금 전 선원의 얼굴에 나타났던 표정이 떠올랐다. 그는 이 집에서, 이 이야기에서 들려온 새로운 소리에 기이하고 부드럽고 깊은 충격을 받았다. '전에도 이런 소릴 들은 적이 있는데.' 그는 생각했다. '오래전에, 아주 오래전에. 어디서였지?'

그는 손을 서서히 떨구었다.

진주조개잡이

다음은 미라 자마*가 들려준 이야기다.

시라즈**에 신학을 공부하는 사우페라는 젊은이가 살았다. 그는 매우 재능이 많고 순수했다. 코란을 읽고 또 읽어서 머릿속이 온통 천사에 대한 생각으로 가득했으며, 그의 영혼은 어머니나 형제, 스승, 친구 혹은 시라즈의 어떤 사람들보다 늘 천사들과 함께였다.

그는 늘 경전 구절들을 마음속으로 되뇌었다. '사람의 영혼을 매섭게 찢고, 부드럽게 영혼을 이끌어내며, 신의 말씀으로 하늘을 유유히 가로지르고, 의로운 이를 천국으로 인도하며, 세상사를 다스리는 임무

* 이자크 디네센의 또다른 대표작 『일곱 개의 고딕 이야기』에 등장하는 이야기꾼.

** 이란 남부에 있는 도시.

에 순종하는 천사들은……'

사우페는 생각했다. 신의 옥좌는 하늘 높은 곳에 있어 인간의 눈이 닿지 않고, 그래서 그 앞에서 인간의 마음은 늘 비틀거리는 거야. 하지만 눈부신 천사들은 신의 높고 푸른 처소와 우리 인간이 머무는 어두운 집과 교실 사이를 오가지. 그러니 우리가 천사를 만나 얘기를 나눌 수 있어야만 해.

모든 피조물 가운데 새가 천사와 가장 닮은 게 틀림없어. 경전에도 나오잖아. '하늘과 땅을 오가는 모든 것은 신을 섬기며 천사도 그러하니라'라고. 새는 하늘과 땅 사이를 오가는 동물이야. 또 천사에 대해 이런 말이 있지. '교만함으로 자신의 봉사를 더럽히지 않고, 노래 부르며 신께 부여받은 일을 한다.' 이것 역시 새가 하는 일이야. 새가 하는 이 모든 일을 본받으려 노력한다면 우리는 지금보다 천사에 좀더 가까워질 수 있을 거야.

그런데 새는 날개가 있어, 천사처럼. 인간이 날개를 만들어 맑고 영원한 빛이 있는 그 높은 곳으로 올라갈 수 있다면 얼마나 좋을까. 날개의 능력을 최대한 발휘한다면 새는 창공의 어느 미지의 길에서 천사와 마주칠지도 몰라. 어쩌면 제비의 날개가 천사의 발을 스칠 수도 있겠지. 지친 독수리의 시선이 천사의 그 평온한 눈과 마주칠지도 모르고.

"인간을 위해 날개를 만드는 일에 내 시간과 지식을 모두 쓰겠어." 그는 결심했다.

그는 날짐승을 연구하기 위해 시라즈를 떠나기로 마음먹었다.

그동안 부잣집 아들을 가르치거나 고문서를 필사하는 일로 어머니와 동생들을 부양해온 그가 길을 떠난다고 하자, 그의 가족은 당장 끼니 때울 일을 걱정했다. 사우페는 자기의 일이 성취되면 지금의 가난보다 수배 큰 보답이 있을 거라며 가족을 설득했다. 그가 창창한 앞날을 저버리고 떠나는 것을 스승들도 반대했다. 천사와 대화하는 인간 없이도 세상은 오랜 세월 잘 굴러왔고, 그것이 원래 정해진 이치이며 앞으로도 세상은 계속 그럴 것이니까.

젊은 신학생은 스승들에게 정중하게 반박했다.

"철새가 존재하지도 않는 따뜻한 지역을 향해 길을 떠나거나, 강물이 찾을 수 없는 대양으로 흘러들기 위해 바위와 평야에 물길을 트는 일은 지금껏 없었습니다. 신께서 우리에게 뭔가를 갈구하고 희망하도록 하신 것도 충족될 수 있는 현실을 함께 준비해놓으셨기 때문입니다. 우리의 갈망은 곧 갈망하는 그것에 대한 약속이기도 합니다. 고향을 그리워하는 이들은 복받은 사람들입니다. 언젠가는 고향으로 돌아갈 테니까요." 사우페는 자기 생각에 취해 격앙되어갔다. "인간이 천사에게 자문을 구하고, 천상에서 우주를 내려다보는 그들에게서 우주의 질서를 배운다면 인간세상이 좀더 나아지지 않겠습니까!"

그의 신념이 너무 강해서 스승들은 결국 그를 설득하기를 포기했다. 그리고 혹시 제자가 유명해지면 자기들도 덕을 볼 것이라 생각하며 발길을 돌렸다.

사우페는 그뒤 꼬박 일 년을 새들과 함께 지냈다. 키가 큰 풀이 자란 초원에서 메추라기 울음소리를 들으며 잠을 자고, 산비둘기와 지빠귀가 둥지를 튼 고목에 올라가 나뭇가지 사이에 조용히 앉아 새들을 관찰했다. 높은 산에 올라 설선雪線* 바로 아래에서 독수리 한 쌍과 이웃해 살며 그것들이 드나드는 모습을 지켜보았다.

많은 지식과 깊은 통찰력을 쌓은 사우페는 시라즈로 돌아와 날개를 만드는 일에 착수했다.

코란에 이르기를 '두서너 쌍의 날개를 달아 천사를 만드신 신을 찬양하라'고 했다. 사우페는 세 쌍의 날개를 만들어 어깨와 허리와 발에 각각 한 쌍씩 달기로 했다. 날개 재료로는 새를 관찰하면서 수집한 독수리와 백조와 말똥가리의 깃털을 사용했다. 사우페는 틀어박혀 날개 만드는 일에만 전념했고, 오랫동안 누구와도 만나거나 얘기를 나누지 않았다. 하지만 일을 하면서 노래를 불렀는데, 지나가던 사람들이 발길을 멈추고 그 노랫소리를 들으며 이렇게 말했다. "이 젊은 신학생은 신을 찬양하고 있군. 신께 부여받은 일을 하고 있어."

마침내 날개 한 쌍을 완성했을 때였다. 날개를 입어본 그는 그것이 몸을 들어올리는 힘을 느꼈다. 그는 그때 느낀 환희를 자기 가슴속에만 담아두지 못하고 친구들에게 얘기했다.

처음에 성직자와 고위 관리를 비롯한 시라즈의 높은 사람들은 그의 위업에 대한 소문을 듣고 그저 웃어넘겼다. 하지만 점점 소문이 퍼지고 그것을 사실로 받아들이는 젊은이가 늘어나자 그들의 마음에 경각심이 일었다.

"하늘을 난다는 이 젊은이가 천사와 만나 얘기를 나누게 된다면, 시라즈 사람들은 색다른 일이 일어나면 으레 그러듯 놀라움과 흥분에 들떠 정신을 못 차릴 게 분명해. 게다가 천사가 그에게 새롭고 혁명적인 것을 말하지 않으리라고 누가 장담할 수 있겠어? 어쩌면 정말로 하늘

* 높은 산에서 사철 눈이 녹지 않는 부분과 녹는 부분의 경계선.

에 천사가 있을지도 모르는 일이니까."

그들은 이 문제를 심사숙고했다. 그들 가운데 가장 연장자인, 왕을 모시는 미르자라는 대신이 말했다. "이 젊은이는 대단한 꿈을 품고 있는 만큼 위험한 인물이오. 하지만 악한 사람은 아닌데다 꿈이 시험당하는 현실 세계에 대한 공부에는 무관심해 다루기는 쉬울 것이오. 우리는 이 젊은이에게 천사의 존재를 보여주는 동시에 그 존재를 부인해야 하오. 시라즈에 적당한 여인들이 있겠지요?"

다음날 미르자는 왕실의 무희 투스무를 불렀다. 그는 그녀에게 자초지종을 알아야 할 만큼만 설명해주고, 자기 지시대로만 하면 큰 상을 내리겠다고 말했다. 하지만 만일 실패한다면, 향유용 장미 모으기 축제 공연에서 그녀의 친구인 다른 무희에게 자리를 뺏기게 될 것이라고 했다.

이리하여 찾아온 어느 날 밤이었다. 사우페는 자기 집 지붕 위에 올라가 밤하늘을 바라보며 별과 별 사이를 여행할 속도를 계산하고 있었다. 그때 등뒤에서 자신의 이름을 부르는 부드러운 목소리가 들려왔다. 그는 뒤돌아보았다. 황금빛과 은빛으로 빛나는 긴 가운 차림의 가녀린 형체가 지붕 가장자리에 발을 모으고 곧게 서 있었다.

천사에 대한 생각에 사로잡혀 있는 이 젊은이는 방문자의 정체를 전혀 의심하지 않았다. 놀라지도 않았고 그저 기쁨에 압도되었다. 그는 천사가 날아오면서 빛나는 흔적을 남기지는 않았는지 하늘을 바라보았다. 그사이 지붕 아래에 있던 사람들은 무희가 타고 올라간 사다리를 치웠다. 그는 그녀 앞에 무릎을 꿇었다.

그녀는 상냥하게 고개를 숙여 답례했고, 길고 검은 속눈썹이 달린 눈으로 그를 응시했다. 그녀는 속삭이듯 말했다. "나의 종 사우페여, 그대는 오랫동안 나를 마음속에 품어왔습니다. 이제 나는 그대의 마음속에 있는 내 작은 처소를 살피러 왔어요. 내가 그대의 집에서 얼마나 오래 그대와 함께할지는 그대의 겸손함과 그대가 내 뜻을 실행할 준비가 되어 있는지에 달렸어요."

그녀는 그러고는 다리를 포개고 앉았다. 사우페는 여전히 무릎을 꿇고 있었다. 그들은 이야기를 나누기 시작했다.

"우리 천사들이 천상과 지상을 오가는 데 반드시 날개가 필요한 건 아니에요. 팔다리만으로도 족하죠. 나와 진정한 친구가 되면 그대도 그럴 수 있을 거예요. 그러면 지금 만들고 있는 날개는 필요 없어지겠죠."

희열에 전율하면서 그는 어떻게 과학의 법칙을 거스르고 날개 없이 날 수 있는지 물었다. 그녀는 웃었다. 자그마한 종이 울리는 듯한 맑은 웃음소리였다.

"그대 인간들은 법칙과 논리를 좋아하고, 그대들의 수염 사이로 나오는 말이라면 절대적으로 신뢰하죠. 하지만 우리 천사들의 말과 논리가 인간의 것보다 더 달콤하다는 걸 보여주겠어요. 천사와 인간이 논리를 벗어나 천상의 방식으로 완벽한 이해에 다다르는 방법을 가르쳐주겠어요." 그후 한 달 동안 그녀는 자신의 말을 행동으로 보여주었다.

한 달 동안 맛본 행복이 어찌나 컸던지 신학생의 마음은 한순간에 녹아내렸다. 그는 그동안 자기가 했던 작업은 까맣게 잊어버리고, 시간이 지날수록 천상의 이해에 자기 자신을 바쳤다. 그가 투스무에게 말했다. "이제야 천사 이블리스*가 신께 했던 말의 의미를 알 것 같습니다. '저는 아담보다 훌륭합니다. 당신은 그를 흙으로만 빚으셨지만 저는 불로 지으셨습니다.'" 그는 다시 경전의 구절을 인용하며 한숨을 내쉬었다. "'천사에 대적하는 자는 곧 신에 대적하는 자다.'"

사우페는 천사를 자기 집안에 숨겨주었는데, 그녀가 시라즈 사람들이 자신의 아름다운 모습을 보면 눈이 멀 것이라고 말했기 때문이다. 그녀는 밤에만 집밖으로 나가 사우페와 함께 지붕 위에서 초승달을 바라보았다.

그런데 천사를 가장한 무희 투스무는 그만 이 젊은 신학생을 좋아하게 되었다. 그는 잘생긴데다 때묻지 않은 열정을 지닌 최고의 연인이었다. 그녀는 그가 무슨 일이든 다 할 수 있으리라 믿기 시작했다. 그리고 늙은 대신 미르자가 사우페와 그의 날개를 두려워한다는 것을 알게 되었다. 늙은 대신들에게 사우페는 자신들과 국가의 안위를 위협하는 존재였다. 그녀는 늙은 대신들과 나라 전체가 망하는 꼴을 보고 싶었다. 그녀의 마음은 어느덧 이 젊은이에 대한 연정으로 녹아내렸다.

보름달이 뜬 어느 밤이었다. 마을이 달빛 속에 잠들어 있을 때 두 사람은 지붕 위에 나란히 앉았다. 사우페는 투스무의 손을 어루만지며 말했다. "당신을 만난 뒤로 내 손은 생명을 얻었습니다. 신께서 인간에게 손을 주신 건 날개를 달아주시는 것만큼 인간을 사랑하시기 때문일 겁니다." 사우페는 자기 손을 높이 들어 바라보았다.

"신을 모독해선 안 돼요." 그녀는 짧게 한숨을 내쉬었다. "천사는 내가 아니라 바로 당신이에요. 당신의 손에서는 놀라운 힘과 생명력이 느껴져요. 그 힘을 다시 한번 느끼게 해줘요. 그리고 내일은 당신이 손

---

* 코란에 나오는 악마의 이름. 원래는 '아자질'이라는 천사였는데, 신의 명령에 복종하지 않아 천국에서 추방되어 악마들의 우두머리가 되었다.

수 만든 멋진 작품을 보여줘요."

다음날 사우페는 그녀를 기쁘게 해주려고 베일로 눈을 가린 채 작업실로 데려갔다. 그는 이미 쥐가 깃털을 갉아먹어 뼈대만 앙상해진 날개가 부러진 채 나뒹구는 것을 발견했다. 그는 작업실을 둘러보며 마지막으로 일했던 때가 언제였던가 생각해봤다. 무희가 울면서 말했다.

"그자가 이런 일을 저지를 줄은 몰랐어요. 미르자는 참으로 나쁜 사람이에요!"

놀란 신학생은 그게 무슨 말이냐고 물었고, 그녀는 슬픔과 분노를 억누르며 자초지종을 모두 털어놓았다.

"오 내 사랑, 난 날 수 없어요. 사람들은 내가 춤을 출 때 훨훨 나는 듯하다고 말하지만, 난 날지 못해요. 화내지 마요. 가난한 여자 혼자 몸으로는 미르자 일당을 당해낼 재간이 없었답니다. 그자들은 부자고, 아름다운 것을 소유하니까요. 한낱 무희에 지나지 않는 내가 천사가 될 순 없죠."

그녀의 말에 사우페는 고꾸라지며 쓰러졌고 아무 말도 하지 않았다. 투스무는 옆에 앉아 그의 머리칼을 어루만지며 눈물을 떨구었다.

"당신은 훌륭한 사람이에요. 당신과 함께라면 무엇이든 위대하고 아름답고 고결해요. 당신을 사랑해요. 염려하지 마요, 내 사랑."

그가 고개를 들어 그녀를 바라보며 말했다. "신께서 지옥불을 다스릴 권한을 준 것은 다른 누구도 아닌 천사입니다."

"당신처럼 경전의 말씀을 아름답게 읊는 사람은 없을 거예요." 그녀가 말했다.

그는 다시금 그녀를 바라보았다. "천사가 불신자들을 죽이는 것을 보았습니까? 천사는 그들의 얼굴을 치며 이렇게 말합니다. '불에 타는 고통을 맛보아라. 네 손이 한 짓에 따라 네가 고통을 당할지니라.'"

잠시 후 투스무가 말했다. "어쩌면 날개를 고칠 수 있을지도 몰라요. 다시 새것처럼 만들 수 있을 거예요."

"고칠 수 없습니다. 당신은 할일을 다했으니 이만 가는 게 좋겠어요. 나와 함께 있는 건 위험합니다. 미르자 일당은 보통 사람들이 아니니. 그리고 당신은 장미 모으기 축제에서 춤을 춰야 하지 않습니까."

"투스무를 잊을 건가요?"

"아뇨."

"내가 춤추는 것을 보러 올 건가요?"

"갈 수 있다면."

투스무는 일어서며 숙연한 어조로 말했다. "난 항상 당신이 오리라는 희망으로 살겠어요. 희망이 없다면 춤을 출 수 없을 거예요."

그녀는 이 말을 남긴 채 울먹이며 떠났다.

사우페는 더이상 집에 있을 수 없었다. 그는 작업실 문을 열어둔 채 마을을 돌아다녔다. 하지만 마을에도 머물 수 없어 들과 숲으로 갔는데, 거기서도 날아다니는 새와 새소리를 견딜 수 없어 다시 마을로 돌아왔다. 그는 거리를 걷다가 이따금 새를 파는 가게 앞에 멈춰 서서 새장 속의 새를 한참 동안 바라보았다.

그는 친구들이 말을 걸어도 알아채지 못했다. 동네 꼬마들이 그를 보고 웃으며 소리쳤다. "투스무를 천사라고 믿은 신학생이잖아!" 그는 가만히 서서 아이들을 보며 말했다. "지금도 그렇게 믿고 있단다. 내가 잃어버린 건 그녀에 대한 믿음이 아니라 천사에 대한 믿음이야. 지금 난 기억할 수도 없단다. 어릴 때 상상했던 천사의 모습이 어땠는지. 아마도 끔찍했을 거야. 천사에 대적하는 사람은 곧 신에 대적하는 사람이고, 신에 대적하는 사람은 희망이 없는 사람이다. 나는 희망이 없고, 희망이 없으면 날 수 없단다. 그래서 내 마음이 이렇게 헤매는 거란다."

이렇게 불운한 젊은 신학생은 일 년 동안 방랑했다. 나는 어릴 때 그를 우연히 길거리에서 보았는데, 검은 외투를 걸친 남루한 행색에서 옷 색깔보다 더 어두운 영원한 고독의 느낌이 풍겼다.

그해가 끝나갈 무렵 그는 어디론가 사라져버렸고, 시라즈에서 다시는 그를 볼 수 없었다.

"이것이 이야기의 전반부입니다." 미라 자마가 말했다.

그로부터 수년 뒤, 청년이 된 나는 사람들에게 즐거움과 지혜를 선사하는 이야기꾼의 길을 걷기 시작했다. 그때 나는 진주조개잡이들이 사는 바닷가 마을로 여행을 떠났다. 진주조개잡이의 모험담을 듣고 좋은 이야기를 만들기 위해서였다.

바다 밑바닥까지 잠수하는 이들에게는 많은 일이 일어난다. 신비와 모험의 산물인 진주 하나가 만들어지는 과정만 계속 관찰해도 수백 가지 이야기를 얻을 수 있다. 진주는 시인의 이야기 같다. 아픔이 사랑스러움이 되고, 투명하면서 불투명하다. 바다 깊은 곳에서 품어온 비밀은 여인들에게 즐거움을 선사하고, 여인들은 진주를 들여다보며 자기 가슴속에 더 큰 비밀이 있음을 알아챘다.

나는 나이가 든 뒤 이 착하고 소박한 진주조개잡이들이 해준 이야기를 왕들에게 들려주었다.

진주조개잡이들이 들려주는 이야기에 자주 등장하는 이름이 있었는데, 나는 점점 그가 궁금해져 그들에게 그에 대해 자세히 얘기해달라고 간청했다. 그는 잠수부 중에서 제일 용감하며 기이하리만치 운이 좋기로 소문이 자자했다. 잠수부들은 그를 엘나즈레드라고 불렀는데, 그곳 말로 '성공한 사람' 또는 '행복하고 만족한 사람'이라는 뜻이었다. 그는 어느 잠수부보다 가장 오래 가장 깊이 잠수하며 항상 제일 좋은 진주조개를 잡아올렸다. 마을 사람들은 바닷속 깊은 곳에 아름다운 인어인지 바다귀신인지는 몰라도 그를 도와주는 친구가 있을 거라고 말했다. 다른 진주조개잡이들은 거래하는 회사에 착취당해 늘 가난에 쪼들렸지만, 이 행복한 사나이는 많은 재산을 모아 내지 마을에 집과 땅을 사서 어머니를 모시고 형제들을 장가보냈다. 하지만 정작 자신은 바닷가의 조그만 오두막에서 살았다. 소문이 괴이하긴 했지만 그는 뭍에서나 자신의 일상 속에서는 그저 평화롭게 사는 사람처럼 보였다.

시인인 나는 이 이야기를 들으며 왠지 모르게 오래전의 이야기가 떠올랐다. 나는 이 성공한 사나이를 만나 직접 이야기를 듣기로 마음먹었다. 처음에는 마을에 있는 그의 집으로 가봤지만 그를 만날 수 없었다. 그러던 어느 날 밤 바닷가를 따라 그의 오두막으로 다시 찾아갔다.

하늘에는 보름달이 떠 있었고, 긴 회색 파도가 한 차례씩 밀려왔다. 주위는 쥐죽은듯 고요했다. 아름다운 이야기가 기다리고 있음을 예감할 수 있었다.

내가 찾는 사내는 오두막에 없었다. 그는 모래사장에 앉아 바다를 바라보며 이따금 자갈을 던지고 있었다. 달빛이 그를 비추었는데, 그가 살은 쪘지만 잘생긴 사내라는 걸 알 수 있었다. 차분한 용모에서 듣던 대로 평온함과 행복감이 배어났다.

나는 정중히 인사하며 내 소개를 했고, 맑고 따뜻한 밤이라 산책을 나왔다고 말했다. 그도 정중하고 유쾌하게 내 인사에 응하며, 나를 좋은 이야기를 만들기 위해 여행하는 열정적인 젊은이로 알고 있다고 말했다. 그러고는 옆에 앉으라고 권했다. 그는 잠시 달과 바다에 대해 얘기했다. 짧은 침묵이 흐른 뒤 그는 이야기를 들은 지 꽤 오래됐다고 말했다. 이 맑고 온화한 밤, 이렇게 이 사람과 함께 앉아 있는 지금, 내가 그에게 이야기를 들려준다?

나는 내 이야기 솜씨를 보여주고 싶었다. 그 대가로 그를 찾아온 목적을 달성할 수도 있을 터였다. 괜찮은 이야기가 뭐가 있을지 나는 기억을 더듬어봤다. 그때 문득 사우페 이야기가 떠올랐다. 나는 달빛과 파도에 마음을 실어 부드럽고 은은한 어조로 이야기를 시작했다.

"시라즈에 신학을 공부하는 젊은이가 있었습니다……"

행복한 사나이는 조용히 귀를 기울였다. 주인공인 두 연인이 지붕 위에 앉아 있는 대목에 이르러 내가 무희 투스무의 이름을 말하자 남자는 자기 손을 높이 들어 바라보았다. 달빛이 비치는 이 시적인 장면을 아름답게 묘사하려 애쓰던 나는 남자의 행동을 보는 순간 소스라치게 놀랐다. "당신이 바로 시라즈의 그 신학생이로군요!"

"그렇습니다." 행복한 사나이가 말했다.

그 이야기가 사실이라니, 시인에게는 경이로운 일이었다. 풋내기 이야기꾼에 지나지 않았던 나는 머리가 쭈뼛 섰고, 당장이라도 도망쳐버리고 싶었다. 하지만 그 행복한 사나이의 목소리에서 느껴지는 뭔가가 나를 붙들어세웠다.

"한때 나는 당신이 방금 말한 사우페였습니다. 그런데 조금 전까지만 해도 그를 거의 잊고 살았어요. 그에 관한 이야기가 전해진다니 기쁘군요. 이야기로 전해지는 것이 아마 그의 운명이었나봅니다. 앞으로도 그를 걱정할 필요는 없겠군요. 계속해보세요, 이야기꾼 미라 자마. 어떻게 끝나는지 듣고 싶어요."

나는 그 요구에 몸을 떨었지만, 그의 태도에는 나를 사로잡는 뭔가가 있어서 이야기의 실마리를 다시 이을 수 있었다. 처음에는 그가 내게 존경을 표한다고 느꼈는데, 이야기를 계속하면서 곧 나 또한 그에게 존경을 표하게 되었다. 이야기꾼으로서의 승리감에 가슴이 벅차올랐다. 나는 이야기를 감동적으로 이끌었고, 다 마쳤을 때는 보름달 아래 모래 위에서 그와 단둘이 앉아 있는 가운데 내 뺨은 눈물로 젖어 있었다.

행복한 사나이는 나를 위로하며 이야기를 너무 마음 깊이 새기지 말라고 했다. 목소리가 진정되자 나는 그에게 시라즈를 떠난 뒤 겪은 일을 말해달라고 간청했다. 그가 바닷속 깊은 곳에서 경험한 일이나 잠수부로서 최고의 부와 명성을 가져다준 행운은 내가 들려준 이야기 못지않게 멋지고 더 유쾌한 것일 터였다. 나는 그에게 왕족과 귀부인과 무희는 물론이고, 성곽 주위에서 구걸하는 거지들도 슬픈 이야기를 좋아한다고 말했다. 하지만 나는 세상 모든 사람들에게 이야기를 들려주고 싶었으며, 사업가나 그들의 아내라면 행복한 결말을 듣고 싶어할 것이다.

행복한 사나이는 한동안 말이 없다가 입을 열었다.

"내가 시라즈를 떠난 뒤 겪은 일은 이야깃거리가 못 됩니다." 그가 내 부탁에 답했다.

"난 다른 사람들보다 바다 밑바닥에 오래 잠수할 수 있어서 유명해졌습니다. 이런 능력은 당신 이야기의 주인공인 그 신학생이 지닌 자질에서 비롯된 것이고요. 하지만 그것도 이야깃거리가 되진 못하죠. 물고기들은 나에게 친절하고 배신 따윈 하지 않아요. 그 또한 이야깃거리는 아닌데."

그는 아까보다 더 뜸을 들이다가 말했다. "당신에게 답례는 해야겠고, 젊은 시인을 실망시킬 수도 없으니 이야기를 하겠지만 너무 기대는 하지 마요. 그럼 내가 시라즈를 떠난 뒤 겪은 일들에 대해 말해주겠습니다." 그렇게 그가 이야기를 풀어놓기 시작하자 나는 열심히 귀를 기울였다.

"시라즈를 떠나 여기까지 오게 된 경위는 건너뛰겠습니다. 사업가나 그들의 아내가 좋아할 만한 이야기는 내가 여기서 겪은 일일 테니.

어느 희귀한 진주조개를 찾아 처음 바다에 잠수했을 때, 뿔테 안경을 쓴 늙은 거북복어가 내 손을 잡았어요. 아주 작은 물고기였을 때 두 명의 늙은 어부가 던진 그물에 걸렸다고 했죠. 거북복어는 배 밑 오수汚水에 담가놓은 그물 속에서 하룻밤을 보냈는데, 그때 우연히 신앙이 깊고 지혜로운 그 노인들이 나누는 얘기를 들었어요. 다음날 아침 노인들이 그물을 뭍으로 끌어올릴 때 거북복어는 그물 틈새로 빠져나와 달아났죠. 그뒤 거북복어는 다른 물고기가 인간을 믿지 못하는 것을 보면 미소를 지었답니다. 물고기 자신이 어떻게 행동해야 할지 안다면 쉽게 인간을 다룰 수 있다고 설명했죠. 거북복어는 인간의 본성이나 관습에도 관심을 가졌고, 다른 물고기들에게 그에 대한 강의도 자주 했습니다. 물론 나와도 그에 관해 자주 얘기를 나누었고요.

나는 신세를 많이 졌어요. 바다에서 꽤 높은 위치에 있던 거북복어의 보호 덕분에 물밑이라면 어디서나 환대를 받았죠. 내가 얻은 부와 명성도 많은 부분이 거북복어 덕분입니다. 그러니까 거북복어가 나를 '행복한 사나이'로 만들어준 셈이죠. 하지만 거북복어에게 진 신세는 그게 다가 아닙니다. 거북복어와 나눈 대화에서 나는 마음의 평온을 찾았어요.

거북복어는 이렇게 말하곤 했습니다.

'모든 피조물 가운데 물고기가 신의 형상을 가장 세심하고 정확하게 본떠 만들어졌죠. 만물이 물고기를 위해 조화를 이루고 있으니, 물고기는 신의 목적에 맞는 생물이라고 할 수 있어요.

인간은 평면에서만 움직일 수 있고 땅에 묶여 있죠. 하지만 땅은 두 발 아래의 좁은 공간만을 지탱해줄 뿐이에요. 인간은 자신의 무게와 그 무게에 담긴 근심을 스스로 지탱해야만 합니다. 두 늙은 어부의 얘기를 듣고 알게 된 것인데, 인간은 땅 위로 솟은 산을 고생스럽게 올라야 합니다. 거기서 굴러떨어질 수도 있고, 그럴 때 받아주는 건 딱딱한 땅뿐이죠. 심지어 하늘을 나는 새도 날개를 바짝 긴장하지 않으면 공기의 저항으로 고꾸라집니다.

우리 물고기는 사방의 지탱을 받아요. 우리는 우리를 둘러싼 환경을 믿고 그 속에서 조화를 이루며 몸을 맡기죠. 우리가 어느 방향으로 나아가든, 어떤 길을 가든, 위대한 바닷물은 우리를 위해 모양을 바꾼답니다.

우리는 손이 없기에 아무것도 만들 수 없죠. 그래서 신의 우주에 있는 그 어느 것도 쓸데없이 바꿔놓으려는 욕망을 품지 않아요. 우리는 씨를 뿌리지도 않고 일을 하지도 않아요. 따라서 잘못된 계산도 잘못된 기대도 하지 않죠. 우리 중 가장 위대한 물고기는 완전한 암흑 속에서도 자유로이 돌아다녀요. 우리는 밑에서 위를 올려다보기에 우주의 질서를 쉽게 읽죠.

우리가 얼마나 뛰어난 생물인지 알려주는 이야기도 전해옵니다. 물고기 간의 유대감을 느낄 수 있는 이야기이기도 해요. 이미 인간세상에도 알려진 바 있고, 인간 역사에서 중요한 부분을 차지하기도 하지만, 인간은 일반적으로 이해하는 수준이 유치해 물고기를 이해하는 데 혼란을 겪을 수밖에 없어요. 내가 그것에 대해 들려드리죠.

신께서 하늘과 땅을 만드셨을 때, 땅은 실망스럽기 그지없었어요. 넘어질 수 있게 만들어진 인간은 태어나자마자 넘어졌어요. 인간뿐 아니라 마른땅 위에 있는 모든 것이 그랬죠. 그래서 신께선 인간과 들짐승과 날짐승을 만든 걸 후회하셨어요.

하지만 물고기는 넘어진 적이 없어요. 앞으로도 변함이 없을 거예요. 우리가 어떻게, 어디로 넘어지겠어요? 그래서 신은 물고기를 어여삐 바라보셨고, 물고기에게서 위안을 얻으셨죠. 모든 피조물 가운데 유일하게 신을 실망시키지 않은 생물이었으니까요.

신께선 물고기에게 상을 주기로 하셨어요. 그래서 바다의 샘이란 샘은 다 터지게 하셨고, 하늘의 문을 열어 땅에 홍수 같은 물이 쏟아지게 하셨죠. 그렇게 불어난 물이 하늘 아래 모든 높은 산을 덮었습니다. 물은 엄청나게 퍼져나가 땅 위의 가축과 새, 짐승과 인간을 비롯한 모든 생물이 죽어나갔어요. 마른땅에 존재하던 생명이 모두 사라진 거죠.

당신에게 이 이야기를 하면서 그 시대와 상황에서 느꼈던 기쁨에 관해 길게 끌진 않을게요. 이야기를 위해서이기도 하지만 인간들도 불쌍하니까요. 당신도 여기 바다 밑까지 오기 전에 소나 낙타나 말 따위를 좋아한 적이 있을 테죠. 어쩌면 비둘기나 공작 같은 것을 키웠을 수도 있고. 당신은 젊으니, 같은 종족인 인간에게 마음을 두었을지도 모르겠군요. 새를 닮은 젊은 여인을 좋아했을 수도 있겠죠(여인을 사랑하지는 않았길. 그 늙은 어부들에게 들은 거지만, 젊은 여인은 연인에게 가슴이 타들어가는 아픔을 맛보게 한다면서요. 내 조카 여자애들은 연인에게 가슴이 타는 아픔 따윈 주지 않아요. 엄청나게 짜디짠 맛이면 또 몰라도). 하여튼 우리가 백오십 일 동안 풍요로운 환경을 누리고, 많은 거북복어가 온전한 뿔을 얻는 축복을 받았다는 것은 짧게 언급해야겠어요.

이번에는 나 자신을 위해, 현명하고 신뢰할 만한 물고기의 방식으로, 넘어지고 타락했던 인간이 술책을 이용해 다시 한번 정상의 자리에 올랐다는 사실을 간단히 짚고 넘어가겠어요.

하지만 그런 명백한 인간의 승리가 진정한 행복으로 이어졌는지는 의문이에요. 자기가 나아갈 방향에 대해 항상 불안해하고, 오르막길이나 내리막길에 울고 웃는 인간에게 진정한 안식이 있을까요? 희망과 위험에 집착하는 존재가 어떻게 평정을 얻을 수 있을까요?

우리 물고기들은 모든 방향에서 지탱받으며 고요히 쉬죠. 우리를 지탱하는 요소는 언제나 한 치의 오차도 없이 완벽하게 스스로를 유지

해나가요. 이 요소가 우리의 개인적 존재를 지배한다고 할 수 있죠. 납작하든 둥글든, 모양이 어떻든 상관없이 우리의 무게와 형체는 우리가 대체하는 주변 환경의 질량에 따라 정해지니까요.

경험을 통해 배운 바로는, 우리는 희망 없이도 잘 헤엄칠 수 있어요. 훨씬 더 잘 헤엄칠 수도 있죠. 당신네도 언젠가는 알게 될 거예요. 그래서 우리는 모든 희망을 버린다는 신조를 따르고 있어요.

우리에게 위험이란 없어요. 우리는 이동하면서 인간이 말하는 길이란 것을 만들지 않기 때문이죠. 길이라는 현상을 두고—사실 환상이라는 말이 더 정확하지만—인간은 끝없이 고민하며 시간을 낭비하죠.

결국 인간은 시간이라는 관념에 사로잡혀 겁을 먹고 과거와 미래 사이를 헤매다 균형을 잃고 말아요. 우리가 죽은 후에 대홍수가 일어나든 말든.* 수중 세계에 살고 있는 우린 바로 이 격언 한마디에서 과거와 미래를 모두 발견한답니다.'"

* 프랑스 국왕 루이 15세가 자신의 애첩 마담 드 퐁파두르에게 한 말에서 유래한 허무와 무관심의 표현.

반지

백오십 년 전 어느 여름날 아침, 덴마크의 젊은 신사와 그의 아내가 자신들의 땅을 한 바퀴 산책하려고 집을 나섰다. 그들은 결혼한 지 일주일 된 신혼부부였다. 두 사람의 결혼은 쉽지 않았다. 여자의 집안이 남자의 집안보다 신분이 높고 부유했기 때문이다. 그러나 이제 스물넷, 열아홉이 된 청춘 남녀는 이미 십 년 전부터 미래를 약속한 사이였다. 결국 여자의 콧대 높은 부모도 어쩌지 못하고 손을 들었다.

두 사람은 참으로 행복했다. 밀애와 비밀, 눈물겨운 연애편지는 이제 과거의 유물이 되었다. 신과 사람들 앞에서 하나가 되었으니, 그들은 밝은 대낮에 팔짱을 끼고 걷거나 마차를 함께 타고 다녀도 되었으며, 또 목숨이 다하는 날까지 그렇게 걷고 함께 마차를 탈 것이었다. 멀게만 보였던 낙원이 현실로 다가왔다. 놀랍게도 낙원은 장난과 농담, 아침식사와 저녁식사, 개, 건초 만들기, 양 등 아기자기한 일상 속에 있었다. 지기스문트는 아내의 삶에 어떤 걸림돌이나 한 점의 그늘도 끼어들지 않게 하리라 다짐했다. 로비사는 남편에게 감출 비밀이 없었기 때문에 태어나서 처음으로 매일매일 완벽한 자유를 누리고 있다고 느꼈다.

로비사, 아니 남편에게는 리세인 그녀에게 새로운 삶과 함께 찾아온 전원생활은 경이로움과 기쁨의 연속이었다. 자신이 이 생활에 만족해하지 않을까 우려하는 남편을 보면 그녀는 저절로 웃음이 나왔다. 그녀가 인형을 가지고 논 건 그리 오래전 일이 아니다. 지금 그녀는 인형을 가지고 놀던 때처럼 자기 머리를 매만지고, 옷의 주름을 바로잡고, 꽃을 따다가 옷에 꽂기도 하면서 다시금 그 매혹적이고 소중한 경험 속에서 살고 있었다. 모든 일을 진지하고 소중하게 여기면서도 마음속으로는 그것이 모두 유희라는 것을 알았다.

7월의 어느 화사한 아침, 하늘 높이 양떼구름이 몰려다니고 대기는 달콤한 내음이 물씬했다. 리세는 흰 모슬린 드레스를 입고 이탈리아풍의 커다란 밀짚모자를 썼다. 그녀는 남편과 함께 공원을 가로지르는 오솔길을 걸었다. 길은 초원을 구불구불 가로질러 작은 관목과 나무 사이를 지나 목장으로 이어졌다. 지기스문트는 아내에게 양떼를 구경시켜줄 참이었다. 리세는 늘 데리고 다니는 작은 흰 강아지 비주를 두고 왔다. 비주가 짖어대면 양들이 놀랄 것이고, 양치기 개도 비주를 보면 신경이 곤두설지 몰랐다. 지기스문트는 자신의 양떼를 자랑스러워했다. 그는 메클렌부르크*와 잉글랜드에서 목양업을 공부했고, 귀국할 때 덴마크 토종인 자기 양들의 혈통을 개량하기 위해 코츠월드**산産 숫양들을 들여왔다. 걷는 동안 그는 리세에게 자기가 생각하고 있는 계획의 전망과 문제점을 얘기했다.

리세는 생각했다. '이이는 어쩜 이렇게 똑똑할까. 그 많은 것을 다 알고!' 그리고 한편으로는 이렇게 생각했다. '양을 위하는 걸 보면 바보야! 정말 어린애 같아! 나보다도 한참.'

양 우리에 도착했을 때 양을 관리하는 마티아스가 뜻밖의 좋지 않은 소식을 전했다. 잉글랜드산 양 한 마리가 죽고, 두 마리는 아프다는 것이었다. 리세는 남편이 슬퍼하는 모습을 보았다. 남편이 마티아스에게 경위를 묻는 동안, 그녀는 그의 팔을 살며시 잡고 잠자코 서 있었다. 남편은 사내아이 둘을 보내 아픈 양들을 데려오도록 했다. 그동안 주인과 종은 그 일의 자초지종에 대해 얘기를 나누었다. 그러는 동안 시간이 꽤 흘렀다.

리세는 주위를 둘러보며 다른 생각을 하기 시작했다. 그녀는 얼굴이 두 번이나 장미처럼 화사하게 붉어졌다가 다시 천천히 제 색으로 돌아왔다. 두 남자는 여전히 양에 대해 얘기하고 있었다. 잠시 후 그들의 대화가 리세의 주의를 끌었다. 대화 주제는 양 도둑에 관한 것으로 바뀌어 있었다.

최근 몇 달 동안 이 근방의 양 우리들에 도둑이 들었는데, 그 도둑은 늑대처럼 약탈물을 죽인 뒤 어디론가 끌고 갔으며, 또 늑대처럼 아무런 흔적도 남기지 않았다는 것이었다. 사흘 전 밤, 10마일 떨어진 목장에서 양치기와 그의 아들이 도둑의 범행을 목격했다. 도둑은 양치기를

* 독일 북동부에 있는 주.

** 영국 남서부의 구릉지대. 코츠월드산 양은 털이 긴 품종이다.

죽이고 그의 아들을 때려서 실신시킨 다음 가까스로 달아났다. 도둑을 잡기 위해 사람들이 수색을 벌였지만 아무도 그를 찾지 못했다.

리세가 이 끔찍한 사건에 대해 좀더 듣고 싶어하자 늙은 마티아스는 처음부터 다시 얘기해주었다. 사건이 발생한 양 우리에서 한참 동안 결투가 벌어진 탓에 흙바닥은 여기저기 피로 물들었다. 도둑은 왼팔이 부러졌는데도 양을 등에 업고 높은 울타리를 넘어갔다. 마티아스는 자기 손으로 살인범을 잡고 싶다고 말했다. 리세는 찬성의 뜻으로 엄숙하게 그에게 고개를 끄덕였다. 그녀는 '빨간 두건' 이야기에 나오는 늑대가 떠올랐고, 유쾌한 흥분감이 등골을 타고 흐르는 것을 느꼈다.

양을 무엇보다 아끼는 지기스문트였지만, 천성적으로 나쁜 말을 하지 못하는 그는 잠시 뒤 "불쌍한 놈"이라고 말했다.

리세가 말했다. "어떻게 그런 몹쓸 사람을 불쌍하다고 말할 수 있어요? 할머니 말씀이 옳았어요. 당신은 혁명을 신봉하는 사람이에요. 위험한 인물이란 말이에요!" 할머니에 대한 생각과 지난날 흘렸던 눈물이 떠오르자 그녀의 생각은 방금 들은 끔찍한 이야기에서 다시금 멀어졌다.

사내아이들이 아픈 양들을 데리고 왔다. 남편과 마티아스는 자세히 살피기 시작했다. 양들을 들어올렸다가 제 발로 서보게 하고, 여기저기 눌러서 앓는 울음소리를 들었다. 리세는 몸을 움츠렸다. 남편은 그녀가 불편해하는 것을 눈치챘다.

"당신 먼저 집에 가. 시간이 좀 걸리겠어. 천천히 가고 있어. 뒤따라 갈게."

리세는 아내보다 양을 더 소중히 여기는 조바심 많은 남편 때문에 혼자 발걸음을 돌려야 했다. 그러나 그건 남편의 손에 이끌려 양을 지켜보는 것보다 더 달콤한 경험이 될지도 몰랐다. 그녀는 파란 리본이 달린 커다란 여름 모자를 잔디 위에 내려놓고는, 이마와 머리칼에 여름 공기를 맞고 싶다며 남편에게 나중에 모자를 가져오라고 했다. 순종적인 아내가 되고 싶었던 리세는 남편이 말한 대로 아주 천천히 걸었다. 걸음을 옮기면서 비주마저 떼놓고 혼자 있는 것에 크나큰 행복을 느꼈다. 처음 맛보는 행복이었다. 지금까지 이렇게 완전히 홀로 된 기분을 느껴본 적이 없는 것 같았다. 주위는 고요했고, 기대감으로 가득했으며, 온전히 그녀의 것이었다. 하늘을 나는 제비들도 그녀의 것이었다. 그 모든 게 남편의 것이고, 남편은 곧 그녀의 것이니까.

리세는 곡선으로 나 있는 작은 숲 가장자리를 따라 걸었다. 일이 분 정도 지나자 더는 양 우리 옆에 있는 남자들에게 그녀의 모습이 보이지 않았다. 남편이 뒤따라오기를 기다리며 꽃이 핀 긴 초원길을 천천히, 아주 천천히 혼자 걷는 것보다 더 달콤한 일이 있을까? 숲으로 들어가 사라져버리는 건 어떨까? 양과 씨름하느라 지친 남편이 아내를 보고 싶은 마음에 뒤따라갔는데 아내가 흔적도 없이 사라져버린 것을 알게 된다면. 그건 더욱 달콤한 일일 것이다.

그녀는 문득 뭔가 생각난 듯 멈춰 섰다.

며칠 전 남편이 말을 타러 나갈 때 그녀는 내키지 않아서 같이 가지 않았다. 대신 비주를 데리고 영지를 둘러보러 나갔다. 숲으로 뛰어들어가는 비주를 따라 그녀도 숲으로 들어가게 되었다. 비주와 조심스럽게 관목숲을 걷던 그녀는 숲 한가운데에서 빈터를 발견했다. 초록색과 황금색 휘장이 쳐진 벽감이 연상되는 좁은 장소로, 두세 사람이 들어갈 정도의 크기였다. 그곳을 본 순간 그녀는 새집의 심장부에 들어선 기분이 들었다. 오늘 그곳을 다시 찾을 수 있다면 거기서 쥐죽은듯 서 있고 싶었다. 그러면 아무도 모르게 감쪽같이 사라질 수 있을 것이다. 지기스문트는 사방을 돌아다니며 그녀를 찾을 것이고, 그녀에게 무슨 일이 일어났는지 몰라 답답해할 것이다. 그리고 일 분 정도의 짧은 시간, 아니 그녀가 마음을 독하게 먹고 나가지 않으면 오 분 남짓, 그는 그녀가 없는 세상이 얼마나 공허하며 견딜 수 없이 슬프고 괴로운 곳인지 느끼게 되리라. 그녀는 은신처로 들어가는 길을 찾기 위해 숲을 샅샅이 훑었다. 그리고 그 길을 찾아 들어갔다.

소리를 내지 않으려고 아주 조심했기 때문에 그녀의 걸음은 매우 더뎠다. 풍성한 치마 주름이 잔가지에 걸리자 가지가 부러지지 않게 살며시 옷자락을 빼냈다. 긴 금발의 곱슬한 부분이 나뭇가지에 걸렸을 때는 가만히 선 채 팔을 들어올려 나뭇가지를 밀어냈다. 숲으로 조금 들어가자 흙이 축축해서 그녀의 가벼운 발걸음은 더이상 아무 소리도 내지 않았다. 그녀는 그 길의 비밀스러움을 강조하기라도 하듯 한 손에 작은 손수건을 들고 입가를 가렸다. 마침내 찾던 장소가 눈에 보였다. 숲속의 작은 방으로 들어가는 길을 내기 위해 몸을 구부려 수풀을 갈랐다. 그러다 치맛단을 밟은 그녀는 걸음을 멈추고 옷자락을 빼냈다. 몸을 일으켰을 때 은신처에 이미 들어와 있던 한 남자의 얼굴과 마주쳤다.

남자는 두 발짝쯤 떨어진 거리에 똑바로 서 있었다. 그녀가 자신이 있는 곳을 향해 길을 만드는 것을 지켜보고 있었던 게 확실했다.

그녀는 그를 흘끗 보았다. 얼굴에 멍과 긁힌 상처가 있고, 손과 손목은 지저분했다. 옷은 넝마에 발은 맨발이고 발목에는 누더기를 감았다. 두 팔은 양옆으로 늘어뜨렸는데, 오른손에 칼자루를 쥐고 있었다. 나이는 리세와 비슷해 보였다. 남자와 여자는 서로를 바라보았다.

숲속에서의 만남은 처음부터 끝까지 한마디의 말도 없이 진행되었기 때문에 그때의 일은 팬터마임으로만 재현할 수 있을 것이다. 팬터마임 속 두 배우에게는 영원 같은 순간이었지만 실제로는 불과 사 분 동안의 일이었다.

그녀는 지금까지 위험에 빠져본 적이 없었다. 그래서 자기의 위치를 파악해야 한다거나, 지금 이 순간 개에게 소리치고 있는 남편이나 마티아스를 부르는 데 걸리는 시간을 계산해야 한다는 생각도 할 수 없었다. 리세는 숲의 유령을 만난 것처럼 남자를 쳐다보았다. 유령과 마주치면 그로 인해 일어나는 일이 아니라, 유령 그 자체가 유령을 목격한 사람의 세상을 바꿔버린다.

자기 앞에 있는 사람의 얼굴에서 눈을 떼지 않았지만 그녀는 이 숲속의 방이 이미 은신처로 바뀌었다는 것을 알 수 있었다. 바닥에는 짐자루 두 개가 침상처럼 놓였고, 그 옆에는 뼈다귀들이 있었다. 재가 흩어져 있는 것으로 보아 밤에 불을 피운 게 분명했다.

잠시 뒤 자신이 그를 관찰하듯 그도 자신을 관찰하고 있다는 사실을 그녀는 깨달았다. 남자는 이제 몸을 움츠리고 기회를 살피는 은둔자가 아니라 호기심으로 뭔가 알아내고 싶어하는 태도였다. 그 모습에 그녀는 후미지고 어두운 은신처에서 궁지에 몰린 야생동물의 눈을 통해 자기 자신을 보는 것 같았다. 조용히 다가오는 자신의 하얀 형체, 그것은 죽음을 의미할지도 몰랐다.

그는 자기 다리 사이로 오른팔을 늘어뜨렸다. 그리고 손을 들어올리지 않은 채 칼끝이 리세의 목을 겨눌 때까지 서서히 손목을 구부렸다. 그것은 있을 수 없는, 미친 행동이었다. 그는 전혀 웃지 않았고, 다만 콧구멍을 벌렁이고 입가를 움찔했다. 그는 허리춤에 찬 칼집에 칼을 다시 천천히 집어넣었다.

그녀에게는 값나가는 물건이 없었다. 일주일 전 결혼식에서 남편이 끼워준 결혼반지뿐이었다. 그녀가 반지를 빼는데 손수건이 떨어졌다. 그녀는 반지를 쥔 손을 그에게 내밀었다. 목숨을 구걸하는 건 아니었다. 그녀는 두려움이라는 것을 모르는 사람이었고, 그에게서 느낀 공포도 그가 자신을 어떻게 할지 몰라서가 아니었다. 그녀는 앞으로 절대 이 끔찍한 존재를 마주칠 일이 없도록 애초에 이곳에 없었던 것처럼 조용히 사라져달라고 명령하고 또 간청했다. 아무런 말도 오가지 않았지만, 어린 그녀의 몸짓에는 여사제가 성호를 그어 사나운 짐승을 얌전하게 만드는 듯한 엄숙한 권위가 흘렀다.

남자는 자기 손을 그녀의 손에 천천히 갖다대더니 손가락을 만졌다. 그녀의 손은 아무런 움직임도 없었다. 하지만 그는 반지를 가져가지 않았다. 그녀가 반지를 놓아버리자 손수건이 그랬던 것처럼 반지도 땅으로 떨어졌다.

잠시 두 사람의 시선이 반지를 따라갔다. 반지는 남자 쪽으로 조금 굴러가 그의 맨발 앞에 멈추었다. 남자는 눈 깜짝할 새에 반지를 발로 찬 뒤 여자의 얼굴을 다시 쳐다보았다. 둘은 그렇게 서 있었다. 시간이 얼마나 흘렀는지 그녀는 알 수 없었다. 하지만 그사이에 뭔가가 일어났고, 뭔가가 변했다는 것을 알았다.

남자는 몸을 숙여 손수건을 집었다. 시선은 줄곧 그녀를 응시한 채 다시 칼을 빼내서 칼날에 그 작은 천을 둘렀다. 왼팔이 부러져 손수건을 감기가 쉽지 않았다. 손수건을 감는 동안 검게 타고 때묻은 그의 얼굴이 서서히 밝아져 어둠 속에서 빛나는 듯했다. 그는 어설프게 두 손을 움직여 칼집에 칼을 다시 집어넣었다. 칼집이 칼에 맞지 않게 너무 큰지 아니면 칼이 너무 닳았는지 칼은 그 안으로 쏙 들어갔다. 이삼 초쯤 그의 시선이 그녀의 얼굴에 머물렀다. 그리고 그가 고개를 살짝 들었는데 얼굴에는 여전히 알 수 없는 빛이 흘렀다. 그는 눈을 감았다.

그 몸짓은 단호하고 순종적이었다. 이 한 번의 몸짓으로 그는 그녀가 애원한 바를 들어주었다. 그는 사라졌고 영영 가버렸다. 그녀는 풀려났다.

그녀는 뒤로 한 걸음 물러섰다. 그녀 앞에 있던 목석같은 얼굴은 그녀가 이곳에 숨어들어올 때처럼 몸을 굽혀서 소리 없이 빠져나갔다. 그녀는 숲을 빠져나온 뒤 멈춰 서서 주위를 둘러보며 오솔길을 찾았다. 그리고 집을 향해 걸었다.

남편은 아직 숲 가장자리를 돌아나오지 않았다. 그녀를 발견하자 그는 반갑게 그녀를 부르더니 재빨리 따라잡았다.

오솔길이 좁아지자 그는 그녀와 부딪히지 않도록 반 발짝 뒤에서 걸었다. 그는 양들에게 무슨 일이 있었는지 설명했다. 한 발짝 앞에서 걷던 그녀는 생각했다. '이제 다 끝났어.'

잠시 후 남편은 아내의 침묵을 눈치채고 그녀의 얼굴을 보려고 옆으로 다가가 물었다. "무슨 일이야?"

그녀는 뭐라고 말해야 할지 생각하다가 말했다. "반지를 잃어버렸어요."

"무슨 반지?"

"결혼반지요."

그녀는 말을 뱉으면서 그 무게를 직감했다.

그녀의 결혼반지. 누군가 떨어뜨리고 누군가 발로 차버린 그 반지. "그 반지를 끼고 나는 당신과 결혼했어요." 반지는 그녀를 떠남으로써 그녀를 뭔가와 맺어주었다. 무엇이었을까? 가난, 핍박, 완전한 외로움. 이 세상의 슬픔과 죄. "하느님이 맺어주신 것을 인간이 떼어놓을 순 없어요."

"다른 반지를 사줄게. 당신과 난 결혼할 때나 지금이나 변함없어. 앞으로도 그럴 거고. 우린 어제나 오늘이나 변함없이 부부야."

그녀의 얼굴이 무표정해서 남편은 그녀가 자신의 말을 들었는지 못 들었는지 알 수 없었다. 자기가 준 반지를 잃어버린 것에 그녀가 그토록 마음을 쓰자 그는 감동했다. 그는 그녀의 손을 잡고 거기 입을 맞추었다. 손은 차가웠고, 마지막으로 입을 맞추었을 때와 왠지 조금 달라져 있었다. 그는 아내를 멈춰 세웠다.

"반지를 마지막으로 끼고 있던 게 어딘지 기억나?"

"아뇨."

"어디서 잃어버렸는지 모르겠어?"

"모르겠어요." 그녀는 대답했다. "모르겠어요, 전혀."

운명의 일화를 들려주는 천부적 이야기꾼

"까마득히 오랜 역사를 지닌 한 종족이 있습니다. 나는 이제 몇 명 남지 않은 그 종족의 후예로서 오늘 이 자리에 섰습니다. 길들여지지 않은 한량인 이 종족은 현실세계에 발붙이고 열심히 사는 정직한 사람들 틈에 앉아서 그들이 좋아할 만한 또하나의 세계를 지어냅니다."

이것은 1959년 미국에 초청받아 간 이자크 디네센(본명은 카렌 블릭센Karen Blixen)이 청중에게 자기가 만든 이야기를 들려주기에 앞서 이야기꾼인 자신을 소개했던 말이다. 당시 유럽에서는 스토리텔링storytelling, 즉 '이야기 들려주기'가 점차 사라지고 있었던 모양이다. 출판이 그 역할을 대신했기 때문이 아닐까. 독자들의 사랑을 받는 대부분의 작가들이 그렇겠지만, 이자크 디네센은 이야기꾼이라는 직업이 남아 있다면 아마 세계 최고로 꼽혔을 정도로 뛰어난 재능을 가졌다. 이 책 『바베트의 만찬』을 읽고 나면 실로 여러 편의 재미있는 이야기를 본 듯한 느낌을 받게 될 것이다. 혹은 한 편의 아름다운 그림을 본 듯할지도 모르겠다.

다섯 권의 소설집과 한 편의 장편소설, 그리고 두 권의 산문집을 낸 디네센은 20세기 서구 문학계에서 『천일야화』의 셰에라자드를 연상시키는 천부적인 이야기꾼의 자질과 지적이면서도 매혹적인 문장, 낭만적이고도 기이한 문체로 명성을 얻었다.

1988년 미국 아카데미 시상식에서 〈바베트의 만찬〉이라는 덴마크 영화 한 편이 외국어영화상을 수상했다. 이 영화가 미국을 비롯한 전 세계에 널리 알려지면서, 이십여 년 전 세상을 떠난 '이자크 디네센'이라는 여성 작가의 이름이 다시 회자되기 시작한다. 이자크 디네센은 누구인가? 그녀는 동아프리카 케냐의 커피 농장주이자 남작부인이었고, 작가이자 탐험가였다. 많은 이들에게 영화 〈아웃 오브 아프리카〉의 실제 인물로 알려진 바로 그 사람이기도 하다.

디네센의 가족은 상당히 부유하고 사회적으로도 명망이 높았으나, 1895년 디네센의 아버지가 자살함으로써 집안에 우울한 그림자가 드리운다. 빌헬름 디네센은 매독에 감염된 사실을 알고 이를 아내에게 옮기게 될까봐 고민하다 자살했다고 전해진다. 20세기 중반까지도 불치병으로 남아 있던 이 질병은 훗날 이자크 디네센마저 괴롭힌다.

어머니 밑에서 자란 디네센은 덴마크 왕립예술아카데미를 다니며 미술 교육을 받았고, 프랑스·이탈리아·스위스·영국 등을 여행하기도

했다. 성경과 『천일야화』, 메리 셸리의 『프랑켄슈타인』 같은 고딕소설, 호메로스의 작품, 아이슬란드 전설, 모국의 작가 한스 크리스티안 안데르센의 동화를 즐겨 읽었던 것으로 전해진다. 그녀는 1907년 단편소설 「은둔자」를 잡지에 게재하면서 작가로서 첫발을 내딛는다.

1931년, 46세의 디네센은 케냐의 커피 농장 경영에서 손을 떼고 고국 덴마크의 가족 영지로 돌아온다. 그녀는 가족으로부터 경제적으로 독립할 방법을 궁리한다. 소설 「바베트의 만찬」에 나오는 카페 앙글레 같은 프랑스 식당을 차릴지, 아니면 글을 쓸지 고민하다 작가가 되기로 결심한다. '이자크 디네센'이라는 필명으로 발표한 첫 책 『일곱 개의 고딕 이야기』(1934)는 점점 형편이 기울어가는 농장과 매독 합병증으로 생긴 여러 고통에서 오는 시름을 달래기 위해 1930년경부터 틈틈이 써온 이야기들을 모은 것이었다.

물론 책을 내는 일은 쉽지 않았다. 그녀는 자신의 친구이자 연인이었던 데니스 핀치 해턴을 떠올리고 영국에서 책을 내기로 마음먹고, 가족의 친구였던 레이디 아일링튼을 통해 퍼트넘 출판사 대표인 콘스턴트 헌팅턴을 소개받지만 그는 디네센의 원고 출판을 거절한다.

디네센은 이에 굴하지 않고 동생 토마스의 소개로 미국의 여성 작가 도러시 캔필드를 만나 자신의 원고를 건네준다. 디네센의 원고를 읽고 깊이 감명받은 캔필드는 이를 해리슨 스미스 앤드 로버트 하스라는 미국 출판사에 강력하게 추천한다. 출판사 대표인 로버트 하스는 두 가지 조건을 내세운다. 유명 작가인 도러시 캔필드가 추천 서문을 써줄 것, 1천 부가 판매되기 전까지 인세를 줄 수 없다는 것이었다. 디네센은 이를 수락했고, 이렇게 첫 책 『일곱 개의 고딕 이야기』가 미국에서 출간된다.

디네센 역시 로버트 하스에게 조건을 내세웠다. 본명이 아닌 필명을 사용하고 싶다는 것. 그녀는 귀족적인 이미지가 있는 미혼 시절의 성姓 디네센에, 영어의 '아이작'에 해당하는 독일어 이름인 이자크를 필명으로 선택했는데, 여기에는 이유가 있었다. 여성의 이름으로 작품을 발표했다가 사람들에게 가볍게 여겨져 실패할 것이 두려웠기 때문이다. 이자크는 히브리어로 '웃음'을 뜻한다. 구약성서에서 아흔 살이 넘도록 아이를 낳지 못하던 아브라함의 아내 사라는 천사로부터 아들을 낳게 될 것이라는 얘기를 듣고 웃는데, 그녀가 낳게 되는 아들의 이름이 바로 이삭 또는 이자크다. 삶의 고통과 냉소, 그리고 긍정이 녹아 있는 이 필명은 남편에게 버림받고, 병에 시달리고, 사업에 실패했지만 작가로서 재기하고자 했던 그녀의 의지를 보여준다.

어렵게 책이 출간된 이후 기적적인 사건이 일어난다. '전미 이달의 책 클럽'에 『일곱 개의 고딕 이야기』가 선정된 것이다. 책은 날개 돋친 듯 팔려나갔고, 성공에 고무된 출판사는 다른 출판사를 합병하여 사세를 확장하기에 이른다. 그리고 뉴욕의 문화계는 이 '신비한 덴마크 작가'에 대해 논했다. 당대의 유명 평론가 마크 반 도렌의 입을 통해 그녀가 여성이며 남작부인이라는 사실이 밝혀지고, 그녀의 원고를 거절했던 콘스턴트 헌팅턴은 『일곱 개의 고딕 이야기』의 영국 판권을 사겠다고 제안해온다. 이후 디네센의 책들은 미국의 랜덤하우스, 영국의 퍼트넘이라는 가장 영향력 있는 두 출판사를 통해 계속 발표된다.

영어로 소설을 썼지만 디네센은 고국 덴마크의 반응에 무척 신경을 썼다. 『일곱 개의 고딕 이야기』의 마땅한 역자를 구하지 못한 디네센은 자신이 직접 덴마크어로 옮기기로 마음먹는다. 번역이라기보다 재창조에 가까운 작업이었다. 그러나 덴마크 평단은 냉담했다. 리얼리즘이 우세했던 당시 북유럽 문단의 분위기와 청교도적 사회 분위기로 볼 때, 그녀의 작품은 이국적이고 비도덕적이었던 것이다. 그러나 그녀는 굴하지 않고 본명 카렌 블릭센으로 고국 덴마크에서 책을 펴냈고, 영미권에서는 이자크 디네센이라는 필명을 고집했다.

이후 발표한 아름다운 회고록 『아웃 오브 아프리카』, 소설집 『겨울 이야기』 등이 모두 큰 성공을 거두었다. 1946년에는 피에르 앙드레젤이라는 또다른 필명으로 발표한 『천사 복수자』를 포함한 네 권의 책이 '이달의 책 클럽'에 선정되었다. 여세를 몰아 1954년에는 그녀가 노벨문학상을 받을 것이라는 예측들이 있었으나, 상은 어니스트 헤밍웨이에게 돌아갔다. 헤밍웨이는 "이 상은 나보다 다음의 세 사람, 칼 샌드버그, 버나드 베렌슨, 그리고 아름다운 작가 이자크 디네센에게 돌아갔어야 한다"는 수상 소감을 남겼다.

디네센은 영미권에서의 성공에도 불구하고 고국 덴마크의 계속되는 냉대로 마음의 상처를 입는다. 또한 1954년의 척추 수술 이후 건강이 극도로 악화된다. 사실 그녀의 병력은 아주 오래된 것이었다. 1914년 결혼한 디네센은 신혼 첫해에 남편에게서 매독이 옮는다. 당시 매독의 치료법은 극약인 수은과 비소 외에는 없었고, 이 두 가지 처방을 번갈아 쓰며 평생 고통을 당한 디네센은 1931년 케냐에서 덴마크로 돌아갈 즈음 척추까지 매독이 침범해 두 다리의 감각마저 잃은 상태였다.

1959년 미국을 방문해 뉴욕 문화계의 대대적인 환영을 받았을 때 그녀의 건강 상태는 최악이었고, 위의 3분의 1을 들어낸 탓에 소량의 음식물밖에 섭취하지 못했다. 하지만 그녀는 작곡가 새뮤얼 바버, 잔카를로 메노티, 사진가 세실 비턴, 작가 트루먼 카포티, 존 스타인벡, 카슨 매컬러스, 펄 벅, 그리고 그녀가 가장 만나고 싶어했던 배우 매릴린 먼로 등과 친교를 나누었다.

디네센은 1962년 수술 후유증으로 인한 영양실조로 사망했다. 사후에 소설집 한 권과 두 권의 산문집, 서간집이 출간되었다. 1968년 미국의 영화감독 오슨 웰즈가 직접 클레이 노인 역을 맡고 프랑스 배우 잔 모로가 비르지니 역을 맡아 「불멸의 이야기」를 영화화했다. 1985년에는 『아웃 오브 아프리카』가 영화화되었고, 메릴 스트리프가 카렌 역을, 로버트 레드퍼드가 데니스 핀치 해턴 역을 맡았다. 그리고 생전에는 그녀를 냉대했으나 이제는 국민 작가로 추앙하는 고국 덴마크에서 1987년 「바베트의 만찬」을 영화화해 세계적인 극찬을 받았다.

20세기에 쓰인 디네센의 작품들이 21세기를 살아가는 우리에게는 '옛날이야기'로 여겨질지도 모르겠다. 모든 것이 빠르게 돌아가고 변해가는 오늘날, 그녀가 들려주는 이야기들은 한 템포 천천히 흘러가는 듯하다. 비현실적이면서 또 한편으로는 생생한 실화 같은 감각을 느끼기도 한다. 다만 이 이야기들에는 한 세기가 바뀐 지금도, 그리고 앞으로도 진부하게 느껴지지 않을 디네센만의 독창성이 숨쉬고 있다. 이 작품들 속 빛나는 재미와 아름다움은 앞으로 더 오랜 시간이 지나도 여전할 것이다. 그리고 그 이야기들을 음미하노라면 신기하게도 원래 내 마음속에 숨어 있던 이야기를 마치 작가가 글로 옮겨놓은 듯한 울림이 느껴진다. 독자들의 마음에도 그런 울림이 전해지길 바란다.

추미옥

이자크 디네센 연보

1885년 4월 17일 덴마크 룽스테드에서 태어남. 본명은 카렌. 아버지 빌헬름 디네센은 군인, 작가이자 하원의원이었다. 어머니 잉에보르 베스텐홀스 디네센은 부유한 선주의 딸로, 유니테리언 교도이자 덴마크 최초의 여성 교구장이었다.

1895년 아버지 자살. 매독에 걸린 것이 원인으로 추정됨.

1898년 어머니와 여동생들과 함께 스위스에서 프랑스어를 배움.

1903년 덴마크 왕립예술아카데미에 입학. 3년간 수학함.

1907년 첫 작품 「은둔자」가 덴마크의 문예월간지 〈틸스쿠에렌〉에, 「농부」가 잡지 〈가스 단스케〉에 실림.

1909년 〈틸스쿠에렌〉에 「드 캣 가족」을 게재.

1912년 브로르 폰 블릭센(1886~1946)과 약혼.

1913년 나폴리에서 배를 타고 아프리카로 떠남.

1914년 1월 14일 아프리카 케냐에서 브로르와 결혼. 나이로비 부근에서 1500에이커에 이르는 커피 농장 경영을 시작함.

1915년 남편에게서 옮은 매독을 치료하기 위해 덴마크로 돌아감.

1916년 브로르와 다시 아프리카로 돌아옴. 친척들의 지원을 받아 카렌 커피 회사를 세우고 리프트 계곡 근처의 농장을 구입함.

1918년 영국인 맹수 수렵가 데니스 핀치 해턴(1887~1931)을 만남.

1921년 남편과 별거. 남동생 토마스의 도움으로 커피 농장의 경영권을 완전히 인수함.

1922년 연인 핀치 해턴의 아이를 유산.

1923년 화재로 커피 농장이 전소함. 토마스가 농장 경영권을 넘기고 떠남.

1925년 남편 브로르 폰 블릭센과 이혼.

1926년 〈틸스쿠에렌〉에 「진실의 복수」 게재.

1930년 세계 대공황의 영향으로 농장 경영이 더욱 어려워짐.

1931년 이상 기후로 커피 가격이 폭락해 농장을 매각. 5월 연인 핀치 해턴이 비행기 사고로 사망. 혼자 덴마크로 돌아옴.

1934년 영어로 집필한 소설집 『일곱 개의 고딕 이야기』 출간.

1937년 회고록 『아웃 오브 아프리카』 출간.

1942년 소설집 『겨울 이야기』 출간.

1946년 피에르 앙드레젤이라는 필명으로 장편소설 『천사 복수자』 출간.

1957년 소설집 『마지막 이야기』 출간.

1958년 「바베트의 만찬」이 수록된 소설집 『운명의 일화들』 출간.

1959년 미국으로 강연 여행을 떠나 큰 성공을 거둠.

1960년 회고록 『풀 위의 그림자』 출간.

1962년 9월 7일 룽스테드 자택에서 수술 후유증인 영양실조로 사망.

1977년 소설집 『카니발』 출간.

1979년 산문집 『다게레오타입 외 에세이』 출간.

1981년 서간집 『아프리카로부터 온 편지: 1914~1931』 출간.

1986년 산문집 『결혼에 대하여』 출간.

문학동네 세계문학전집 발간에 부쳐

세계문학은 국민문학 혹은 지역문학을 떠나 존재하는 문학이 아니지만 그것들의 총합도 아니다. 세계문학이라는 용어에는 그 나름의 언어와 전통을 갖고 있는 국민문학이나 지역문학의 존재를 인정하면서 그것을 넘어서는 문학의 보편적 질서에 대한 관념이 새겨져 있다. 그 용어를 처음 고안한 19세기 유럽인들은 유럽문학을 중심으로 그 질서를 구축했지만 풍부한 국민문학의 전통을 가지고 있는 현대의 문학 강국들은 나름의 방식으로 세계문학을 이해하면서 정전(正典)의 목록을 작성하고 또 수정한다.

한국에서도 세계문학 관념은 우리 사회와 문화의 변화 속에서 거듭 수정돼왔다. 어느 시기에는 제국 일본의 교양주의를 반영한 세계문학 관념이, 어느 시기에는 제3세계 민족주의에 동조한 세계문학 관념이 출현했고, 그러한 관념을 실천한 전집물이 출판됐다. 21세기 한국에 새로운 세계문학전집이 필요하다는 것은 명백하다. 우리의 지성과 감성의 기준에 부합하는 세계문학을 다시 구상할 때가 되었다.

문학동네 세계문학전집은 범세계적으로 통용되는 고전에 대한 상식을 존중하면서도 지난 반세기 동안 해외 주요 언어권에서 창작과 연구의 진전에 따라 일어난 정전의 변동을 고려하여 편성되었다. 그래서 불멸의 명작은 물론 동시대 세계의 중요한 정치·문화적 실천에 영감을 준 새로운 작품들을 두루 포함시켰다.

창립 이후 지금까지 한국문학 및 번역문학 출판에서 가장 전문적이고 생산적인 그룹을 대표해온 문학동네가 그간 축적한 문학 출판 경험을 바탕으로 새로운 세계문학전집을 펴낸다. 인류가 무지와 몽매의 어둠 속을 방황하면서도 끝내 길을 잃지 않은 것은 세계문학사의 하늘에 떠 있는 빛나는 별들이 길잡이가 되어주었기 때문이다. 우리가 자부심과 사명감 속에서 그리게 될 이 새로운 별자리가 독자들의 관심과 애정에 힘입어 우리 모두의 뿌듯한 자산이 되기를 소망한다.

문학동네 세계문학전집 편집위원

민은경, 박유하, 변현태, 송병선, 이재룡, 홍길표, 남진우, 황종연

세계문학전집 245
바베트의 만찬

초판 인쇄 2024년 3월 15일
초판 발행 2024년 3월 26일

지은이 이자크 디네센 | 옮긴이 추미옥

책임편집 고선향 | 편집 김경미 류현영
디자인 최윤미 이원경 | 저작권 박지영 형소진 최은진 서연주 오서영
마케팅 정민호 서지화 한민아 이민경 안남영 왕지경 정경주 김수인 김혜원 김하연 김예진
브랜딩 함유지 함근아 고보미 박민재 김희숙 박다솔 조다현 정승민 배진성
제작 강신은 김동욱 이순호 | 제작처 영신사

펴낸곳 (주)문학동네 | 펴낸이 김소영
출판등록 1993년 10월 22일 제2003-000045호
주소 10881 경기도 파주시 회동길 210
전자우편 editor@munhak.com | 대표전화 031) 955-8888 | 팩스 031) 955-8855
문의전화 031)955-1927(마케팅) 031)955-1917(편집)
문학동네카페 http://cafe.naver.com/mhdn
인스타그램 @munhakdongne | 트위터 @munhakdongne
북클럽문학동네 http://bookclubmunhak.com

ISBN 978-89-546-9886-3 04850
978-89-546-0901-2 (세트)

잘못된 책은 구입하신 서점에서 교환해드립니다.
기타 교환 문의 031) 955-2661, 3580

www.munhak.com

1, 2, 3 안나 카레니나 레프 톨스토이 | 박형규 옮김
4 판탈레온과 특별봉사대 마리오 바르가스 요사 | 송병선 옮김
5 황금 물고기 르 클레지오 | 최수철 옮김
6 템페스트 윌리엄 셰익스피어 | 이경식 옮김
7 위대한 개츠비 F. 스콧 피츠제럴드 | 김영하 옮김
8 아름다운 애너벨 리 싸늘하게 죽다 오에 겐자부로 | 박유하 옮김
9, 10 파우스트 요한 볼프강 폰 괴테 | 이인웅 옮김
11 가면의 고백 미시마 유키오 | 양윤옥 옮김
12 킴 러디어드 키플링 | 하창수 옮김
13 나귀 가죽 오노레 드 발자크 | 이철의 옮김
14 피아노 치는 여자 엘프리데 옐리네크 | 이병애 옮김
15 1984 조지 오웰 | 김기혁 옮김
16 벤야멘타 하인학교- 야콥 폰 군텐 이야기 로베르트 발저 | 홍길표 옮김
17, 18 적과 흑 스탕달 | 이규식 옮김
19, 20 휴먼 스테인 필립 로스 | 박범수 옮김
21 체스 이야기·낯선 여인의 편지 슈테판 츠바이크 | 김연수 옮김
22 왼손잡이 니콜라이 레스코프 | 이상훈 옮김
23 소송 프란츠 카프카 | 권혁준 옮김
24 마크롤 가비에로의 모험 알바로 무티스 | 송병선 옮김
25 파계 시마자키 도손 | 노영희 옮김
26 내 생명 앗아가주오 앙헬레스 마스트레타 | 강성식 옮김
27 여명 시도니가브리엘 콜레트 | 송기정 옮김
28 한때 흑인이었던 남자의 자서전 제임스 웰든 존슨 | 천승걸 옮김
29 슬픈 짐승 모니카 마론 | 김미선 옮김
30 피로 물든 방 앤절라 카터 | 이귀우 옮김
31 숨그네 헤르타 뮐러 | 박경희 옮김
32 우리 시대의 영웅 미하일 레르몬토프 | 김연경 옮김
33, 34 실낙원 존 밀턴 | 조신권 옮김
35 복낙원 존 밀턴 | 조신권 옮김
36 포로기 오오카 쇼헤이 | 허호 옮김
37 동물농장·파리와 런던의 따라지 인생 조지 오웰 | 김기혁 옮김
38 루이 랑베르 오노레 드 발자크 | 송기정 옮김
39 코틀로반 안드레이 플라토노프 | 김철균 옮김
40 어두운 상점들의 거리 파트릭 모디아노 | 김화영 옮김
41 순교자 김은국 | 도정일 옮김
42 젊은 베르테르의 슬픔 요한 볼프강 폰 괴테 | 안장혁 옮김
43 더블린 사람들 제임스 조이스 | 진선주 옮김
44 설득 제인 오스틴 | 원영선, 전신화 옮김
45 인공호흡 리카르도 피글리아 | 엄지영 옮김
46 정글북 러디어드 키플링 | 손향숙 옮김
47 외로운 남자 외젠 이오네스코 | 이재룡 옮김
48 에피 브리스트 테오도어 폰타네 | 한미희 옮김
49 둔황 이노우에 야스시 | 임용택 옮김
50 미크로메가스·캉디드 혹은 낙관주의 볼테르 | 이병애 옮김

51, 52 염소의 축제 마리오 바르가스 요사 | 송병선 옮김
53 고야산 스님·초롱불 노래 이즈미 교카 | 임태균 옮김
54 다니엘서 E. L. 닥터로 | 정상준 옮김
55 이날을 위한 우산 빌헬름 게나치노 | 박교진 옮김
56 톰 소여의 모험 마크 트웨인 | 강미경 옮김
57 카사노바의 귀향·꿈의 노벨레 아르투어 슈니츨러 | 모명숙 옮김
58 바보들을 위한 학교 사샤 소콜로프 | 권정임 옮김
59 어느 어릿광대의 견해 하인리히 뵐 | 신동도 옮김
60 웃는 늑대 쓰시마 유코 | 김훈아 옮김
61 팔코너 존 치버 | 박영원 옮김
62 한눈팔기 나쓰메 소세키 | 조영석 옮김
63, 64 톰 아저씨의 오두막 해리엇 비처 스토 | 이종인 옮김
65 아버지와 아들 이반 투르게네프 | 이항재 옮김
66 베니스의 상인 윌리엄 셰익스피어 | 이경식 옮김
67 해부학자 페데리코 안다아시 | 조구호 옮김
68 긴 이별을 위한 짧은 편지 페터 한트케 | 안장혁 옮김
69 호텔 뒤락 애니타 브루크너 | 김정 옮김
70 잔해 쥘리앵 그린 | 김종우 옮김
71 절망 블라디미르 나보코프 | 최종술 옮김
72 더버빌가의 테스 토머스 하디 | 유명숙 옮김
73 감상소설 미하일 조셴코 | 백용식 옮김
74 빙하와 어둠의 공포 크리스토프 란스마이어 | 진일상 옮김
75 쓰가루·석별·옛날이야기 다자이 오사무 | 서재곤 옮김
76 이인 알베르 카뮈 | 이기언 옮김
77 달려라, 토끼 존 업다이크 | 정영목 옮김
78 몰락하는 자 토마스 베른하르트 | 박인원 옮김
79, 80 한밤의 아이들 살만 루슈디 | 김진준 옮김
81 죽은 군대의 장군 이스마일 카다레 | 이창실 옮김
82 페레이라가 주장하다 안토니오 타부키 | 이승수 옮김
83, 84 목로주점 에밀 졸라 | 박명숙 옮김
85 아베 일족 모리 오가이 | 권태민 옮김
86 폭풍의 언덕 에밀리 브론테 | 김정아 옮김
87, 88 늦여름 아달베르트 슈티프터 | 박종대 옮김
89 클레브 공작부인 라파예트 부인 | 류재화 옮김
90 P세대 빅토르 펠레빈 | 박혜경 옮김
91 노인과 바다 어니스트 헤밍웨이 | 이인규 옮김
92 물방울 메도루마 슌 | 유은경 옮김
93 도깨비불 피에르 드리외라로셸 | 이재룡 옮김
94 프랑켄슈타인 메리 셸리 | 김선형 옮김
95 래그타임 E. L. 닥터로 | 최용준 옮김
96 캔터빌의 유령 오스카 와일드 | 김미나 옮김
97 만(卍)·시게모토 소장의 어머니 다니자키 준이치로 | 김춘미, 이호철 옮김
98 맨해튼 트랜스퍼 존 더스패서스 | 박경희 옮김
99 단순한 열정 아니 에르노 | 최정수 옮김

100 열세 걸음 모옌 | 임홍빈 옮김
101 데미안 헤르만 헤세 | 안인희 옮김
102 수레바퀴 아래서 헤르만 헤세 | 한미희 옮김
103 소리와 분노 윌리엄 포크너 | 공진호 옮김
104 곰 윌리엄 포크너 | 민은영 옮김
105 롤리타 블라디미르 나보코프 | 김진준 옮김
106, 107 부활 레프 톨스토이 | 박형규 옮김
108, 109 모래그릇 마쓰모토 세이초 | 이병진 옮김
110 은둔자 막심 고리키 | 이강은 옮김
111 불타버린 지도 아베 고보 | 이영미 옮김
112 말라볼리아가의 사람들 조반니 베르가 | 김운찬 옮김
113 디어 라이프 앨리스 먼로 | 정연희 옮김
114 돈 카를로스 프리드리히 실러 | 안인희 옮김
115 인간 짐승 에밀 졸라 | 이철의 옮김
116 빌러비드 토니 모리슨 | 최인자 옮김
117, 118 미국의 목가 필립 로스 | 정영목 옮김
119 대성당 레이먼드 카버 | 김연수 옮김
120 나나 에밀 졸라 | 김치수 옮김
121, 122 제르미날 에밀 졸라 | 박명숙 옮김
123 현기증. 감정들 W. G. 제발트 | 배수아 옮김
124 강 동쪽의 기담 나가이 가후 | 정병호 옮김
125 붉은 밤의 도시들 윌리엄 버로스 | 박인찬 옮김
126 수고양이 무어의 인생관 E. T. A. 호프만 | 박은경 옮김
127 맘브루 R. H. 모레노 두란 | 송병선 옮김
128 익사 오에 겐자부로 | 박유하 옮김
129 땅의 혜택 크누트 함순 | 안미란 옮김
130 불안의 책 페르난두 페소아 | 오진영 옮김
131, 132 사랑과 어둠의 이야기 아모스 오즈 | 최창모 옮김
133 페스트 알베르 카뮈 | 유호식 옮김
134 다마세누 몬테이루의 잃어버린 머리 안토니오 타부키 | 이현경 옮김
135 작은 것들의 신 아룬다티 로이 | 박찬원 옮김
136 시스터 캐리 시어도어 드라이저 | 송은주 옮김
137 고독한 산책자의 몽상 장자크 루소 | 문경자 옮김
138 용의자의 야간열차 다와다 요코 | 이영미 옮김
139 세기아의 고백 알프레드 드 뮈세 | 김미성 옮김
140 햄릿 윌리엄 셰익스피어 | 이경식 옮김
141 카산드라 크리스타 볼프 | 한미희 옮김
142 이 글을 읽는 사람에게 영원한 저주를 마누엘 푸익 | 송병선 옮김
143 마음 나쓰메 소세키 | 유은경 옮김
144 바다 존 밴빌 | 정영목 옮김
145, 146, 147, 148 전쟁과 평화 레프 톨스토이 | 박형규 옮김
149 세 가지 이야기 귀스타브 플로베르 | 고봉만 옮김
150 제5도살장 커트 보니것 | 정영목 옮김
151 알렉시·은총의 일격 마르그리트 유르스나르 | 윤진 옮김

152 말라 온다 알베르토 푸겟 | 엄지영 옮김
153 아르세니예프의 인생 이반 부닌 | 이항재 옮김
154 오만과 편견 제인 오스틴 | 류경희 옮김
155 돈 에밀 졸라 | 유기환 옮김
156 젊은 예술가의 초상 제임스 조이스 | 진선주 옮김
157, 158, 159 카라마조프가의 형제들 표도르 도스토옙스키 | 김희숙 옮김
160 진 브로디 선생의 전성기 뮤리얼 스파크 | 서정은 옮김
161 13인당 이야기 오노레 드 발자크 | 송기정 옮김
162 하지 무라트 레프 톨스토이 | 박형규 옮김
163 희망 앙드레 말로 | 김웅권 옮김
164 임멘 호수·백마의 기사·프시케 테오도어 슈토름 | 배정희 옮김
165 밤은 부드러워라 F. 스콧 피츠제럴드 | 정영목 옮김
166 야간비행 앙투안 드 생텍쥐페리 | 용경식 옮김
167 나이트우드 주나 반스 | 이예원 옮김
168 소년들 앙리 드 몽테를랑 | 유정애 옮김
169, 170 독립기념일 리처드 포드 | 박영원 옮김
171, 172 닥터 지바고 보리스 파스테르나크 | 박형규 옮김
173 싯다르타 헤르만 헤세 | 권혁준 옮김
174 야만인을 기다리며 J. M. 쿳시 | 왕은철 옮김
175 철학편지 볼테르 | 이봉지 옮김
176 거지 소녀 앨리스 먼로 | 민은영 옮김
177 창백한 불꽃 블라디미르 나보코프 | 김윤아 옮김
178 슈틸러 막스 프리슈 | 김인순 옮김
179 시핑 뉴스 애니 프루 | 민승남 옮김
180 이 세상의 왕국 알레호 카르펜티에르 | 조구호 옮김
181 철의 시대 J. M. 쿳시 | 왕은철 옮김
182 카시지 조이스 캐럴 오츠 | 공경희 옮김
183, 184 모비 딕 허먼 멜빌 | 황유원 옮김
185 솔로몬의 노래 토니 모리슨 | 김선형 옮김
186 무기여 잘 있거라 어니스트 헤밍웨이 | 권진아 옮김
187 컬러 퍼플 앨리스 워커 | 고정아 옮김
188, 189 죄와 벌 표도르 도스토옙스키 | 이문영 옮김
190 사랑 광기 그리고 죽음의 이야기 오라시오 키로가 | 엄지영 옮김
191 빅 슬립 레이먼드 챈들러 | 김진준 옮김
192 시간은 밤 류드밀라 페트루솁스카야 | 김혜란 옮김
193 타타르인의 사막 디노 부차티 | 한리나 옮김
194 고양이와 쥐 귄터 그라스 | 박경희 옮김
195 펠리시아의 여정 윌리엄 트레버 | 박찬원 옮김
196 마이클 K의 삶과 시대 J. M. 쿳시 | 왕은철 옮김
197, 198 오스카와 루신다 피터 케리 | 김시현 옮김
199 패싱 넬라 라슨 | 박경희 옮김
200 마담 보바리 귀스타브 플로베르 | 김남주 옮김
201 패주 에밀 졸라 | 유기환 옮김
202 도시와 개들 마리오 바르가스 요사 | 송병선 옮김

203 루시 저메이카 킨케이드 | 정소영 옮김

204 대지 에밀 졸라 | 조성애 옮김

205, 206 백치 표도르 도스토옙스키 | 김희숙 옮김

207 백야 표도르 도스토옙스키 | 박은정 옮김

208 순수의 시대 이디스 워턴 | 손영미 옮김

209 단순한 이야기 엘리자베스 인치볼드 | 이혜수 옮김

210 바닷가에서 압둘라자크 구르나 | 황유원 옮김

211 낙원 압둘라자크 구르나 | 왕은철 옮김

212 피라미드 이스마일 카다레 | 이창실 옮김

213 애니 존 저메이카 킨케이드 | 정소영 옮김

214 지고 말 것을 가와바타 야스나리 | 박혜성 옮김

215 부서진 사월 이스마일 카다레 | 유정희 옮김

216 사람은 무엇으로 사는가 레프 톨스토이 | 이항재 옮김

217, 218 악마의 시 살만 루슈디 | 김진준 옮김

219 오늘을 잡아라 솔 벨로 | 김진준 옮김

220 배반 압둘라자크 구르나 | 황가한 옮김

221 어두운 밤 나는 적막한 집을 나섰다 페터 한트케 | 윤시향 옮김

222 무어의 마지막 한숨 살만 루슈디 | 김진준 옮김

223 속죄 이언 매큐언 | 한정아 옮김

224 암스테르담 이언 매큐언 | 박경희 옮김

225, 226, 227 특성 없는 남자 로베르트 무질 | 박종대 옮김

228 앨프리드와 에밀리 도리스 레싱 | 민은영 옮김

229 북과 남 엘리자베스 개스켈 | 민승남 옮김

230 마지막 이야기들 윌리엄 트레버 | 민승남 옮김

231 벤저민 프랭클린 자서전 벤저민 프랭클린 | 이종인 옮김

232 만년양식집 오에 겐자부로 | 박유하 옮김

233 이상한 나라의 앨리스 루이스 캐럴 | 존 테니얼 그림 | 김희진 옮김

234 소네치카·스페이드의 여왕 류드밀라 울리츠카야 | 박종소 옮김

235 메데야와 그녀의 아이들 류드밀라 울리츠카야 | 최종술 옮김

236 실종자 프란츠 카프카 | 이재황 옮김

237 진 알랭 로브그리예 | 성귀수 옮김

238 말테의 수기 라이너 마리아 릴케 | 홍사현 옮김

239, 240 율리시스 제임스 조이스 | 이종일 옮김

241 지도와 영토 미셸 우엘벡 | 장소미 옮김

242 사막 르 클레지오 | 홍상희 옮김

243 사냥꾼의 수기 이반 투르게네프 | 이종현 옮김

244 험볼트의 선물 솔 벨로 | 전수용 옮김

245 바베트의 만찬 이자크 디네센 | 추미옥 옮김

● 문학동네 세계문학전집은 계속 출간됩니다